英国王妃の事件ファイル①

貧乏お嬢さま、メイドになる

リース・ボウエン　古川奈々子 訳

Her Royal Spyness

by Rhys Bowen

コージーブックス

著者注と謝辞

本書はフィクションである。本書の中には何人か歴史上の人物が登場しているが、ジョージーと彼女の家族や友人たちは架空の人物である。王族の人々については性格や行動がなるべく真実に近いものになるように努めたつもりである。

貴重な情報と優しい批評を与えてくれた、ミステリ作家仲間のジェーン・フィニスとジャクリーン・ウィンスピア、わたしの夫のジョン(歴史上の人物について詳しい)、娘のクレアとジェーン、そしてわたしを励ましてくれる素晴らしいエージェント、メグとケリーに心から感謝する。

それから、本書に登場する社交界にデビューしたばかりのイギリス人女性に名前を貸してくれたマリサ・ヤングにも感謝する。

貧乏お嬢さま、メイドになる

主要登場人物

ジョージアナ（ジョージー）……………………ラノク公爵令嬢
ヘイミッシュ（ビンキー）……………………ラノク公爵。ジョージーの異母兄
ヒルダ（フィグ）……………………ラノク公爵夫人。ビンキーの妻
ベリンダ……………………ジョージーの学生時代からの親友
ダーシー・オマーラ……………………アイルランド貴族の息子
トリストラム・オーボワ……………………ジョージーの幼馴染み
ガストン・ド・モビル……………………フランスから来たギャンブラー
ミセス・クレッグ……………………元ラノク公爵夫人。ジョージーの母
メアリ王妃……………………英国王ジョージ五世の妃。皇太子デイヴィッドの母
デイヴィッド王子……………………英国皇太子
ミセス・シンプソン……………………皇太子の愛人
ジークフリート王子……………………ルーマニアの王族
ロデリック（ウィッフィー）・ファンショウ……近衛将校。ジョージーの知人
ヒューバート（ヒュービー）・アンストルーサー……ジョージーの母の元夫。トリストラムの後見人
ハリー・サッグ……………………ロンドン警視庁の警部補
バーナル警部……………………ロンドン警視庁のサッグの上司

1

ラノク城
パースシャー
スコットランド
一九三二年四月

英国王の遠縁に生まれることには二つ不都合な点がある。

まず、そのような財力がないにもかかわらず、国王の親戚にふさわしい振る舞いを期待されること。赤ん坊にキスをし、宴会を開き、バルモラル城にキルトをはいた正装で姿を見せ、結婚式でウェディング・ドレスの長い裾《すそ》を持つことを期待される。ふつうの職に就こうとすれば眉をひそめられる。たとえば、わたしがこれからやろうと企んでいる、ハロッズの化粧品売り場で働くことなど言語道断だ。

あえてこの不公平を指摘しようとすれば、二つめの不都合な点を思い出さざるをえなくなる。どうやら英国王室ウィンザー家のはしくれとして生まれた若い女性に許される運命は、いまだにヨーロッパのあちこちに存続していると思われる王家の誰かと結婚することだけらしい。といっても昨今では、国をちゃんと治めている君主はほとんどいないのだけど。ただ、この不安定な時代にあっては、わたしのようにものすごく遠縁のウィンザー家の娘でさえ、なんとかイギリスと同盟関係を結びたがっている人にとっては望ましい商品なのだろう。なぜなら、事あるごとに、こう言われているのだから。少々頭のいかれた、出っ歯で、顎なし、根性なしのどうしようもないヨーロッパの王族と結婚し、敵となりうる国との結束を固めることがおまえの義務なのだと。いとこのアレックスは、気の毒にもそのとおりにした。わたしは彼女の悲惨な例を見てそれだけは避けようと学んだのだ。

話を先に進める前に、自己紹介しておいたほうがいいだろう。わたしはグレンギャリーおよびラノク公爵の娘、ヴィクトリア・ジョージアナ・シャーロット・ユージーニー。友人たちにはジョージーと呼ばれている。わたしの祖母は、ヴィクトリア女王の娘の中で、最も魅力的でない王女だったおかげで、ロマノフ家やドイツ皇帝の親戚を誘惑しなくてすんだ。わたしはそのことに心から感謝している。きっと、おばあ様もそう思っていたに違いない。

外国の王子を誘惑する代わりに、祖母は陰気なスコットランドの男爵と結婚した。男爵は彼女を女王のもとからスコットランドに連れて行く褒美として公爵領を与えられ、祖母は従順に二代目の公爵となるわたしの父を産んだ。けれどそのあと、近親婚による病とあまりにもふんだんに新鮮な空気を吸ったせいで亡くなってしまった。わたしは祖母を知らない。恐ろしいスコットランド人の祖父にも会ったことはなかったけれど、使用人たちの噂では、おじい様の幽霊がラノク城にたびたびあらわれ、城壁の上でバグパイプを吹くそうだ（それも不思議な話。だって、おじい様は生きているとき、バグパイプを吹けなかったのだから）。

わたしが生まれる頃には、わがラノク城は、ヴィクトリア女王の王配アルバート公がお建てになったバルモラル城ほど快適とは言えなくなっていた。二代目公爵となった父が、財産を使い果たすのに忙しかったからだ。

父も立派に当主としての務めを果たし、ものすごく品行方正なイングランドの伯爵令嬢と結婚した。彼女はわたしの兄を産み、城を取り囲む荒涼としたハイランドの景色を眺め、それからまもなくして亡くなった。跡継ぎを確保した父は、思いもよらない行動に出て、女優（つまりわたしの母）と結婚した。父のおじバーティ（のちのエドワード七世）などは、若かりし頃、女優と浮名を流すことが許されるばかりか、奨励すらされていたが、結婚はぜったいにしなかった。けれど、母が英国国教会の信徒で、貧しいとはいえ英国のきちんとした家の出身であったこと、さらに世界大戦の暗雲がヨーロッパ全土を覆っていた時代だったため、その結婚は受け入れられた。母はメアリ王妃に拝謁を賜り、王妃様は母がエセックス出身者だったにしては驚くほど礼儀正しく接した。

しかし、結婚生活は長続きしなかった。母ほどの活力と情熱にあふれた人でなくても、ラノク城に長くは耐えられなかっただろう。巨大な煙突を通して聞こえてくる風のうなりに、トイレのタータンの壁紙が加われば、ほとんど瞬時にうつ状態になるか、正気を失うのは確実だ。だから、母があれだけの長期間我慢したのは驚異とも言える。たぶん、自分は公爵夫人だという考えが気に入っていたのだと思う。だがやがて、公爵夫人でいれば、一年の半分をスコットランドですごさなければならないと気づき、逃げ出すことに決めたのだった。そのときわたしは二歳だった。

母の最初の相手は、アルゼンチンのポロ選手だった。もちろんそのあとも、フランス人のオートレーサー（モンテカルロで悲劇的な死を遂げた）、アメリカ人の映画製作者、颯爽とした探検家、そしてごく最近はドイツ人実業家（だと思う）など、相手はどんどん変わり続けている。母とは、母が飛行機でロンドンを通る折などにたまに会う。会うたびにお化粧が濃くなり、前よりもっとエキゾチックで高価な帽子をかぶっているところを見ると、これまで男たちをのぼせあがらせてきた若さと美貌に母が必死にしがみつこうとしているのだとわかる。わたしたちは、頰と頰を合わせてキスし、天気や服やわたしの結婚の見込みについて話す。まるで見知らぬ人同士がお茶を飲んでいるみたいに。

ラノク城での子ども時代は孤独だったけれど、運よく優しい乳母がいてくれたので、それほど悲惨ではなかった。ときおり、母が健全な世界の男性と結婚していたときには、城から連れ出されて母といっしょに暮らしたこともあったが、母は母親業に適した人ではなかったし、長いあいだ一つの場所に留まることもめったになかったので、たとえ陰鬱で孤独な場所であってもラノク城はわたしの頼れる錨《いかり》になってくれていた。わたしの異母兄、ヘイミッシュ（通称ビンキー）は、冷たいシャワーと夜明けのランニングを日課とする、帝国の将来のリーダーを育成するための寄宿学校に入れられていたので、彼のことをほとんど知らずに育った。

そういった意味では、父のこともよく知らない。たいへんなスキャンダルとなったわたしの母の駆け落ち事件のあと、父は意気消沈してしまい、ヨーロッパの社交場をさまようようになった。そしてニースやモンテカルロのカジノで湯水のごとくお金を使った。とどめを刺したのが一九二九年の悪名高き株価大暴落だった。父は残っていた財産をすべて失ったことを知り、荒野に赴き、ライチョウ銃で自らの命を絶った。だけど父がどうやってそれを実行できたかはいまもって謎だ。なにしろ父の射撃の腕はお世辞にもうまいとは言えなかったのだから。

スイスでその知らせを受けたとき、父を失った悲しみを感じようとしたことを覚えている。頭の中には、父のぼんやりしたイメージがあるだけだった。父という心のよりどころ——本当に必要なときに、わたしを守り、助言を与えてくれる人がいるのだという安心感——を失ってしまったことが悲しかった。わずか一九歳で、自分は結局のところひとりぼっちなのだと悟るのは、かなり気の滅入ることだった。

というわけで、ビンキーが三代目の公爵になり、非の打ちどころのない家柄の生真面目な令嬢と結婚して、ラノク城を継いだ。一方、わたしは、スイスの教養学校で、名家出身の金持ちの放蕩娘たちと愉快にすごした。そこそこ使える程度のフランス語を学び、晩餐会を開いたり、ピアノを弾いたり、正しい姿勢で歩くことは習得できなかったものの、それ以外のささやかながら貴重なことをいろいろと学んだ。課外活動は、庭師の小屋の裏で煙草を吸うことと、壁をよじ登って地元の居酒屋でスキーインストラクターたちと会うことだった。

運良く何人かの裕福な親戚が、社交シーズンを迎えて宮廷で王妃様に拝謁を賜るまで、わたしがその学校に留まれるよう取り計らってくれた。知らない人がいるかもしれないから言っておくけれど、すべての良家の令嬢はシーズンを迎える。シーズン中は、ダンスやパーティーやスポーツ行事などが次々に催され、娘たちは社交界にデビューして、宮廷で紹介される。要するに、花婿探しだ。「みなさん、これがうちの娘でございます。どうぞ、お願いですから、どなたかこの子をもらってやってください」というわけ。

でも、ラノク城で催される一連の陰鬱なダンスパーティーを「シーズン」と呼べるかどうかは、はなはだ疑問だ。なにしろ、ちょうどライチョウ狩りの季節と重なるため、狩りにやってきた青年たちは全員、昼間の狩りでへとへとになっていて、夜のダンスどころではないからだ。それに、ラノク城で伝統的に踊られるハイランドダンスを知っている人などほとんどいないし、夜明けに北の小塔から響きわたるバグパイプの音を聞けば、青年たちは、そういえばロンドンで緊急の用事があったはずだと思い出すのである。言うまでもなく、適切な相手からのプロポーズはまったく期待できないとわかったので、わたしは二一歳にして、自分は死ぬまでラノク城で暮らす運命なのだと思い知った。これから先の人生をどうやってすごしたらいいのか見当もつかないまま。

2

ラノク城
一九三二年四月一八日（月曜日）

トイレで自分の人生を変えるような経験をする人が、世の中にいったい何人くらいいるだろう。言っておくが、ラノク城のトイレは、ふつうの家にあるような小さな個室ではない。天井は高く、タータンの壁紙が貼られた、広くてほら穴みたいな場所で、水道管がシューとかウォーンとかカランカランと鳴り、ひとりならずそこで心臓発作を起こした人がいることが知られている。そして、突然パニックに陥ったある客が、開いていたトイレの窓から堀に飛び込んだという逸話も残っている。そう、窓はいつも開いている。それはラノク城の伝統だ。

一番気候のよい時期でも、ラノク城はものすごく楽しい場所とは言えない。城は黒い湖の入り江にそびえる壮大な黒い岩壁の下にあり、暗く鬱蒼とした松林によって激しい強風から守られている。放浪中にこの城に招かれた詩人のワーズワースでさえ、何も書くことを見つけられなかったらしく、次の二行連句を走り書きした紙が丸めてくずかごの中に捨てられていたそうだ。

そびえたつ岩壁から荒涼たる湖畔
ここへ来たりし者はすべての望みを捨てよ

しかもいまは、最高の季節というわけでもない。すでに四月なのに。世界のほかの土地では、水仙や木々の花が咲き、復活祭でにぎわう頃。ところがラノク城では、雪が降っていた。スイスのロマンチックな粉雪とはわけが違う。ずっしり重く湿ってべとべとした雪で、衣服にくっついた瞬間に凍りつく。わたしは何日も外に出ていなかった。兄のビンキーは学校で習慣づけられてしまったため、毎朝地所のまわりを散歩すると決めていて、雪だるま怪人のようになって帰ってくる。すると息子のヘクター（みんなに「ぽっちゃりくん《ポッジ》」という愛称で呼ばれている）は悲鳴をあげて乳母のもとに逃げていく。

こういう日は、勢いよく火が燃える暖炉のそばで大好きな本といっしょに丸くなっているにかぎる。でも、残念ながら兄の妻のヒルダ（通称フィグ）は、節約のために一度に一本しか薪をくべさせてくれない。ときどき言ってはいるのだけど、これは間違った節約の仕方だ。なぜなら、毎日のように強風で木がなぎ倒されているのだから。でもフィグは節約にとりつかれている。国全体の景気が低迷しているいま、わたしたちは労働者階級によい手本を示さなければならないのだそうだ。だからたとえば、朝食にはベーコンエッグの代わりにかゆを食べる。ある晩など、夕食後の口直しがベークドビーンズだった。人生はわびしい、とわたしは日記に書いた。最近、日記を書くのに多くの時間を費やしている。何かすべきだとわかってはいた。何かしたくてむずむずしていたけれど、義姉にいつも言われていた。いわく、王族の一員たるもの——たとえ、どんなに遠縁であろうとも——家族を失望させてはならないという義務を負っている。彼女の目つきから、もしもわたしがウールワースに付き添い人なしで出かけたら、妊娠するか、芝生の上で裸踊りしかねないと思っていることは明らかだった。わたしの義務はどうやら、適当な縁談がまとまるまで待つことのようだった。気分がふさぐったらないわ、まったく。

もしも、ある四月の午後、トイレに座っていなかったなら、わたしはどれくらい長いあいだ、辛抱強く、自分の運命をじっと待ち続けることになっていたのだろうか。その日、わたしはトイレの中で『馬とハウンド』というタイトルの本を、窓から吹き込んでくる吹雪に巻き上げられないようにしっかり手で押さえながら読んでいた。そのとき、風のうなりに混ざって、かすかな声が聞こえてきた。

ラノク城が建てられてから何世紀も経って設置された配管は、風変わりな性質を持っていた。何階も下にいる人々の会話がパイプを通して聞こえてくることがあるのだ。きっとこの現象のせいで、まったく正気だった当家のお客様の何人かが妄想にかられたり、発作を起こしたりしたのだろう。けれど、この城で生まれたわたしは、これまでずっとこの現象を利用して、わたしの耳に入れてはならないはずの会話を盗み聞きしてきた。でも、トイレに座って、窓の外の黒い岩壁と室内のタータンの壁紙を恐怖にかられながら交互に眺めつつ思索にふけっている客人にとっては、うつろに響くうなり声がパイプを通して聞こえてくるだけで、一線を越えるのに十分だったのだ。

「王妃様は、わたくしたちに何をしろとおっしゃっているの？」

これだけで、はっとして、耳をそばだてるのに十分だった。わたしは王族の親類たちに関するゴシップが大好きだったし、フィグにしてはめずらしく、恐れおののいたように声を張り上げていた。

「週末《ウイークエンド》だけのことだよ、フィグ」

「ビンキー、どうか、アメリカかぶれした下品な言葉を使わないでちょうだい。いまにあなたは、ポッジに姿見《ルッキング・グラス》の代わりに鏡《ミラー》、ナプキンの代わりにサーヴィエットと教えるようになるんだわ」

「やめてくれよ、フィグ。ウィークエンドという言葉は、とても便利だろう？　それだけのことだ。ほかに金曜、土曜、日曜をひっくるめてあらわす言葉はないだろう？」

「それは、日曜日以外は働かなければならない労働者階級が使う種類の言葉よ。でも、わたくしたちはそういう階級ではないの。とにかく、話をそらさないでちょうだい。まったく、王妃様の厚かましいことったら」

「王妃様は親切心から言ってくださっているのだよ。ジョージーのために何かしなければならないからね」

いよいよもって、聞かずにはいられなくなってきた。

「わたくしも、ジョージアナが一生ここでクロスワードパズルを解きながらぶらぶらすごすのがいいとは思っていません」フィグのとげとげしい声は驚くほど響きわたり、パイプがうなった。「でも、ポッジのために役立っています。おかげで、あの子が学校に行くまで家庭教師を雇わなくてもいいのですもの。彼女も、スイスのあの馬鹿馬鹿しく学費の高い学校でなにがしか学んできたのでしょうね」

「妹をただ働きの家庭教師として使うわけにはいかないよ、フィグ」

「最近ではね、ビンキー、誰もが自分の役割を十分に果たさなければならないのよ。それに、はっきり言って、彼女はそれ以外のことは何もしていないでしょう?」

「きみは、妹に何をさせたいんだ? 地元の酒場でビールを運べというのか?」

「馬鹿なこと言わないで。わたくしだって、あなたと同じくらい義妹には幸福になってもらいたいの。でも、ジョージアナと縁を結ばせるという望みをかけて、王子をわが家のハウスパーティーに招待しろと言われてもねえ。いくら、王妃様のご命令でも、荷が重すぎるわ」

いまや、わたしはパイプにぴたりと耳を押しつけて聞いていた。王子と言われて思い浮かぶのは、はとこのデイヴィッド、英国皇太子だけだった。確かに、彼は結婚相手として最高。わたしだってぜったいにノーとは言わないだろう。かなり年上で、背もわたしと変わらないくらいだとはいえ、機智に富んでいて、ダンスも抜群にうまい。しかも、親切だ。死ぬまでぺたんこの靴を履いてもいいとさえ思う。

「あえて言わせてもらいますけど、まったく望みがないのだもの、お金をどぶに捨てるようなものよ」フィグはまた声を張りあげた。

「わたしは、ジョージーに望みがないとは思わない。ジョージーは素晴らしく見た目がいい。ふつうの身長の男性と並ぶにはちょっと背が高すぎるし、優雅さに欠けるところもあるが、健康で、育ちが良く、馬鹿じゃない。いまいましいことに、このわたしよりも賢い。よい男性と巡り合えば、素晴らしい妻になるだろう」

「彼女はいままで、わたくしたちが見つけてきた人をことごとく拒絶してきたのよ。どうして今回ばかりは、このジークフリートに興味を持つと思うの？」

「なぜなら彼は王子で、王位継承者だからだ」

「どこの国の王になると言うの？　最後の王は殺されたのよ」

「近い将来、あの王家が復活するという噂がある。ジークフリートは次の国王候補なのだ」

「そんな王家は、ジークフリートが跡を継ぐまで続かないわよ。また、皆殺しにされてしまうにきまっています」

「もう十分だ、フィグ。このことはジョージーに言う必要はない。陛下がお望みでいらっしゃるのだ。誰も陛下のご意向に逆らうことはできない。簡素な小ぢんまりとしたハウスパーティーを開く、それだけだ。ジークフリート王子とほかにも何人か、王子の英国の知人がやって来る。たくさん青年がいれば、ジョージーにわれわれの計画をすぐに見破られることもないだろう」

「ビンキー、その計画にはお金がかかるの。そういう若者たちがどれだけお酒を飲むか知っているでしょう？　この時期では、鳥撃ちも勧められないし、キツネ狩りもだめ。一日中何をさせておくの？　そのジークフリートって王子が山に登るとも思えないし」

「なんとかするよ。結局のところ、この家の当主はわたしだ。妹を嫁がせるのがわたしの務めなのだ」

「妹といっても異母妹じゃないの。彼女の母親に誰か探させればいいのよ。あの人が捨てた男は数知れないんだから。しかも大金持ちばかり」

「フィグ、意地の悪いことを言うのはやめなさい。さあ、頼むから、陛下に返事を出して、われわれは近いうちに喜んでハウスパーティーを開くつもりだと伝えてくれ」

話し手たちは、声が聞こえないところへ行ってしまったようだ。わたしは吹き込んでくる雪にひるみもせず、トイレの窓の前にすっくと立った。よりによって、ルーマニアのジークフリート王子ですって？　わたしは、スイスの教養学校レゾワゾにいたとき、彼に会ったことがある。射るような目で人を見つめ、握手する手には力がなく、いつも嫌なにおいをかいでいるみたいに不愉快そうな表情をした、うち解けない感じの人だった。わたしに紹介されると、王子はフランス語で「初めまして《アンシャンテ》」と言った。その言い方からして、彼に会えたことをわたしは光栄に思うべきだが、彼にとってはわたしに会ったことはとりたてて光栄なことではないと思っていることは明らかだった。ジークフリート王子がもう一度わたしに会いたがるとは思えなかった。

「行動を起こすときが来たわ!」わたしは吹雪に向かって叫んだ。わたしはもう未成年者ではない。付き添い人なしで行きたいところに行って、自分自身で決めて、自分自身の人生を選ぶことができる。わたしは跡取りでもないし、その補欠でもない。王位継承順位は三四番目。女性なので、たとえビンキーに息子がいなくても、わたしは公爵にはなれないし、ラノク城を継ぐこともできない。こうしてはいられない。未来がこちらにやってくるのを、ただじっと座って待っているわけにはいかなくなった。外の世界に出て、自分の運命を選ぶのだ。

トイレのドアをバタンと閉めて、ずんずんと廊下を大またで歩き、自分の部屋に入った。アイロンをかけたばかりのブラウスをハンガーに掛けていたメイドは、急にわたしが入ってきたので驚いたようだった。

「マギー、わたしのトランクを屋根裏部屋から取って来てくれる? そして都会で着るのにふさわしい服を詰めてちょうだい。ロンドンに行くの」

ビンキーとフィグが大広間でお茶を飲む時間まで待ち、わたしはそよ風のように広間に入っていった。実際には、その〝そよ風のように〟というのは嘘。だって、ラノク城では、廊下を強風が吹きぬけ、タペストリーがばたばたと風になびいているのだから。ビンキーは暖炉を背にして立ち、たった一本だけ燃えている薪の熱が部屋中に広がるのを邪魔していた。フィグの鼻先はブルーに染まり、彼女の貴族の血《ブルーブラッド》とよくマッチしていた。どうやらメイドのファーガソンに給仕させずに、自分でお茶を淹れるつもりらしく、ティーポットをいじっている。

「ああ、ジョージー、いいところに来た」ビンキーが朗らかに言った。「今日はどうしていた？　外はひどい天気だ。遠乗りには行かなかったのだろうね？」

「こんな天気では、馬がかわいそうだもの」わたしは銀食器の蓋を持ち上げ、中をのぞいて、「トーストかあ」とがっかりした声を出す。「クランペットはないのね」

「節約ですよ、ジョージアナ」とフィグが言った。「世の中の人々がクランペットを食べるお金がないのなら、わたくしたちもクランペットを食べてはならないのです。それは正しい行いではありません。わたくしたちにしても、いつまでクランペットを食べられるかわかったものじゃないわ。うちで乳牛を飼っていなかったら、バターの代わりにマーガリンを塗ることになるでしょうね」

フィグはフォートナム＆メイソンの黒い干しぶどうジャムをたっぷりトーストに塗っていたけれど、わたしは賢明にもそのことには触れなかった。代わりに、フィグが口いっぱいにトーストをほおばるのを待ってから言った。「わたし、しばらく、ロンドンに行ってこようと思っているの。もし、おふたりに異存がなければ」

「ロンドンへ？　いつ？」フィグは、鋭い小さな目でわたしをにらみつけてきいた。

「明日だって？　少し突然すぎるのではないか？」とビンキーが言った。

「明日、発つつもり。ひどい雪にならなければ」

「そうよ、なぜいままで黙っていたの？」とフィグ。

「今日、そういうことになったからよ」わたしはトーストにバターを塗るのに気をとられているふりをしながら言った。「学校時代の親友のひとりが結婚することになって、その準備を手伝ってほしいと言ってきたの。わたし、ここでは何も役に立つことをしてないでしょう。だから、困っている友人を助けるべきだと思ったわけ。バクスターが自動車で駅まで送ってくれるわよね？」

わたしはこの作り話をここにおりてくる途中で考えた。なかなかの出来じゃない？

「それはまた、ひどく不都合なことだよ、ジョージー」

「不都合？　どうして？」わたしは無邪気な子どものような目で兄を見た。

「ああ、じつは……」ビンキーは助けを求めてフィグをちらりと見てから続けた。「わたしたちは小さなハウスパーティーを計画しているのだ。おまえのために若者を何人か招待しようと思っている。しかし、おまえがいなければダンスやほかの娯楽もなしということになる。わたしたちのような年長の夫婦を相手にするだけでは、彼らは退屈するだろう？」

わたしはビンキーに近づき、頰にキスした。「そんなことを考えてくれるなんて、本当にやさしいのね、ビンキー。でも、わたしのためにお金を使わせることなどできないわ。わたしはもう子どもじゃない。わが家の財政がどのくらい厳しいかよくわかっているし、この領地のバカ高い相続税を払わなければならなかったことも知っているの」

ビンキーは決めかねて苦悩しているように見えた。王妃様の要求には従わなければならないが、妹はロンドンに行ってしまおうとしている。ところが、妹を引きとめるために理由を言いたくても、口止めされているのでそれもできない。こんなに面白い見せ物は久しくなかったわ。

「だから、もう、わたしの心配をしてくれなくてもいいの。ロンドンで若い人たちと交流して、友人を助け、自分の人生を生きていく。ところで、ロンドンにいるあいだ、ラノクハウスに滞在してもかまわないかしら」

フィグとビンキーのあいだでさっと視線が交わされた。

「ラノクハウス？　あなた、まさか、自分ひとりでラノクハウスを開けるつもり？」とフィグが言った。

「開けるってほど大げさじゃなくて、ただ寝室を使いたいだけ」

「あなたといっしょにメイドを行かせるわけにはいかないわ。わたくしたちもぎりぎりのところでやっているの。ビンキーはこのあいだの狩りで、十分な数の勢子《せこ》（狩場で鳥獣を駆りたてる者）を雇えなかったほどよ。マギーも病気の母親をおいて、あなたといっしょにロンドンに行くことはできないし」

「問題ないわ。使用人を連れて行くつもりもないし、中央暖房装置《セントラルヒーティング》もつけない」

「でも、お友だちの結婚準備を手伝うのだとしたら、その人のところに滞在するのではないの？」

「そのうち、ね。まだ、彼女は大陸から到着してないの」

「大陸って、あなた、その人はイングランド人じゃないの？」フィグはぞっとしたようすで尋ねた。

「わたしたちもイングランド人じゃない。少なくともビンキーとわたしは。わたしたちはたっぷりドイツ人の血が混ざったスコットランド人の血を引いているから」

「では、英国人と言いあらためます。あなたは英国人として育てられた。そこに大きな違いがあるの。で、そのお嬢さんは外国人なのね？」

神秘的なロシアの伯爵令嬢の話をでっちあげたかったけれど、あまりに寒くて頭が素早く働かなかった。「彼女はずっと健康のために海外で暮らしていたの。ひ弱なたちなのよ」

「ということは、どこかの憐れな物好きがその娘と結婚したがっているということだな」ビンキーは面白がって言った。「跡継ぎを産むには適していないようだから」

「ビンキー、相手の男性は彼女を愛しているの」わたしは架空のヒロインを弁護して言った。「愛のために結婚する人もいるのよ」

「確かに。だが、われわれの階級では、そういうことはしない」ビンキーはさらりと言った。

「わたしたちには果たすべき義務がある。適切な相手と結婚するという義務が」

「ビンキー、わたくしは愛も少しそこに加わっていると思いたいわ」フィグは冷やかな声で言った。

「運が良ければだ、フィグ。きみとわたしのように」

ビンキーは見た目ほど愚かではない、とわたしは思った。兄には狡猾なところはなく、単純な要求と、単純な喜びだけで生きているような人だけど、愚かでないことは確かだ。

フィグは実際、微笑みのようなものさえ浮かべた。「金庫からあなたのティアラを出してこなくてはいけないわね？」彼女は現実的な話題に戻った。

「ティアラをつけるような結婚式にはならないと思うの」

「じゃあ、式は聖マーガレット教会で挙げるのではないの？」

「いいえ、もっと小ぢんまりした感じ。ほら、花嫁は体が弱いって言ったでしょ？」

「だとしたら、結婚式の準備に人の助けなど要るのかしら。そんな簡素な結婚式だったら、誰にでも手配できるわ」フィグはジャムトーストをまたがぶりと噛んだ。

「ねえ、フィグ、花嫁は助けを求めていて、わたしはそれに応えるつもり。とにかく、ロンドンに行くわ。そこで、誰かすてきな人と巡り合えるかもしれないし」

「そうね。でも、召使はどうするの？」

「ロンドンで、地元の少女を雇って、身の回りの世話をしてもらうわ」

「身元を必ず徹底的に調べるのですよ。ああいうロンドンの娘たちは信用ならないから。そして銀食器は鍵のかかるところにしまっておくこと」

「銀食器は必要ないと思う。ほんの数日泊まるだけだから」

「あなたが行かなければならないというなら、行かせないわけにはいかないわね。でも、あなたがいなくなるとものすごく寂しくなるわ。ねえ、ビンキー？」

ビンキーは何か言いかけたが、思い直したようだった。「おまえがいなくなると寂しいよ」と彼は言った。それは兄がわたしにいままで言った中で一番感じのいい言葉だった。

南に向かって走る列車の窓からわたしは景色を眺めた。冬が終わりを告げ、素晴らしい春の景色に変わりつつあった。野原には新しく生まれた白い子羊たちがいて、土手にはサクラソウが咲き始めている。ロンドンに近づくにつれ、期待に胸がどんどん膨らんでいった。わたしはひとりでロンドンに行くのだ。生まれて初めて、自分ひとりで。生まれて初めて、自分自身で決断を下し、自分の未来の計画を立て、とにかく何かを始めたのだ。いまの段階では、これからどうしたらいいかまったくわからないけど、一九三〇年代なのよ、と自分に言い聞かせる。若い娘たちは、刺繍をしたり、ピアノを弾いたり、水彩画を描いたりするだけじゃなく、いろいろなことができるようになった。そして、ロンドンは大都市だ。わたしのような聡明な若者にとって、機会が満ちあふれている大都市なのだ。

*

しかしラノクハウスに到着する頃には、その興奮のあぶくはぱちんとはじけて消えていた。ロンドンに入る少し前から雨が降り始め、キングス・クロス駅に着いたときには、バケツをひっくり返したような土砂降りになっていた。しょぼくれた顔つきの男たちがユーストン・ストリートの貧困者救済スープ接待所の列に並び、どの街角にも物乞いの姿がある。わたしはタクシーを降りて、ベルグレイブ・スクエアの北側にある、ラノク城と同じくらい寒くて物寂しいラノクハウスに入った。わたしはこの家をにぎわいと笑いにあふれた場所として記憶していた。いつも人々の出入りがあって、劇場や晩餐会や買い物に出かけていたものだった。いま、家の中は、塵よけの布で覆い隠され、墓より冷たく、空っぽだった。生まれて初めてたったひとりで家の中にいる。その実感が徐々にこみあげてきて、恐れと興奮の入り混じった気持ちで、玄関の扉のほうを振り返った。ひとりでロンドンに来るなんて、馬鹿な真似をしたんじゃない？　ひとりでちゃんとやっていけるの？

そうだ、温かいお風呂に浸かって、お茶を飲んだら気分が晴れるかも。そこでわたしは階段をのぼって、自分の寝室に行った。暖炉には火の気はなかった。元気を出すには暖かい火が必要だったが、火のおこし方も知らない。白状すると、これまで火をおこしたり、焚きつけたりするのを一度も見たことがなかった。朝目覚めたときにはすでに、暖炉の中で薪が朗らかにぱちぱちと音を立てて燃えていた。午前六時にメイドがこっそり部屋に入ってきて、火をおこしてくれているときにはまだ夢の中だった。フィグは、ロンドンで雑用をすべてまかせられるメイドをわたしが雇うだろうと思っているけれど、そんなお金はまったくない。自分でできるようにならなくては。とはいえ、ロンドンに着いて早々、火のおこし方を学ばなければならなくなるとは思いもしなかった。

旅の疲れと寒さでくたびれきっていた。浴室に行き、浴槽に湯を張り始める。一五センチばかりたまってからようやく、二つの蛇口から出ているのは両方とも冷水だということに気づいた。ボイラーが止まっているのだ。でも、ボイラーがいったいどんな形のものなのか、またそれをどうやって動かしたらいいのかもわからない。あわててロンドンに出てきてしまった自分の愚かさを真剣に呪い始めた。もう少し待って、ちゃんと計画を練っていれば、暖かくて居心地のよい家に住んでいる誰かに招待してもらうこともできたはずだ。そうしたら、その家の使用人が風呂を用意し、お茶を淹れてくれていただろう。

どっと気持ちが落ち込む。再び階下におりて、使用人の居住区に続く階段のドアを思い切って開けた。幼い頃、この階段をおりて、料理人のミセス・マクファーソンのそばの椅子に腰かけ、ボウルからケーキ種の残りをすくい取ったり、ジンジャーブレッドマンの型抜きをしたりしたことを思い出す。半地下の広い厨房は、汚れひとつなく、寒く、人気《ひとけ》がなかった。やかんを見つけ、ガスに点火するための火口《ほくち》箱とつけ木も見つけた。よし、やったわ、と気を良くしてお湯をわかす。紅茶の入った茶筒もあった。しかし、そのとき、ミルクがないことに気づいた。牛乳屋に届けさせるよう手配しなければミルクは永久に手に入らない。ミルクとは戸口の前に置かれているものだった。わたしにわかるのはそれだけ。食料貯蔵室を探し回って、ボブリル（スープ用の牛肉エキス）の瓶を見つけた。紅茶の代わりに熱いスープをつくり、ジエイコブのクリームクラッカーといっしょに飲んでから、ベッドに入った。

「朝になれば、事態は明るく見えるもの」と日記に書く。「わたしはわくわくする新しい冒険への第一歩を踏み出した。少なくとも、生まれて初めて、家族から離れて自由になることができたのだ」

3

ラノクハウス
ベルグレイブ・スクエア
ロンドン
一九三二年四月二二日（金曜日）

王族の中の最下位のメンバーであろうとも、徒歩でバッキンガム宮殿に到着するべきではない。正式に入城するには、最低でも、ロールス・ロイスで乗りつけなければならないが、少々切り詰めた生活をしている場合は、ベントレーかダイムラーあたりでも許される。理想的には、完璧にそろった馬たちに引かれた四頭立てまたは六頭立ての立派な馬車がいいけれど、昨今では、馬車を維持するほど財力がある人はそれほど多くない。若い娘がひとりで前庭を徒歩でこっそり横切るところを見たら、わたしの親戚であり、英国王妃陛下にしてインド皇帝の后でもあるメアリ王妃は眉を吊りあげることだろう。いや、おそらく、本当に眉を吊りあげることはない。高貴な血を引く身分の高い人々は、はなはだしく場違いな行動を目にしても、反応しないようにしつけられているからだ。もしもどこかの植民地の先住民が、腰布をはぎ取って、一物を思いっきり陽気に振り回しながら踊ったとしても、眉をぴくりとさせることさえ許されないだろう。ダンスが終わったときに礼儀正しく拍手することだけが、唯一の適切な反応とされている。

まあ、こういったたぐいの抑制が幼少時からわたしたちにたたき込まれているわけだ。至近距離で銃が発砲されても、その音に反応しないように訓練される猟犬や、群衆の中でも素早く動けるように調教されている警察の馬みたいなもの。スイスの教養学校に入る前にわたしについていた家庭教師のミス・マカリスターはいつも祈りを唱えるようにぶつぶつと言っていたものだった。「淑女はつねに自分を抑制していなければなりません。淑女はつねに自分の感情を抑制していなければなりません。淑女はつねに自分の表情を抑制していなければなりません。淑女はつねに自分の仕草を抑制していなければなりません」そして、実際、やんごとなきお方の中には何日もトイレに行かなくても平気でいられる人がいるそうだ。けれど、この偉業をなし遂げられる王族は誰か、その名前をうっかり漏らすほどわたしは愚かではない。

幸い、バッキンガム宮殿に入るには別の道がある。あの立派な金箔を先っぽにほどこした門を抜け、もこもこの熊の毛皮の帽子をかぶった信じられないほど背の高い近衛兵たちや、もしかすると陛下ご自身にじっと見つめられながら広大な前庭を横切るのよりはずっといい。左に曲がってヴィクトリア駅のほうに行けばアンバサダーズ・コートを通り抜けて訪問者用入り口から宮殿に入ることができるのだ。さらに望ましいのは、その道に沿って高い煉瓦《れんが》壁の横を歩いていくと、壁にはめ込まれた目立たない黒い扉に行き当たるので、そこから中に入ること。その扉は、わたしの父のおじであるバーティ（エドワード七世として短期間ながら平和に国を治めた）が、こっそり淑女の友だちに会いに行きたくなったときに使ったものとされている。わたしは、はとこのデイヴィッド（現英国皇太子）も、両親のもとに滞在しているときに、ときおり使っているのではないかと思う。そしてわたしは、今日、その扉を使うつもりだ。

ところで、わたしは自ら好んで宮殿への訪問を習慣にしているわけではない。いくら親類でも、ちょっと立ち寄ってアフタヌーンティーをいただきながらおしゃべり、というわけにはいかない。今回こうして訪問しようとしているのは、ロンドンに到着して二日後に呼び出されたからだ。王妃陛下であるわたしの高貴な親類は、国中で最もすぐれた情報網を持っている。フィグが報告したとは思えないけれど、陛下はなぜか、わたしがロンドンに来たことをかぎつけたのだ。宮殿の便箋にしたためられた手紙が、陛下の個人秘書であるサー・ジャイルズ・ポンサンビー＝スマイスによって直接届けられた。お茶の時間に訪ねてくれれば、たいへんうれしく思いますと書かれていた。そういうわけでわたしは、金曜日の午後、バッキンガム・パレス・ロードをこそこそ歩いていたのだった。陛下の申し出を拒絶することはできない。

もちろん、呼び出された理由を知りたい気持ちも強かった。もしかすると、陛下とわたしがお茶の席に座ると、ジークフリート王子が登場し、なぜか都合のいいことにカンタベリー大司教まであらわれて、ではこの場で結婚式を挙げてしまいましょうということになるのではないかという、不吉な予感が頭をよぎったりもした。実際、ヘンリー八世にエールでも飲みに来なさいと誘われ、高いネックラインのドレスは着ないようにと命じられたときのアン・ブーリンの気持ちがちょっぴりわかる気もする。

社交界にデビューしたとき以来、わたしは高貴な親類たちに会っていなかった。あのデビューのときのことは、そう簡単には忘れられないし、彼らもきっと覚えているに違いない。わたしは、ピンチになると手足が意思とは関係なく勝手に動いてしまう種類の人間のひとりだ。髪飾りについていた三本のおそろしく長いダチョウの羽根は言うまでもなく、裾の長いドレスは、大惨事を予想させるものだった。わたしは合図に従って、王座のある公式謁見室に入った。「グレンギャリーおよびラノク公爵令嬢ヴィクトリア・ジョージアナ・シャーロット・ユージニー」とわたしを紹介する声が高らかに響いている。学校で百万回も練習してきたとおりに、完璧なお辞儀ができた。ところが、立ち上がろうとしたとき、靴の高いかかとが長い裾にからまってしまったらしい。動こうとしたけれど、かかとがひっかかっていて動けない。王族たちの視線を意識しながら、優雅に足を引っ張った。何も起こらない。汗がむき出しの背中を伝い落ちていくのが感じられた（ええわかっている。淑女は汗をかかないことになっているの。でも、とにかく、何かが背中をしたたり落ちていったのだ）。わたしはさらに強く引っ張った。かかとは自由になったけど、その代わりにわたし自身が、王妃陛下の前から下がるべきまさにその時に、大砲から発射された弾のように、王座のある公式謁見室の奥へと勢いよくぽんと投げ出された。陛下でさえ、わずかに驚かれたように見えたが、何もお言葉はなかった。そのときにも、そのあとにも。もしかしたら、今日のお茶のときにクランペットをいただきながら、その話が出るのかしら。

わたしはまんまと宮殿の厨房を取り囲んでいる細長い廊下に入り込むことができた。下側の廊下を通って、さまざまな家事を行う部屋の前をいくつも通りすぎた。その間、出会ったメイドや従僕たちはびっくりして目を丸くしていたが、ついに恐ろしげな声に呼び止められて、わたしのほうが驚かされる番になった。「おい、そこの女、どこへ行こうとしているのだ？」

振り返ると、厳格そうな高齢の紳士がこちらに近づいてくるのが見えた。

「見かけない顔だ」と彼は非難がましく言った。

「わたしはレディ・ジョージアナ。国王陛下の親戚です。王妃陛下とお茶を飲むために来たのです。陛下はお待ちになっていらっしゃるはずだわ」

たとえ遠縁であっても、王族であることの利点はいくつかある。老紳士は赤かぶのように真っ赤になった。

「お嬢様、どうぞお許しください。お嬢様がお見えになられていることを知らされていなかったとは、こちらのたいへんな落ち度でございます。陛下は黄色の間でお待ちになっていらっしゃいます。どうぞ、こちらへ」

彼はわたしを横の階段から主階《ピアノービレ》へ案内した。ピアノービレといっても楽器のピアノとは関係なく、この階で主に宮殿の生活が営まれる。黄色の間は南東の角にあって、窓からはザ・マルからアドミラルティー・アーチ、そしてバッキンガム・パレス・ロードの起点が見わたせる。見晴しは最高だ。けれど、部屋自体は、好きだと思ったことは一度もない。黄色の間は主に、ブライトンのロイヤル・パビリオンから持ってきた品々で飾られていた。中国趣味《シノワズリー》が流行の先端だった時代にジョージ四世が集めた品々だ。たくさんの龍や菊などが華やかに絵付けされた磁器。花が多すぎて、あまりにも派手なので、わたしの趣味には合わない。

「陛下、レディ・ジョージアナがお見えになりました」わたしの堅苦しい友人が低い声で言った。

陛下は、窓際のテーブルに座っておらず、立って壁に飾られたガラスケースのひとつをじっとのぞき込んでいた。わたしが部屋に入ると、陛下はさっとこちらに目を向けた。

「ああ、ジョージアナ。あなたが到着するところが見えませんでした。タクシーで来たのですか？」

「歩いてまいりました、陛下」王族というのは、近い親戚にも敬語を使う。わたしは陛下に近づいて頬へのキスをして、さらにお辞儀をした。この一連の動作はとてもデリケートなタイミングを必要とする。生まれてからずっと練習してきたにもかかわらず、わたしはいつも、お辞儀から立ち上がったときに陛下の頬に鼻をぶつけてしまうのだ。

陛下は背筋をぴんと伸ばした。「ソームズ、ありがとう。一五分したらお茶を」

ソームズは後ろに下がって部屋を出ると、両開きのドアを閉めた。陛下はまたガラスケースをのぞき込んだ。

「ねえ、ジョージアナ、あなたの亡きお父上は明の時代の素晴らしいコレクションを持っていたわね？ 彼とその話をした覚えがあるの」

「父はたくさんの美術品を集めていましたが、残念ながら、わたしには壺のよしあしを見分ける目がございません」

「それは残念ね。もっと頻繁に宮殿にいらっしゃい。そうしたら、わたくしが教えてあげるわ。人間というのは、美しい物を集めることに慰めを見いだすのよ」

美しい物を集めるためにはお金が要るし、わたしはいま貧しいのだと言うのはやめておいた。

陛下はガラスケースをのぞき込んだまま言った。

「あなたの兄、現在の公爵は、美術品や骨董品にほとんど興味がないのでしたね？」と女王は軽い調子で尋ねる。「彼は祖父のように育てられた。狩りに射撃に釣り。典型的な地方の大地主ね」

「確かに、おっしゃるとおりでございます」

「ということは、ラノク城の中に、いくつか明の壺が残っていても、誰もその素晴らしさがわかっていないということもありえるのですね？」

陛下の声がかすかに震えているように聞こえて、わたしはこの会話がどこに行くのかを突然理解した。陛下は自分のコレクションに欠けている作品を手に入れたがっているのだ。陛下のいかにも何気ない言葉で、確証が得られた。

「今度、ラノク城に戻ったら、少し探してみてくれないかしら？　ちょうど、この花瓶のような、小さめのもので、ここの飾り棚にぴったり合うものがほしいの。あなたのお兄さんが、本当に興味がないというなら……」

わたしにそれを盗ってこいとおっしゃりたいのですね、そう言いたくてたまらなかった。陛下は、骨董品のコレクションにたいへん熱心で、英国王妃にしてインド皇帝の后でなかったならば、骨董品売買の歴史において最も値切るのがうまい商人のひとりになっていただろう。もちろん、陛下にはほかの誰も持っていない切り札がある。どんな品でも陛下がお褒めになったならば、陛下に献上されるのがならわしだ。だから王族の訪問が迫ると、ほとんどの貴族たちは高価な品を隠している。

「陛下、わたしはこれまでのようには頻繁にラノク城に戻ることはないと思います。兄のヘイミッシュが跡を継ぎ、結婚もいたしましたので、あそこはもはや本物のわが家とは言えません」わたしは如才なく言った。

「本当に残念なことだわ。でも、今年の夏、わたくしたちと共にバルモラル城に行くときには、ラノク城を訪問するでしょう。あなたもバルモラルに来るわよね？」

「ありがとうございます。喜んでごいっしょさせていただきます」

拒否することなど不可能だ。バルモラルに招待されたら、行くしかない。バルモラルへの招待はみんなが敬遠しているけれど、毎年夏に、親戚の誰かに義務が回ってくる。毎夏、わたしたちは、バルモラルに行けない適切な口実をこしらえようとしていた。たとえば、地中海へヨットの旅に出るとか、植民地に視察に出かけるとか。ある近い親戚の女性は毎年バルモラルに行く季節に、赤ん坊を産んだと噂されているけど、これはいくらなんでもやりすぎだと思う。ラノク城で育った身としては、バルモラルはそれほどひどいところではなかった。タータンの壁紙、タータンのカーペット、夜明けのバグパイプ、開け放たれた窓から吹き込んでくる寒風は、わたしにとってはわが家を思い出させるものだけど、他人にとっては耐え難い試練でしかない。

「それから、グレンラノクにいっしょに行けばいいわ。とても気持ちのいいドライブになるでしょう、きっと」陛下はガラスケースから離れて、わたしを小さなティーテーブルへ誘《いざな》った。ビンキーに手紙を書いて、今年の夏は一番上等の陶磁器と銀食器を鍵のかかるところに隠すように知らせるのを忘れないようにしなくては。「じつはね、息子のデイヴィッドが、ある女を今年の夏、ラノク城に招待するようあなたのお兄さんを説得するつもりなのではないかとわたくしは疑っているのです。デイヴィッドは、バルモラルではその女が歓迎されないのをよく知っているし、ラノク城なら近くで便利だから」

陛下のために椅子を引くと、陛下はわたしの腕に手を触れた。

「わたくしはわざと、彼女のことを女と言っているのです。なぜなら、あの女は淑女ではないから」陛下は声をひそめた。「すでに二度も結婚したことがある、野心満々のアメリカ女よ」そしてため息をつきながら腰かける。「なぜあの子は、誰か似合いの相手を見つけて、腰を落ち着けようとしないのか、わたくしにはまったく理解できません。これから、どんどん若くなるわけではないのに。王位に就く前に身を固めるところを見たいのよ。たとえば、あの子はなぜあなたのような女性と結婚できないのかしら？　あなたとならうまくいくでしょうに」

「わたしのほうにはまったく異存はありませんが、残念ながら、殿下はまだわたしを幼い少女としかご覧になっていないのだと思います。殿下は洗練された年上の女性がお好きなのですわ」

「ふしだらな女《タート》が好きなのですよ」と陛下は冷たく言い放った。ドアが開き、陛下が上目づかいにそちらを見ると、お茶のトレーが次々と運ばれてきた。「あら、タルト《タート》」と彼女は繰り返した。先ほどの言葉が召使の耳に届いたかもしれない場合に備えてのことだ。

皿がひとつずつテーブルに並べられた。カラシナがはみ出しているフィンガー・サンドイッチ、そしてケーキスタンドにはミニチュアサイズのエクレアといちごタルト。冬中、フィグの節約生活に耐え、この二日間はトーストとベークドビーンズだけで生き延びてきた者の目に涙を浮かべさせるのに十分な光景だった。でも、この涙は喜びの涙じゃない。わたしは生まれてからずっと、王族の一員として暮らしてきたので、しきたりを心得ていた。客が食べていいのは、陛下がお召しあがりになったものだけ。そして、陛下はブラウンブレッドを一切れか二切れくらいしかお召しあがりにならないだろう。わたしはため息をついて、陛下がブラウンブレッドを取るのを待ち、それから自分も一枚取った。

「あなたをスパイとして雇ったらどうかしらと考えているの」紅茶が注がれているあいだに、陛下は言った。

「今年の夏、ラノク城でスパイをするということでございますか？」

「ジョージアナ、その前に真相をさぐり出さなければならないの。耳にするのは噂だけ。わたくしは、信用のできる者から直接聞かせてもらいたいのよ。デイヴィッドがマウントジョイ卿夫妻を説得して、ハウスパーティーと五月のダンスパーティーを開かせようとしているのです。そこにあの女と彼女の夫も招待させるつもりなのよ」

「彼女の夫？」陛下の言葉をけっしてさえぎってはならないことは知っていた。でも、言葉が勝手に出てしまったのだ。

陛下は、そうなのですよ、と言いたげにうなずいた。

「アメリカではそのような振る舞いも許されるのでしょう。彼女はどうやらまだ夫といっしょに暮らしているようです。その憐れな男性は、体面を保つためと、噂を打ち消すためにひきずり回されているのです。もちろん、そんなことで噂を消すことなどできません。これまでのところ、わたくしたちにできることは、この件に関して新聞に記事を書かせないことだけでした。けれど、デイヴィッドがもっと大胆に彼女を追いかけるようになれば、噂が広まるのにそれほど時間はかからないでしょう。彼女を追いかけると言いましたが、正直に言って、わたくしは、それはじつは逆であると信じています。あの女が容赦なくデイヴィッドを追い回しているのですよ。ジョージアナ、あなたなら、あの子がどんなふうか知っているわね。心が純粋なので、簡単におだてられ、簡単に誘惑されてしまうのです」女王はブラウンブレッドを置くと、少しわたしのほうに身を乗り出した。「ジョージアナ、わたくしは真実を知る必要があるのです。あの女がただデイヴィッドに戯れの恋をしかけているだけなのか、それとも本気であの子を狙っているのかつきとめなければなりません。わたくしが何よりも恐れているのは、あの女が、すべてのアメリカ人と同じく王族にあこがれて、英国王妃になる夢を抱いていることなのです」

「まさか、そんなこと、ありえません。だって、離婚経験のある女性ですよ。不可能です」

「不可能であることを祈りましょう。唯一の解決策は、デイヴィッドが結婚相手として望ましく思えないほど年を取るまで、国王陛下がご存命でいらっしゃることです。けれども、陛下のご健康が損なわれはじめているのが心配です。大戦の後、すっかりお元気をなくされて。当時の緊張状態が、いまごろになってこたえていらっしゃるのでしょう」

わたしは心から共感してうなずいた。「王妃様はわたしがスパイになることをお望みなのですね？」

「ええ、そのとおりです。マウントジョイ家のハウスパーティーは、あの女とデイヴィッドがいっしょにいるところを観察するのに好都合だわ」

「残念ながら、わたしは招待されておりません」

「たしか、あなたはマウントジョイの娘といっしょに社交界にデビューしたのでしたね？」

「はい、そうです」

「では、問題ありません。あなたが現在ロンドンにいることを知らせて、マウントジョイの娘と旧交を温めたがっているとわたくしから伝えましょう。通常、人々はわたくしの提案を拒否しないものよ。それに、あなたも、夫探しをするつもりなら、社交の場に出ないとね」女王は鋭い視線をわたしに向けた。「それで、ロンドンでいったい何をするつもりなのです？」

「ロンドンに着いたばかりです。どうするつもりか、まだ決めておりません」

「それは良くないわね。誰のところに滞在するのですか？」

「いまはラノクハウスにおります」

陛下の眉が吊り上がった。「ロンドンの家にたったひとりで？　付き添い人なしで？」

「わたしはもう二一歳です。成人しているのです」

陛下は首を横に振った。「わたくしが若かった頃には、若い女性は結婚する日まで付き添い人なしにはどこへも行けなかったものです。さもなければ、将来の夫は、自分の結婚相手が……つまり……潔白かどうか確信を持てませんでした。プロポーズはされていないのですか？」

「まったくなしです」

「まあ、どうしてかしら」陛下は美術コレクションのひとつを品定めするかのように、わたしをじろじろと見た。「あなたは魅力的でないわけではないし、少なくともあなたの血筋の半分は非の打ちどころがない。何人か、お似合いの青年に心当たりがあるわ。ユーゴスラビアのアレクサンダー王には息子がいるわよね？　いいえ、たぶん、あのあたりの地域は、少しスラブ的すぎる。ギリシア人の王族はどう？　あのかわいい小柄なブロンドの少年は？　ああ、残念だけれど、あなたにさえ、彼は若すぎる。そうそう、もちろん、若きジークフリートがいたわ。ルーマニアのホーエンツォレルン＝ジグマリンゲンの一員よ。彼はわたしの親類なのです。家柄は抜群だわ」

ああ、なるほど、ジークフリート。陛下は、彼を話題に出さずにはいられなかったのだ。ここで、きっぱりこの考えをつぶしておかなくては。

「わたしは何度かジークフリート王子とお会いしています。王子はあまりわたしに関心をお持ちのようには見えませんでしたわ」

彼女はため息をついた。「まったく、わたくしが若かった頃には、ことはすべて、はるかに簡単でした。縁談がまとめられ、わたくしたちはそれに従った。元々わたくしは、国王陛下の兄君、クラレンス公と婚約していたのですが、急にお亡くなりになってしまったのです。そこで、代わりに陛下と結婚することが提案されたとき、素直にそれを受け入れました。確かに、わたくしたちはたいへん幸福に暮らしていますし、皆が知っているように、あなたの曾祖母のヴィクトリア女王陛下はアルバート公をたいへん崇拝しておられました。とにかく、わたくしがどうにかしてあげられるでしょう」

「陛下、いまは一九三〇年代でございます」わたしは、大胆にも言った。「いつかきっと、どなたかいい方と巡り合えると信じております。こうしてロンドンに住んでいるのですから」

「ジョージアナ、わたくしが恐れているはそれなのです。あなたの父君は、非常に分別のある選択をしたとは世間では思われていないでしょう？　わたくしも、あなたはいつかきっと結婚すると思っています。ただ、適切な相手との結婚であることを望んでいるのです。あなたは、大邸宅を切り回し、わが国の大使として振る舞うことを学ばなければなりません。それにしても、そういうことをあなたに教えるべき母親がいないのが残念です。ところで、あなたの母親は、最近、どうしているの？　会っているのですか？」

「母がたまにロンドンを通りすぎるときに」

「最新の愛人は誰なのかしら？」陛下は、中国茶にレモンのスライスを入れるかどうかを仕草で尋ねているメイドに向かってうなずいた。

「最後に聞いたときには、相手はドイツの実業家でした。でも、それから二カ月ばかり経っていますし」

陛下の目が一瞬きらりと光ったのをわたしは見逃さなかった。この厳格な王妃は、堅苦しく人を寄せつけないように見えるけど、心の底にユーモアのセンスを隠し持っている。

「ジョージアナ、わたくしにこの件はまかせなさい。若い娘が何もせずに、付き添い人もなくすごすのはよくありません。大都市には誘惑が多すぎます。わたくしの女官にしたいところだけれど、いまの時点では、女官は十分足りています。さて、どうしたものかしら。そうだわ、ベアトリス王女なら侍女を必要としているのではないかしら。王女様も以前ほどはお出かけにならなくなったけれど。そう、それがいいわ。王女様に話してみましょう」

「ベアトリス王女様？」わたしの声は少し震えていた。

「あなたも会ったことがあるでしょう。ヴィクトリア女王陛下のご息女のおひとりで、現国王のおば上にあたられるお方です。あなたにとっては大おば様よ、ジョージアナ。田舎に美しい邸宅をお持ちで、ロンドンにもお屋敷があったと思うけれど、いまではめったにこちらにはお越しにならないわね」

お茶は終わり、わたしは宮殿から退散した。そして、気分はどん底。なるべく早く、何か素晴らしい仕事を思いつくことができないと、ヴィクトリア女王の娘で、いまはもうほとんど外に出ることもないベアトリス王女の侍女にされてしまうだろう。

4

ラノクハウス
一九三二年四月二二日（金曜日）

　わたしはものすごく憂鬱な気分でバッキンガム宮殿をあとにした。この憂鬱は、デビューシーズンが終わって、自分の将来にはお金も見通しもないことを実感して以来、どんどん深まる一方だった。どうやら、王族の親類たちがわたしに適当な夫を見つけるまでのあいだ、高齢の王女様の田舎の屋敷に閉じ込められることになりそうな気配だった。憂うつな未来に、ほんのかすかな興奮のきらめきがあるとしたら、それはとこのデイヴィッドと最新の〝愛人〟をスパイするという冒険だけだろう。

　とにかく、なんとか元気を出す必要があったので、大好きな人を訪問するためにディストリクト線に乗った。広い大都市の景色は、徐々にエセックスの田舎の風景に変わっていった。アップミンスター・ブリッジで下車し、グランビル・ドライブに沿って立ち並ぶつつましい二軒長屋に沿って歩いていく。そうした家々のハンカチサイズの庭は石像や小鳥の水浴び用の水盤で飾り立てられている。二二番のドアをノックすると、「いま行く、いま行く」というくぐもった機嫌の悪い声が聞こえてきた。半開きのドアからいかにもロンドン子らしい顔がのぞいた。わし鼻の顔は生気にあふれ、古いプルーンのようにしわくちゃだった。わたしが誰かに気づくまで一瞬の間があったが、すぐににっこり笑って表情がぱっと明るくなった。「こりゃまた、たまげた」と祖父は言うと、ドアをさっと開けた。「びっくり仰天だ。おまえに会うのは、ずいぶん久しぶりだな。元気にしていたか？　さあ、さあ、中に入って、おじいちゃんにキスしておくれ」

まだ話していなかったけれど、わたしの祖母のひとりは、ヴィクトリア女王の娘だけど、四人の祖父母の中でいまも生きているのはこの祖父だけ。元警官で、引退後はエセックスの二軒長屋に前庭の石像たちといっしょに住んでいる。

祖父にキスをすると、無精髭にこすれて頬がちくちくして、石炭酸石鹸のにおいがした。わたしはぎゅっと祖父を抱きしめた。「おじいちゃん、わたしは元気よ。おじいちゃんこそ、お元気？」

「まずまずってところだな。まあ、胸が少々苦しいが、昔のようなわけにはいかん。これが年を取るってことだろう？　さあお入り。やかんを火にかけてあるし、うまいシードケーキもある。隣のばあさんが焼いたんだ。やっこさん、しょっちゅう焼き菓子を持ってくるのさ。自分がどんなに料理上手で、妻にしたらどんなにいいか、売り込んでいるらしい」

「で、その人はいい奥さんになりそう？　おじいちゃんは、もう長いこと、ひとりで暮らしているんでしょう?」

「わしはひとりに慣れておる。どっかのばあさんに暮らしを引っ掻き回されたくない。さあ入って、座った、座った。おまえに会えるなんて、本当にうれしいよ」

祖父はもう一度わたしに笑いかけた。「で、なんでまた、こんなところまでやってきたんだ? 見たところ、ちゃんとした食事が必要なようだ。骨と皮だけになっているじゃないか」

「そうなの、ちゃんとした食事がしたいの。いま、宮殿からの帰りなんだけど、あそこのお茶ときたら、ブラウンブレッド二切れだけよ」

「ふむ、わしのほうがそれよりずっと上手にもてなせるぞ。焼いたチーズにポーチドエッグを二つばかりのせたのと、例のケーキでどうだ?」

「最高」わたしは幸福のため息をついた。

「おまえはやつらに、お茶のあとどこに行く予定か、言わなかったんだろうな」祖父はきちんときれいに片づいた小さい台所の中を動き回り、卵を二個割って、エッグポーチャーに入れた。「知っていたら、やつらは不快に思っただろう。なにしろ、おまえが小さい頃、わしがおまえに送った手紙は隠されてしまっていたくらいだから」

「まさか、そんなこと」

「もちろん、やっていたさ。やつらは、わしら貧乏人とはかかわりたくなかったんだ。そりゃやな、おまえの母さんがちゃんと義務を果たしておまえをきちんと育てていたら、わしらだって、あちらの家に滞在するよう招待されただろうし、あいつがおまえをここに連れてきて、わしたちに会わせていたかもしれん。しかし、あいつはあちこちで自分を見せびらかすのに忙しくてな。わしらは、強風がびゅうびゅう吹き込む、あのでっかい城に閉じ込められているおまえのことをしょっちゅう心配していた」

「わたしには乳母がいたから。家庭教師のミス・マカリスターも」

祖父はまたにっこり笑った。顔全体がぱっと明るくなるような笑顔だ。「おまえは、みごとな娘に成長した。それを認めないわけにはいかん。ごらん、立派な令嬢だ。たくさんの男たちがおまえのために競い合っていることだろう？」

「そうでもないの。というか、結婚相手も決まってないし、これからどうしたらいいか、まったくあてがないの。兄はもうわたしにお小遣いをくれるつもりはないみたいだし。兄は、わが家はすごく貧乏だと宣言している」

「汚い卑劣漢め。あいつのところへ乗り込んで、説教してきてやろうか？」

「ありがとう、でも、いいの、おじいちゃん。兄たちは本当に困っているんだと思う。それに、結局のところ、わたしは異母妹にすぎないし。それでも兄は、ラノク城に住んでいてかまわないと言ってくれている。ただし、ポッジと遊んでやって、フィグの編み物を手伝うのにはほとほとうんざり。それで、お母様のように、家を飛び出したの。ただ、お母様のようにはうまくいってないだけ。ビンキーがしばらくロンドンの家にいていいと言ってくれたので、いまはあそこにいるんだけど、セントラルヒーティングなしだと、凍りつくほど寒いし、世話をしてくれる使用人もいない。おじいちゃん、火のおこし方を教えてくれる？」

祖父はわたしをじっと見てから笑いだした。そのうちにぜいぜいいい始め、しまいには咳き込んでしまった。「ああ、本当におまえは面白い子だ。火のおこし方を教えろだと？　まったくもう。わしがベルグレービア（ハイド・パークの南の上流階級の人々が住む地域）に行って、火をおこしてやる。それがおまえさんの望みならな。それに、ここに泊まってもいいんだぞ」そのことを想像して、祖父の目はうれしそうにきらりと輝いた。「三四番目の王位継承者がホーンチャーチの二軒長屋に住んでいるとやつらが知ったらどんな顔をするか、考えてもみろ」

わたしも笑った。「さぞかし愉快でしょうね。ぜひ、そうしたいところだけど、そんなことをしたら、国王陛下のおば様にあたるベアトリス王女の侍女として、わたしを田舎に送り込もうという王妃様の計画がさらに早まるに違いないわ。王妃様は、わたしに大邸宅をとりしきるやり方を学ばせたがっているの」

「ふむ、それは一理あるな」

「そんなことになったら、退屈で死んじゃうわ。おじいちゃんにはわからないでしょうね、社交界デビューのパーティーや舞踏会が続いた華やかなシーズンが終わったあと、それがどんなに憂鬱なことか。わたしにはこれからどうしたらいいかまったくわからないの」

やかんの湯が沸騰し、祖父は紅茶を淹れた。「仕事をすればいい」

「仕事？」

「おまえは賢い子だ。教養も身につけている。何を躊躇することがある？」

「ビンキーたちが反対するわ」

「あいつらにはおまえを養う気がないんだろう？　それに、おまえはやつらの所有物でもない。また、公金を使って王族の義務を果たしているわけでもない。外の世界に出て、楽しんだらいい。自分の人生を本当はどうしたいのか、考えてみるんだ」

「うーん、すごく心をそそられるわ。近頃の若い女性たちは、いろいろな仕事に就いているのよね？」

「もちろんだとも。ただし、おまえの母さんのように、舞台に立つのだけはやめておけ。あいつも昔はきちんと育てられたいい娘だった。だが、女優になってちやほやされて、いい気になってしまったのだ」

「でも、成功したんじゃなくって？　たくさんのお金を儲けて、公爵と結婚して」

「ああ、しかし、代償を払ってな。どんな代償かって？　あいつは魂を売ったのだ。いま、あいつは必死に自分の美貌にすがりついている。男たちが誰ひとり自分に興味を持たなくなる日を恐れて」

「でも、お母さんは、おじいちゃんのためにこの家を買ってくれたんでしょう？」

「気前が悪いと文句をつけてるわけじゃない。ただ、あいつの全人格が変わってしまったと言っているだけだ。この頃じゃ、赤の他人と話しているようだよ」

「わかるわ。でも、わたしはお母さんのこと、よく知らないの。いまは、ドイツ産業界の実力者といっしょにいるはずだけど」

「くそったれドイツ人め」と祖父はつぶやいた。「すまんな、汚い言葉を使って。だが、やつらのことを口にするだけで、いらつくのだ。それにあの新顔、ヒットラーってやつは、よからぬことを企んでいるに決まっている。あいつは、要注意だぞ、よく覚えておきなさい」

「ドイツの人たちにとってはいいのかもしれないわ。国を立て直そうとしているのでしょ」

祖父は顔をしかめた。「あの国は、あのままでいいのだ。助長させちゃいかん。おまえは戦地で敵と戦ったことがないからな」

「おじいちゃんだってそうでしょう」

「そうだ。しかし、おまえのおじのジミーは戦場に赴いた。まだ一八歳だった。そして二度と帰ってこなかった」

わたしは、ジミーおじさんという人がいたことさえ知らなかった。それまで誰もわたしに教えてくれなかったから。

「お気の毒に。あれは恐ろしい戦争だったわ。もう二度と戦争が起こらないように祈りましょう」

「いまの国王が健在なうちは大丈夫だろう。しかし、国王が亡くなると、すべては白紙に戻ってしまう」

祖父は目の前に食べ物ののった大皿を置いた。わたしはしばらく黙り込んでしまった。

「なんとまあ、これはこれは。いいんだぞ、全部平らげて。ものすごく腹をすかせていたんだな」

「ベークドビーンズしか食べていなかったの。まだベルグレービアで食料品店を見つけてないし。みんなは、家に届けさせているみたいだけど、正直に白状すると、わたしお金がまったくないの」

「だったら、日曜日にうちに来て、いっしょに夕食を食べたらどうだ。ローストした肉に二種の野菜添えだ。裏庭でおいしいキャベツがとれるし、夏の終わりとくればもちろん豆だ。おまえのところのウエスト・エンドの高級レストランにだって負けないぞ」

「喜んで、おじいちゃん」とわたしは言った。いま、わたしが祖父を必要としているのと同じくらい、祖父もわたしを必要としている。祖父は孤独なのだ。

「おまえがあの大きな家にたったひとりでいるというのがどうも気になる」祖父は首を横に振りながら言った。「最近、ロンドンには胡散《うさん》臭い連中がいるようだ。戦争後、頭がどうかしてしまったやつらがな。知らないやつが玄関をノックしても、扉を開けたりしてはいかんぞ。いいか？　そうだ、昔の制服を出してきて、おまえの家の玄関のあたりをパトロールしてやろうか」

わたしは笑った。「見てみたいわ。おじいちゃんの制服姿を一度も見たことがないもの」

祖父がかつて警察官であったことは知っていたが、とうの昔にやめてしまっていた。

祖父はぜいぜいいいながら笑った。「わしも見てみたいよ。上着の腹のあたりのボタンは留められないだろうし、この老いさらばえた足ではブーツを履いていられんだろう。しかし、おまえがあのでっかい家にひとりでいるというのは、危ない気がしてならない」

「おじいちゃん、わたしは大丈夫よ」祖父の手を軽くたたく。「だから、火のおこし方を教えて。皿洗いの仕方も。全部覚えなくっちゃ」

「火をおこすにはまず、石炭貯蔵庫におりて行かなければならん」

「石炭貯蔵庫？」

「そうだ。通りのマンホールから流し込まれた石炭がたまっている場所で、地下の小さな扉から石炭をシャベルですくい出すのだ。おまえの家でも同じような仕組みになっているはずだ。しかし、そこはたいてい暗くて、汚い。そして必ず蜘蛛《くも》がいる。そんなことはしたくないだろう？」

「汚れるのと、凍えるのの、どちらかを選べというなら、汚れるほうを選ぶわ」

祖父は振り返ってわたしを見た。「いい根性をしておる。おまえの母さんにそっくりだな。あいつもどんなことにもへこたれない娘だった」と言いながら、また咳き込む。

「たちの悪い咳みたいね。お医者様に診てもらっているの？」

「冬のあいだ、ときどき、な」

「で、お医者様はなんて？」

「気管支炎だとさ。空気中の煤煙と冬の霧がよくないんだ。海辺に保養に出かけるのがいいと先生はのたまう」

「名案じゃない」

祖父はため息をついた。「いいか、保養には金がかかるんだよ。わしはいま、すごく裕福とは言えんからな。去年の冬は診察代がかさんだし、石炭も値上がりしている。なけなしの貯金を取り崩して生活しているわけだ」

「警察から年金をもらってないの？」

「雀《すずめ》の涙程度さ。勤続年数が足りないのだ。ちょっとした喧嘩に巻き込まれて、頭を棍棒で殴られ、それからめまいがするようになって警察をやめた。ま、そういうことだな」

「お母さんに、助けてもらったら？　お金ならいっぱい持っているはずよ」

祖父の表情は険しくなった。「わしはドイツ人の金は受け取らん。そんなことをするくらいなら飢え死にするほうがましだ」

「お母さん自身のお金があると思う。だって、いままでたくさんのお金持ちの男性と暮らしてきたから」

「少しは蓄えがあるかもしれん。だがな、美貌がいよいよ衰えてひとりぼっちになったときのためにそれはとっておかねばならん金だ。それにな、わしとばあさんのために、この家を買ってくれただけで十分だ。わしには何の借りもないのだよ。それに、わしも施しなど欲しくはない」

お皿を流しに持っていきながら、台所に何もないことに気づいた。そのとき恐ろしい考えが浮かんだ。もしかすると、わたしは祖父の最後の卵を食べてしまったのではないかしら。

「おじいちゃん、わたし、仕事を見つける。そして、料理の作り方も覚えるから、そしたらラノクハウスに来て。いっしょに夕食を食べましょう」

祖父はまた笑い始めた。「楽しみに待っとるぞ」

ロンドンへ戻る電車の中で、わたしはひどく落ち込んでいた。祖父はとてもお金に困っているのに、助けてあげることができない。とにかく急いで仕事に就かなければ。家族から独立するというのは、思っていたよりも易しいことではないようだ。

明るくて、暖かい晩だった。あの誰もいない物寂しい家に帰るのは気が重かった。家具はすべて塵よけの布で覆われ、けっして心地よいと思えるほど部屋が暖まることがない家へ。サウス・ケンジントン駅で地下鉄をおりて、ブロンプトン・ロードを歩き始める。ナイツブリッジでは、夕べのパーティーに出かける途中の上品なカップルをまだちらほら見られた。こんな光景を見ていると、世の中が不況の波に呑まれて、たくさんの人たちがスープ一杯のために長い列に並んでいるとは思えない。そのような特権階級に生まれ育ったわたしは、ようやくいまになって世の中のものすごい不公平を意識し始めたばかり。そしてこの現実がわたしを不安にさせている。もしもわたしが豊かな個人収入を持つ高貴な女性ならば、そうした給食施設での奉仕活動を買って出ただろう。でも、現在はわたし自身が失業中の貧しい身の上。パンとスープが必要なのはわたしなのかもしれない。もちろん、わたしの場合は彼らと違うことはわかっていた。高齢の王女様のところへ行くことに同意するだけで、おいしいものを食べて、世の中のことなどまったく気にせず、のんきに極上のワインを楽しめるのだから。ただ、世の中のことを気にするべきだという考えがわたしの意識に入り込もうとしている。そう、人は何か価値があることをするべきなのだ。

ハロッズのショーウィンドウの前を通りかかり、はたと立ち止まる。流行の先端をいくドレスと靴たち！　最新のファッションを追いかけるという試みをしたのは、生まれてからたった一回だけ、わたしのデビューシーズンでのことだった。わずかな衣装代をもらい、雑誌で今シーズン、ロンドンのおしゃれな若い女性たちがどんな服装をしているかを研究し、それから、猟場管理人の妻にそれらに似せたドレスを急いで仕立てさせた。ミセス・マクタビッシュの裁縫の腕は確かだったが、仕上がったドレスは、やはりあまり出来のよくない模倣品という程度のものだった。ああ、たっぷりお金を持って、ハロッズに優雅に入店し、好きなドレスを選べたら！

空想にふけっていると、タクシーが一台道の角で停車し、ドアがばたんと閉まる音がした。そして、わたしを呼ぶ大きな声。

「ジョージー！　ジョージーね。あなただと思って、運転手に車を止めさせたの。びっくりしたわ。あなたがロンドンに来ているなんて知らなかったもの」

目の前に立っているのは、めまいがするほど美しい、昔の同級生、ベリンダ・ウォーバートン＝ストークだった。エメラルド・グリーンのサテンのオペラケープを着ていた。そう、ケープの両側が縫い合わさって袖のようになっているので、たいていの人はこれを着るとペンギンのように見える。髪は結いあげられて、片側にハイカラな飾りがついた艶のある黒ビロードの帽子におさめられていた。さらに帽子のてっぺんには滑稽なダチョウの羽根が突き立っていて、わたしに向かって走ってくる彼女の頭上で跳ねている。

わたしたちは走り寄って抱き合った。

「ベリンダ、あなたに会えるなんて、ほんとにうれしいわ。すごくきれいよ。声をかけてくれなければ、あなただとわからなかったかも」

「見た目を派手にしておかないと、お客様は来てくれないから」

「お客様？」

「あら、聞いてないの？　わたし、仕事を始めたの。ファッションデザイナーよ」

「そうなの？　うまくいっている？」

「ものすごく。わたしの作品を着たいって人が殺到しているわ」

「よかったわねえ。うらやましいわ」

「だって、わたしは何かをしなければならなかったから。あなたみたいに、王族の運命を背負ってるわけじゃないしね」

「わたしの王族の運命は、いまのところ、あまり有望に見えないの」

ベリンダは、何枚かコインを出してタクシー運転手に支払い、それからわたしの腕に自分の腕をからめて、ブロンプトン・ロードを歩き始めた。

「それで、あなたはロンドンで何をしているの？」

「母にならって、家を飛び出したつもり。もう一分たりとも、スコットランドにいられなかったから」

「わかるわ。タータンの壁紙のあの恐ろしいトイレ！　あそこにいると、偏頭痛がおさまらないもの。どこかへ行く途中？　もしそうでないなら、わたしのところへ来て、飲み物でもどう？」

「この近くで暮らしているの？」

「公園のすぐそば。ものすごくアバンギャルドなところよ。小さな馬屋を改装したコテージを買って手を入れ、メイドとふたりで住んでいるの。お母様は怒り狂っているけど、もう二一歳だし、自分でお金を稼いでいるから、口出しできないのよ」

わたしはベリンダに連れられて、ブロンプトン・ロードを進み、ナイツブリッジを通って、丸石の敷かれた裏通りに足を踏み入れた。まわりの建物は、昔の馬屋が居住棟につくり替えられたものらしい。ベリンダのコテージは、外まわりは風変わりに見えたが、内部は完全にモダンな造りに改装されていた。白い壁、すべてが最新式の合成樹脂とクローム製の設備、そして壁にはキュービズムの絵画（もしかするとピカソかも）。彼女はわたしを硬い紫色の椅子に座らせると、部屋を横切ってふだんに食物が蓄えられているサイドボードの前に立った。

「特製のカクテルをごちそうするわ。わたしは新しいカクテルをつくることで有名なのよ」

ベリンダはそう言うと、いくつもの瓶から危険なほどの量の酒をシェーカーに注ぎ、最後の仕上げに何か明るいグリーンの液体を入れてシェークし、出来上がったカクテルをグラスに注いだ。マラスキーノチェリーを二個ばかり、中に落とす。

「さあ、飲んで。気分が上向くわよ」

ベリンダは、わたしの向かい側の椅子に座って、足を組んだ。絹のストッキングに包まれた長い脚とグレーの絹のペチコートがちらりと見えた。

一口飲んで、わたしは息を詰まらせた。咳き込まないように注意しながら、上目づかいに彼女を見て微笑む。

「とても、不思議な味だわ。あまりカクテルを飲んだことがないの」

「ね、レゾワゾの寄宿舎で、怪しげなカクテルをいろいろつくったこと、覚えている？」ベリンダは自分のグラスからグイッと飲んで笑った。「伸びてしまわなかったのは、奇跡よね」

「もう少しでそうなっていたわ。あのフランスの子、モニークを覚えている？　彼女は一晩中、吐いていた」

「そうだったわね」ベリンダの微笑みが消える。「ものすごく昔のことに思える。まるで夢だったかのように」

「ええ。美しい夢だったわ」

彼女は鋭くわたしを見つめた。「ということは、あなたの人生はいま、それほど素晴らしいってわけじゃないのね？」

「正直に言うとね、糞みたいな感じなの」カクテルはすでに効果をあらわし始めていたようだ。「糞みたい」なんて下品な言い回しを、わたしはふだん使わないもの。「早く何か対策を考えないと、王族の親類たちがわたしの結婚相手としてさえない外国人の王子か何かを見つけてくるまで、田舎の大邸宅に幽閉されてしまうの」

「まあ、ましなほうじゃない？　ものすごくハンサムな外国の王子がいるかもしれないし、いつか王妃になるのも悪くないかも。美しいティアラのことを想像してごらんなさいな」

わたしは顔をしかめた。「忘れているかもしれないけど、ヨーロッパにはごくわずかしか王家は残っていないのよ。しかも、王家は簡単に倒されてしまう。その上、わたしが会ったことがある花婿候補の青年は退屈すぎて、その人と長い一生を共にするくらいなら暗殺されたほうがましに思えるくらいよ」

「いま、ブルーなムードだってことね？　ということは、あなたの性生活は現在、かなりお寒いってわけだ」

「ベリンダ！」

「あら、ごめんあそばせ。ショックを与えちゃったかしら。わたしがいまつきあっている人たちは性生活について話し合うのはごくふつうだと思っているの。それでいいんじゃない？　だってセックスについて話すのは、健全なことよ」

「わたしも、別にかまわないわよ」と言ったものの、内心、恥ずかしくて居心地の悪さを感じていた。「だって学校では、そういう話ばかりしていたじゃない」

「でも、話すよりやるほうがはるかにいいわよね、そうでしょう？」彼女は満足そうに微笑んだ。それから、ぎょっとしたような顔をした。「まさか、あなたヴァージンじゃないわよね？」

「残念ながら、そうよ」

「いまどき、王妃候補者は処女じゃなきゃだめ、なんてことはないんでしょう？　床入りの前には、いまだに大司教と大法官が差し向けられてじきじきに検査するなんて言わないでよね」

わたしは笑いだした。「好んでヴァージンを守っているわけじゃないの。理想の男性に巡り合えたら、喜んで服をはぎとって、干し草の中に転がり込むつもりよ」

「つまり、シーズン中に、欲情にかられるような青年にはひとりも出会わなかったということね？」

「ベリンダ、言葉に気をつけて！」

「わたしはアメリカ人たちとつきあっているから。すごく楽しいわよ。やんちゃな人たち」

「はっきり言って、わたしが出会った青年たちはひとり残らず、耐え難いほど退屈だったわ。そして、タクシーの後部座席でのちょっとしたいちゃつきに関するわたしのごく限られた経験から言って、セックスは過大評価されているんじゃないかしら」

「ああ、わたしの言うことを信じて。あなたもきっと好きになるから」ベリンダは再び微笑んだ。「あれは、すごくいいものよ。好きな人とやるなら」

「とにかく、それに関しては、いくら話しても意味がないの。だってわたしがそれに精通するようになる可能性はすごく低いんだから。チャタレイ夫人の森番のような人でもあらわれないかぎりね。わたしは、年老いた親類の侍女になるために田舎に閉じ込められるのよ」

「親類たちにはそんな権限はないわ。行っちゃだめよ」

「ロンドンにいつまでもいるわけにはいかないの。わたしには生きる糧《かて》がないから」

「だったら、仕事に就きなさいな」

「そうしたいのはやまやまだけど、そんなに簡単にはいかないと思う。男の人たちだって仕事を求めて列に並んでいる。世の中の半分の人たちは、ありもしない仕事を探しているのよ」

「あら、求められている人には仕事はちゃんとある。あなたも自分に適した場所を見つけなくちゃ。働き手を必要としている場所を探して、そこに自分が入り込むの。わたしを見て。わたしはいま、素晴らしい生活を送っている。ナイトクラブに出かけ、自分が望む人々とおつきあいし、『ヴォーグ』誌にはわたしの写真が載っている」

「ええ、でも、あなたにはドレスのデザインという才能がある。わたしの場合、自分にいったい何ができるのか、皆目見当がつかない。学校で習ったのは結婚に必要なことだけよ。そこそこのフランス語を話し、ピアノを弾き、そして、テーブルのどこに大司教を着席させるかは知っている。これだけでは、雇ってもらうための売りにはならないでしょう？」

「あら、そうでもないわよ。にわか成金の中産階級の俗物たちなら、ただ自慢するためだけに、あなたに飛びつくわ」

わたしはぞっとして彼女を見つめた。「でも、わたしは正体を明かすわけにはいかないの。そんなことをしたら宮殿に知られてしまい、息をつく間もなく、どこかの国の王子と結婚させられてしまうわ」

「正体を明かす必要はないわ。あなたを一目見れば、上流階級のお嬢様だとわかるもの。だから外の世界に出て、楽しみなさいな」

「もっと肝心なのは、お金を稼ぐこと」

「もしかして一文無しなの？　お金持ちの親類たちはどうしたの？」

「親戚のお金には紐がついている。侍女になれば、なにがしかのお小遣いをもらえるでしょう。あるいは、ジークフリート王子との結婚に同意すれば、親類たちはわたしに立派な嫁入り道具を用意してくれる」

「ジークフリート王子？　もしかして、わたしたちがレゾワゾで会った？　あなたが魚顔とあだ名をつけたあの無表情な人？」

「そう、その人」

「あらまあ、それは最悪。あんな人と結婚するなんて、問題外よ。現在、ルーマニアの君主制が少々無秩序状態にあるという事実は別としても。国の外へ追いやられたら、ものすごくわびしい暮らしになりそうだし」

「どこの国の王子でも結婚したいとは思わない。わたしはあなたみたいに、自分の仕事を持ちたいわ。何か才能があったらよかったのに」

ちょうど王妃様がそうしたように、ベリンダは吟味するようにわたしをじっと見つめた。

「あなたは背が高い。モデルになれるかも。わたしにはコネがあるのよ」

わたしは首を横に振った。「いやよ。モデルは勘弁して。人々の前を行ったり来たり歩くなんて。社交界デビューしたときの大失敗を覚えているでしょう？」

ベリンダはくすくす笑った。「ええ、覚えている。だったらモデルはなし、と。でも、きっと何か見つかるわ。映画スターの秘書とか？」

「速記もタイプもできない」

ベリンダは体をこちらに倒してわたしの膝を軽くたたいた。

「あなたのために何かを見つけてあげる。ハロッズはどうかしら？　すぐ近くだし、スタート地点としてはいいんじゃない？」

「デパートの売り子？」わたしはショックを受けたような声で言った。

「なにも、ベリーダンサーとして働きなさいと言っているわけじゃない。ハロッズはとても立派なデパートよ。わたしはいつもあそこで買い物をしているわ」

「それも面白いかもとは思う。でも、なんの経験もないわたしを雇ってくれるかしら？」

「社交界でよく名の知られた、ロンドンで派手に活動している女性があなたに素晴らしい推薦状を書いてくれれば、大丈夫よ」

「たとえば、誰、とか？」

「わたしのことよ、馬鹿ね」ベリンダは笑った。「わたしが推薦状を書けば、誰もあなたを拒絶したりしないわ」

ベリンダはペンと紙を取り出して書き始めた。

「名前はどうする？」と彼女は尋ねた。

ちょっと考えてから、わたしは「フローレンス・キンケイド」と答えた。

「フローレンス・キンケイドって、いったい誰よ？」

「子どもの頃、母がパリで買ってきてくれたお人形よ。母はフィフィ・ラ・リューと呼んでちょうだいと言ったけど、フローレンス・キンケイドのほうがかっこいいと思ったの」

「フィフィ・ラ・リューのほうが、面白い仕事が見つかりそう」ベリンダはいたずらっぽく笑って、ペンの先をしゃぶった。「さて、と。ミス・フローレンス・キンケイドは、二年間、わたしのチャリティー・ファッションショーの組織で、アシスタントとして働いてくれました。非の打ちどころがない性格と家柄の女性で、進取の気性に富み、冷静さ、魅力、ビジネスセンスを兼ね備えており、いっしょに働けることはわたしの喜びでした。ミス・キンケイドを手放すのは非常に残念ですが、わたしはもはや、彼女の才能と野心を花開かせるような仕事を提供できなくなったのです。これでどうかしら？」

「素晴らしいわ。ファッションデザイナーにしておくのはもったいないくらい。作家になるべきよ」

「さあ、これを清書するから、明日の朝、ハロッズに持っていくといいわ。近所に住んでいることがわかったんだから、もっと頻繁に会いましょう。ちょっとワルなプレイボーイたちを紹介する。これまで知らなかった遊びを教えてくれるわよ」

それは愉快な提案に思えた。わたしはいままで、少々ワルな青年たちに会ったことがなかった。不良っぽい若者といえば、知っているのは、レゾワゾの通りを隔てて向かい側にあった居酒屋にたむろしていたスキーインストラクターたちだけだ。しかし、つきあいといっても、ごく限られたもので、窓から手紙を投げたり、一度か二度、彼らに肩を抱かれてホットワインを飲んだりしたことくらいだ。若いイギリス人はイライラするほどお行儀がよかった。たぶん、付き添い人がわたしたちの背後で目を光らせていたせいだろう。彼らの場合、若い女性を散歩に連れ出し、期待をこめて素早く体に触れたとたんに娘から厳しく「やめてください」とでも言われたら、謝罪の言葉が矢継ぎ早に口から飛び出してくる。「本当に失礼しました。なんというご無礼を。魔が差したと申しましょうか、きっと一瞬頭がどうかしてしまったのです。もう二度とこういうことはしません。お約束します」

わたしは二一歳。付き添い人もいないし、ちょっとワルい青年たちがどんな遊び方を教えてくれるのか知りたくてたまらなかった。これまで聞いた話によると、どうやらセックスに関していくらか誤解していたようだ。セックスとは、かなり恐ろしいものだと思っていたのだけど、ベリンダは明らかにそれを楽しんでいる。それにわたしの母も、少なくとも五つの異なる大陸でたくさんの男性とセックスをしてきたのだ。ベリンダが言ったように、そろそろわたしも、いままで知らなかったことを知るべきときがきたようだ。

5

ラノクハウス
一九三二年四月二三日（土曜日）

翌朝、わたしは、お金の儲かる仕事に就くというベリンダの提案に従おうと固く心に決めて目覚めた。ベリンダが書いてくれた素晴らしい推薦状を手に、ハロッズの人事部長の面接を受けた。彼はいぶかしげにじっとわたしを見つめ、推薦状をこちらに向かって振った。

「前のポジションでそれほど有能だということが本当に証明されていたのなら、なぜそこを辞めることにしたのですか？」

「ベリンダ・ウォーバートン゠ストーク様は新しい事業を始められたため、たいへん忙しくなられました。そこで当分のあいだチャリティー・イベントはあきらめざるをえなくなったのです」

「なるほど」人事部長は、過去二四時間に、ほかにも何人かがやったように、吟味するような目でわたしをじろじろと見た。「言葉づかいも上品だし、よい教育を受けていることは、よくわかります。名前は、フローレンス・キンケイドと言いましたか？　さて、ミス・キンケイド、あなたには家族はいないのですか？　あなたがなぜこのような仕事に就きたがるのか、不思議でならないのだが。面白半分では困りますぞ。とても多くの不運な人々が餓死の瀬戸際にいるこのご時世に」

「まあ、そんなつもりはまったくありません。じつは、父が数年前に亡くなったのです。兄が家を継ぎましたが、兄嫁はわたしが邪魔なようです。だから、わたしもほかの多くの人たちと同じく仕事が必要なのです」

わたしたちはしばらく、じっと見つめ合った。仕事が欲しくてたまらなかったので、わたしはつい言ってしまった。「空きがないなら、いますぐおっしゃってください。それならば、セルフリッジ百貨店にわたしの技能を持って行くことにしますわ」

「セルフリッジ？」彼はぞっとしたようだった。「お嬢さん、セルフリッジで働くのに技能なぞまったく要りませんよ。では、あなたを仮採用としましょう。ミス・フェアウェザーが、化粧品売り場に人手を欲しがっていたようです。わたしについて来なさい」

わたしは、あまり似合いそうもないサーモンピンクのスモックを手渡された。ケルト人特有の赤みがかった金髪とそばかすのある顔にそれを合わせると、巨大なゆでエビのように見える。そして化粧品売り場に連れて行かれ、冷たい目でにらみつけてくるミス・フェアウェザーの監督下におかれることになった。厳格な親類たちよりも、もっとこちらを見下すような態度だった。

「経験がないですって？　小売の経験はまったくなし？　この人を訓練する時間をどうやって見つけたらいいのかしら」ミス・フェアウェザーはため息をついた。彼女は、身分の低い生まれを隠そうとする人々が使いたがる非常にお高くとまった上流階級風のアクセントで話す。

「わたしは覚えが速いんです」とわたしは言った。

今度は、彼女はふんと鼻を鳴らした。率直に言って、ミス・フェアウェザーを化粧品売り場の担当にしたのはいい選択ではないと思った。どんなにクリームやおしろいや口紅をたくさんつけても、彼女の顔を柔らかく、魅力的に、あるいは美しく見せるのは無理だろう。花崗岩におしろいをはたくようなものだ。

「よろしい、そうでなくては困りますよ」ミス・フェアウェザーは売り場の商品とその使用法を素早く簡単に説明した。それまでわたしは、化粧といっても、コールドクリームを塗ったり、ナチュラル・ローズを唇に一塗りしたり、鼻にベビーパウダーか紙白粉《パピアプードル》をはたいたり、といった程度のことしか知らなかった。だから、これほど多種多様のパウダーやクリームが並んでいるのを見て目を丸くした。もちろんその値段にも。この不況の折にも、まだお金をたっぷり持っている女性はいるのだわ。

「お客様に助言を求められたら、わたしに知らせるのですよ」と、ミス・フェアウェザーは言った。「あなたは経験がまったくないのですから。わかりましたね」

わたしは「はい」ともごもごつぶやいて、おとなしく従った。ミス・フェアウェザーは総《そう》帆《はん》を張った船よろしく、カウンターの反対側に移動した。客があらわれ始めた。必要なときはミス・フェアウェザーを呼び、なんとなく接客のコツはつかめたし、この仕事はそんなにたいへんじゃないと思い始めたときだった。「いつも奥にしまっておいてくれている、わたし専用の美顔クリームを一瓶ね」という高飛車な声が響いた。

さっと顔を上げると、なんと、目の前にいるのは母だった。わたしと母のどちらの驚きがより大きかったかは定かでない。

「まあ、なんてこと、ジョージー。あなた、こんなところでいったい何をしているの」母が詰問口調で言った。

「みんなと同じように、まっとうなお金を稼ごうとしているのよ」

「ふざけるのはやめてちょうだい。あなたは、店員になるようには育てられていないのよ。すぐに、そのみっともないスモックを脱ぎなさい。まるでエビみたい。さあ、行きましょう。フォートナム&メイスンでコーヒーでも飲みましょう」

母はいまだに、彼女をロンドンの花形舞台女優にのしあげた人形のような華奢な美しさを保っていた。しかし、まつげはとても本物とは思えないほど長かったし、両頬には丸く頬紅が塗られていた。今回、髪は真っ黒で、いかにもパリのデザイナーの作品と思われる郵便ポストみたいな深紅のジャケットを着て、それに合わせた粋な赤のベレー帽をかぶっていた。そして、首のまわりにはビーズのようにきらきら輝く目のついた銀ギツネの襟巻。その効果はいまだに絶大と認めざるをえない。

「お願いだから、あっちへ行って」わたしは声をひそめて言った。

「あっちへ行ってですって」母はひそめた声で返した。「母親に向かってなんて口をきくの。何カ月も会っていないというのに」

「お母様、わたし、クビにされてしまう。お願いだから、あっちへ行って」

「わたしは立ち去るつもりはありません」母はよく通る声で言った。わたしの父が母をかっさらっていくまで、ロンドンの劇場で観客を魅了していた声だ。「わたしは美顔クリームを買いに来たのよ。そして美顔クリームを買って帰ります」

売り場監督が魔法のように母の横にあらわれた。「奥様、何か問題でもございましたか?」

「ええ、このお若い方はぜんぜん役に立たないうえに、お客を喜ばせようという気もまったくないようですの」母はいかにも困ったというように、売り場監督に向かって手をひらひらさせた。「欲しいのは、美顔クリームだけなのに。そんなに難しいことではないでしょう?」

「もちろんでございますとも、奥様。いま、ほかのお客様のお相手をしているシニアアシスタントの手が空き次第、ご用を承ります。そこのきみ、奥様のために椅子と紅茶をお持ちしなさい」

「かしこまりました。わたしは喜んで奥様のお役に立ちたいと思ったのですが」奥様のところをわざと強調して言った。「奥様が、お求めになりたい美顔クリームのブランド名をおっしゃらなかったもので」

「口答えをするな」と売り場監督はぴしゃりと言った。

いらだちで腸《はらわた》を煮えくり返らせながら、母に椅子と紅茶を運んだ。母は作り笑いをしながら両方を受け取った。「わたしには気晴らしが必要なのよ、ジョージー。いま、かなり気持ちがふさいでいるものだから。あなた、気の毒なヒュービーのことは聞いているでしょう?」

「ヒュービー?」

「サー・ヒューバート・アンストルーサーよ。わたしの三番目の夫。それとも四番目だったかしら? 彼とちゃんと結婚していたのは確かよ。だって、同棲などけっして認めようとしないお堅いタイプだったから」

「ああ、サー・ヒューバートね。覚えているわ」彼のことを思い出して心が温かくなった。サー・ヒューバートは母の夫の中でも、わたしがそばにいるのを喜んでくれた数少ない人のひとりで、五歳の頃に、彼の家ですごした楽しい時間はいまだに良い思い出として心に残っている。よく笑う、熊みたいに大きな人だった。木登りや狩りの仕方を手ほどきしてくれ、屋敷の人口湖で泳ぎ方も教えてくれた。母がサー・ヒューバートと別れて、新しい人のもとに行ってしまったときは、がっかりしたものだった。それ以来、めったに会うことはなかったけれど、世界のめずらしい土地から、ときどき、はがきをくれた。そして二一歳の誕生日には非常に気前よく多額の小切手を送ってくれたのだ。

「恐ろしい事故に遭ったのよ。ヒューバートが探検家で登山家だということは知っているわよね。どうやら、アルプスで滑落してしまったらしいわ。雪崩に呑み込まれたのだと思う。生存の見込みは薄いそうよ」

「まあ、なんてひどい」サー・ヒューバートにずっと会っていなかったこと、そして、礼状以外に手紙を書いていなかったことが突然ものすごく悔やまれた。

「ええ。それを聞いて以来、わたしも落ち込んでいるのよ。あの人を敬愛していたから。そう、崇拝していたわ。実際のところ、本当に愛したのは彼だけだったと思う」母は一息ついてから続けた。「でも、すてきなモンティは別よ、もちろん。それから、あのゴージャスなアルゼンチンの青年も」

母が肩をすくめると、首のまわりの銀ギツネもまるで生きているかのようにいっしょに動いた。

「ヒューバートは、あなたのこともとてもかわいがっていた。あなたを養女にしたがったけれど、あなたのお父さんは耳を貸そうとしなかった。でも、彼の遺書にはまだあなたのことが書かれていると思うわ。もしも、彼が亡くなったら――怪我は重いそうよ――あなたはもう売り子なんかしなくてよくなる。それに、このことを王族たちが知ったら、どう思うかしら？」

「あの人たちは知らないし、お母様が彼らに言うはずはない」

「わたしは彼らには何も言わないわ。だけどね、ロンドンに戻ったら、あらびっくり、自分の娘がデパートで売り子をしていたというのはいやだわ。みっともないもの。実際……」

ミス・フェアウェザーが近づいてくると、母はチャーミングな微笑みを浮かべて顔を上げた。

「お待たせしてしまって、本当に申し訳ありません、奥方様。いまも、奥方様とお呼びしてよろしかったでしょうか？」

「いいえ、いまはただのミセス・クレッグ。まだ法律上はホーマー・クレッグの妻ということになっているの。まったくひどい名前だわ。でも、ホーマーは生真面目なテキサスの石油王でしょ、残念ながら離婚を認めてくれないの。さて、今日、わたしが欲しいものはとても簡単。あなたがいつもわたしのために奥にしまっておいてくれている、あの特別な美顔クリームを一瓶いただけるかしら」

「わたくしどもが特別にパリから輸入しております、天使が蓋の上についている水晶の瓶に入ったあのクリームでございますね？」

「それよ。覚えていてくださってうれしいわ」

母が輝くばかりの笑顔を向けると、さすがのミス・フェアウェザーでさえ、そのいかめしい顔を恥ずかしそうに赤らめた。母が人生でたくさんの人々を征服してきた理由がわかる気がした。ミス・フェアウェザーが美顔クリームを探しに行ってしまうと、母はカウンターの上の鏡で帽子をまっすぐに直した。

「ヒューバートが後見人になっている青年も、この知らせを聞いて打ちひしがれているに違いないわ」母はわたしのほうを見ずに言った。「彼はヒューバートを崇拝していたもの。だから、彼にばったり会うようなことがあったら、礼儀正しくするのよ、いいわね？　トリストラム・ホートボイスよ」（母は、本来ならオーボワと発音すべきところを、ホートボイスと発音していた。フランス語の名前はよく英語読みにされてしまう)。「あなたたち、五歳のときにはとても仲良しだったわね。ふたりで素っ裸になって、噴水の中ではしゃぎ回っていたのを覚えている。ヒュービーが大笑いしていたわ」

このわたしでも、少なくとも人生で一度は、異性と禁じられた冒険をしたことがあったのだ。覚えていないくらい若い頃のことだけど。

「お母様、おじいちゃんのことだけど」この機会を逃したくなくて、わたしは小声で言った。「あまり具合がよくないみたいなの。会いに行ってあげたほうが――」

「そうしたいところだけど、今日の午後に臨港列車に乗ってケルンに戻る予定なの。早く戻らないとマックスが悲しむわ。この次、会いに行くとおじいちゃんに伝えて、いいわね?」

美顔クリームが運ばれてきて、包装され、勘定は母のつけにされた。母はたくさんのお辞儀とお世辞に見送られて、店を出て行った。母と会ったあと必ず感じるいらだちを胸にその後ろ姿を見つめる。言いたいことがたくさんあるのに、いつもそれを言う機会がない。売り場監督とミス・フェアウェザーがぶつぶつ何か話しながらカウンターに戻ってきた。ミス・フェアウェザーは氷のように冷やかな目つきでわたしをじっと見つめ、ふんと鼻を鳴らしてから、カウンターの中に入った。

「きみはそのスモックを脱ぎなさい」と売り場監督は言った。

「スモックを?」

「きみはクビだ。わたしは、きみがわたしたちの最上のお客様のひとりに話すときの声の調子を聞いた。そして、ミス・フェアウェザーは、きみがお客様に、『あっちへ行って』と言っているのさえ聞いたと主張している。きみはハロッズの評判を永久に落としてしまった可能性がある。さあ、出て行きなさい。スモックを返却して、店を出なさい」

嘘をついてだましていたと認めないかぎり、自分を弁護することはできなかった。わたしはハロッズをあとにした。お金を得られる仕事に就くという実験はたった五時間で終わった。すてきな春の午後の日差しの中に出たのは二時頃だった。太陽は輝き、ケンジントン・ガーデンズでは鳥たちがさえずり、ポケットにはたったいま稼いだばかりの四シリングが入っていた。

家に帰りたくなくて、次にすることのあてもなく、昼下がりの人ごみの中をぶらぶらと歩き回る。今日は土曜日。通りは午前中で仕事を終えた人々でこみ合っていた。別の店で働くのはやめよう、と惨めな気持ちで決心した。たぶん、もうどこでも働かない、そして、飢えて死ぬんだ。足が痛み、お腹がすいてめまいがしそうだった。昼休みすらくれなかった、といまさらながら気づく。足を止めて、周囲を見回す。レストランのことはほとんど知らなかった。わたしの知り合いは、外に食べに出かけたりしない。友人か隣人に食事に招待されないかぎり、自宅で食事をとる。社交シーズン中、ロンドンにいたときには、さまざまな舞踏会で夕食を食べた。友人のおばにリッツでお茶をごちそうになったことがあるが、ポケットにたった四シリングしか入ってないのにリッツに行くことはできない。フォートナム＆メイスンや、カフェ・ロイヤルなら知っていたが、わたしのレストランに関する知識はそこまでだった。

いつのまにかケンジントン・ロードがケンジントン・ハイ・ストリートに変わるところまで来ていた。バーカーズがある。あそこにティールームがあるのは知っていたけれど、二度とデパートに入らないと決心していた。結局、陰気なライアンズに入って、紅茶のポットとスコーンを注文し、わが身を憐れみながら座った。少なくとも、王女様の侍女になれば十分食べていけるだろう。そうすれば礼儀正しく扱われ、ミス・フェアウェザーやあの売り場監督のような人々に耐える必要はないだろう。そして、母とばったり会う危険もない。

急に影に覆われ、わたしははっとして顔をあげた。少しだらしない感じの、といっても魅力的でないことはない、黒髪の青年が立っていた。わたしに笑いかけている。

「やっぱり、きみか」青年はアイルランドなまりがかすかに混ざる声で言った。「前を通りかかって、窓の中にきみの姿を見つけたときには、わが目が信じられなかったよ。まさか、あのお姫様のわけがない、そう自分に言い聞かせたが、どうしても確かめずにはいられなかった」彼は、招かれてもいないのに、向かい側の椅子を引き出して腰かけた。まだうれしそうにわたしをじろじろ眺めている。「で、何をしているんだい？　別世界を見学か？」

巻き毛の黒髪は、まとまりにくそうにはね、青い目が不敵にきらめいている。実際、わたしはすっかり狼狽してしまって、相手の階級を見分けることもできなかった。「申し訳ありませんが、わたしたち、お会いしたことはないと思います。わたしは存じあげない方とは話さないことにしていますの」

それを聞いて、彼は頭をのけぞらせて笑った。

「おお、そいつはいいや。存じあげない方ときたか。気に入った。二年ほど前にバドミントンでの狩りのあとの舞踏会でぼくと踊ったのを覚えてないか？　うーん、覚えてないみたいだな。心から傷ついた。ふだん、ぼくの腕に抱かれた若い女性は、強い印象を受けるのだけど」彼は手を差し出した。「ダーシー・オマーラ。それともジ・オナラブル・ダーシー・オマーラ（ジ・オナラブルは伯爵の次男以下の男子、子爵・男爵のすべての男子に対する敬称）と言うべきかな？　明らかにきみはそういうことを気にするみたいだから。ぼくの父はキレニー卿、きみの高貴な家系よりももっと古くからの貴族だ」

わたしはダーシーの手を取った。

「はじめまして」とためらいがちに言う。なぜなら、もし彼に会ったことがあれば、とくに彼の腕に抱かれて非常に接近したことがあったなら、ぜったいに覚えているはずだという確信があったからだ。「あなたは本当に、わたしを別の方と間違えていませんか？」

「レディ・ジョージアナだろう？　亡くなった公爵閣下の娘、面白みのないビンキーの妹」

「ええ、で、でも……」わたしは言葉を詰まらせた。「あなたと踊ったことを忘れてしまうなんて、そんなことありえるかしら？」

「あの晩、きみにはもっと望ましいパートナーがいたようだった」

「そんなことはぜったいになかったと断言できます」とわたしは熱くなって言った。「だって、わたしが覚えている若い男性は、溝の溜まり水と同じくらい退屈な人ばかりでしたもの。

みんな狩りの話にしか関心がなかったわ」

「狩りの話は悪くないが、場所によりけりだな。若い女性の前では、もっとやることがたくさんあるのに」

ダーシーにまっすぐ見つめられてわたしは赤くなってしまった。そんな自分に内心ものすごく腹が立つ。

「差し支えなければ、冷める前に紅茶をいただいてもよろしいかしら」わたしは灰色がかった、あまりおいしくなさそうな液体を見下ろした。

「ぼくのことは気にしないで。さあ、どうぞ、毒を盛られても生き残る自信があるなら。この店では、毎日ひとり、客を失うらしいよ。死んだ客は、そっと裏口から外に放り出され、あとは何事もなかったかのように、商売を続けるんだ」

「そんなこと嘘よ！」わたしは笑わずにはいられなかった。

彼も微笑んだ。「そのほうがいい。さっきのきみみたいに暗い顔は見たことがない。どうしたんだ？　詐欺師に捨てられたのか？」

「いいえ、そんなんじゃないの。ただ、人生が耐えられないほど陰鬱に思えて」

そしていつのまにか、わたしはダーシーに、寒々とした家のことや、ハロッズでの惨めな出来事や、田舎に引きこもるであろう未来のことを話していた。「だから、いま、わたしは明るい表情を浮かべられるような状況にないの」

彼はじっとわたしを見つめてから言った。「上品なドレスを持っている？」

「夕食のために着るようなドレス？　それとも教会に行くときに着るような？」

「結婚式に出席するときに着るようなドレス」

わたしはまた笑ったが、今回はちょっと不安の混じった笑いだった。「まさか、わたしを元気づけるために、駆け落ち結婚を提案しているんじゃないでしょうね？」

「まさか、違うよ。ぼくはね、手に負えないアイルランド人の若者なんだぜ。ぼくを祭壇の前まで引きずっていくには、よほど飼いならさなくてはだめだ。とにかく、家にそういうドレスがあるってことだね？」

「ええ、そうよ」

「よし。それを着て、一時間後にハイド・パーク・コーナーで会おう」

「いったいどういうことなのか説明してくださる？」

ダーシーは指で鼻に触れた。「来ればわかる。とにかく、ライアンズで紅茶とスコーンを食しているよりも、ずっとましであることは確かだ。来るかい？」

わたしは、しばらく彼を見つめてから、ため息をついた。

「わたしには失うものなんてないでしょう？」

またしても、ダーシーの不敵な目がきらめいた。「どうかな。きみは何を持っている？」

＊

あなたは頭が変になっちゃったのよ。馬鹿、馬鹿。わたしはそう何度もつぶやきながら、顔を洗い、ドレスを着て、髪を流行りの艶やかなスタイルに結い上げようとがんばった。一時の気まぐれで、見ず知らずの男と出かけるなんて。最悪の部類の詐欺師かもしれない。もしかすると、白人奴隷を売る一味の首領で、若い女性に知り合いのふりをして近づき、誘惑して破滅へと導くつもりかも。わたしは支度をやめて、急いで書斎へ行き、『バーク・アイルランド貴族年鑑』を引き抜いた。確かにあった。タデウス・アレグザンダー・オマーラ、キレニー卿、第一六代男爵……。そして、ウィリアム・ダーシー・バーン……。ということは、ダーシー・オマーラは実在する。そして、いまは昼下がり。そして、通りは混雑している。そして、わたしは場末の賭博場や安ホテルには連れ込まれたりしない。そして、彼はすごくハンサム。それに、わたしに何か失うものなんてあるかしら？

6

ラノクハウス
一九三二年四月二三日（土曜日）

パーク・レーンをこちらに向かって歩いてくるダーシー・オマーラを、わたしはあやうく見すごすところだった。ぱりっとしたモーニングを着ていて、暴れていた巻き毛はきれいになでつけられ、人前に出てもまったく恥ずかしくないいでたちだった。こちらをさっと吟味した目つきから、彼もわたしに及第点をくれたようだった。

「お嬢様《マイ・レディ》」ダーシーはとても礼儀正しくお辞儀をした。

「ミスター・オマーラ」わたしも頭を少し傾げて挨拶を返した（姓だけの場合には、ジ・オナラブルではなく、ミスターを使うものなの）。

「おそれながら、あなたをマイ・レディとお呼びしてよろしかったでしょうか？　それとも殿下とお呼びすべきでしたか？　公爵のこととなると、ルールがよくわからないものですから」

わたしは笑った。「殿下の称号が使えるのは王族公爵の息子たちだけよ。わたしは女性だし、父は王家の血筋ではあるけれど、王族公爵ではないので、わたしを呼ぶときはただマイ・レディでいいの。でも、ただジョージーでけっこうよ」

「ジョージー、来てくれてありがとう。きみがここに来たことをぜったい後悔させないよ」

ダーシーはわたしの肘をつかみ、人ごみをかきわけて歩きだした。「さあ、ここから抜け出そう。ぼくらは鳥小屋の中のクジャクのカップルみたいだ」

「どこへ行くのか教えてくれる？」

「グローブナー・ハウス」

「あの高級ホテルに？　もしわたしを夕食に連れて行くつもりなら、少し時間が早すぎない？　お茶に呼ばれるとしたら、着飾りすぎているし」

「さっき約束したように、結婚式に連れて行くつもりだ」

「結婚式？」

「うん、まあ、披露宴のほうだけど」

「でも、わたしは招待されていないわ」

「それは気にしなくていい。ぼくもされてないから」パーク・レーンを歩きながら、ダーシーは平然と言った。

わたしは彼から腕を引き離した。「何ですって？　気が変になってしまったの？　招待されていない結婚披露宴に行くなんて、できません」

「だから、大丈夫だって。いつもやっていることだから。不思議なくらいうまくいくのさ」

わたしはいぶかしげにダーシーをじっと見つめた。彼は再びにやりと笑った。

「週に一回、まともな食事をとるには、ほかにどんな方法がある？」

「ねえ、はっきりさせておきたいんだけど、あなたはグローブナー・ハウスの結婚式に押しかけるつもりなの？」

「ああ、そうだよ。さっきも言ったけど、問題なんて起きやしないのさ。ふさわしい服装をして、正しいアクセントで話して、上流社会での行動をわきまえていれば、誰もが正式に招待された客だと思うんだよ。花婿の側は、花嫁がきみを招待したに違いないと思うし、花嫁側は逆のことを考える。きみは社交界でも最上流の部類だから、彼らはきみを迎えられて誇りに思うだろう。その場の雰囲気が盛りあがるからね。あとからこんなふうに言い合うんだ。『王族のおひとりがいらしていたのよ、お気づきになって』」

「遠い親戚ってだけよ、ダーシー」

「だとしても、すごいことにかわりはない。見ててごらん、みんな、感激するから」

わたしは彼から身を引いた。「そんなことできない。正しい振る舞いじゃないもの」

「きみは、これが正しい振る舞いじゃないから、やりたくないのか？　それとも捕まるのが怖いから？」

わたしはダーシーをにらみつけた。

「わたしは礼儀正しく振る舞うように育てられたの。まあ、アイルランドの荒野では、それはあてはまらないかもしれないけど」

「怖いんだな。騒ぎになるのを恐れている」

「違う。ただ、正しいことではないと思うだけ」

「人をだまして、ただ食いすることが？　グローブナー・ハウスで結婚披露宴を開ける人が、スモークサーモンを誰かが二切ればかり不法に食べたからといって、それをとがめるとは思えない」彼はわたしの手を取った。「行こう、ジョージー。いまさら、逃げ出そうなんて、だめだ。やりたい気持ちはあるくせに。ライアンズのスコーンを食べようとした者がおいしい食事に飢えていないわけがない」

「ただ……」ダーシーに手を握られているのを意識しながら、わたしは言った。「もし捕まったら、恐ろしい騒ぎになるかもしれないから」

「彼らがきみがいることに気づいて、招待していなかったことを思い出しても、きみをリストに入れなかったことを恥ずかしく思うだけだ。そして、きみが来てくれたことを喜ぶだろう」

「でも……」

「こっちを見て。スモークサーモンとシャンパンが欲しいか、それとも家に帰ってベークドビーンズを食べるか？」

「あなたがそう言うなら、行こうかな」

彼は笑ってわたしの腕を取った。「そうこなくちゃ」と言うと、わたしを引っ張ってパーク・レーンを歩いていく。

勇気が少し戻ってきた。

「あなたが本物のキレニー卿の息子なら、なぜ他人の結婚式に押しかける必要があるの？」

「きみと同じ身の上だ。わが家も一文無しなのさ。父はアメリカに大々的に投資して、一九二九年にすべてを失った。そのあと、父の厩舎が火事になって、それもすべて失った。地所も売らなければならなかった。そしてぼくが二一歳になったとき、父は言った。おまえにやるものは何もないから、自分の力で生きていけ、と。というわけで、ぼくはできるだけのことをしている。さあ、着いたぞ」

わたしはパーク・レーン沿いに立つ赤と白の煉瓦の威圧的な建物を見上げた。ダーシーはそんなわたしを伴って列柱に囲まれた階段をのぼり、グローブナー・ハウスの表玄関から中に入った。

ダーシーが扉を開けると、ドアマンが敬礼して迎えた。「結婚披露宴においでですか？右手の、青の舞踏室でございます」

ダーシーに連れられてさっとロビーを通り抜け、気がつくと披露宴を待つ客たちの列に並んでいた。いまにも破滅が訪れると覚悟を決めたとき、新郎新婦が顔を見合わせた。ふたりが、「でも、わたしたち、彼女は招待してなかったわよね？」と言い合っているのが聞こえるような気がした。運のいいことに、花嫁や花婿というものはこのような状況では気持ちが動転しているらしかった。花嫁の母親が「お越しいただいて、光栄です」と挨拶した。新郎新婦はわたしたちの前に並んでいる人たちと話を始めた。その隙に、ダーシーはわたしをシャンパンのトレーを運んでいるウェイターのほうに導いた。

数分間、わたしの心臓は口から飛び出さんばかりにばくばくと激しく打っていた。きっとすぐに、誰かがわたしの肩に手を置き、「彼女は勝手に押しかけてきた客だ。外に連れ出してくれ」と大声で言うはず。でも、そんなことは起こらないのがだんだんわかってくると、緊張が解けて、周囲を見回す余裕が出てきた。とてもすてきなパーティーだった。披露宴が開かれているのは大舞踏場ではなく（大舞踏場ならシーズン中の舞踏会で来たことがあった）、小さいほうの舞踏場だったが、二〇〇人程度の客ならば十分な広さだ。室内はたくさんの早春の花で飾られ、夢のように素晴らしい香りが満ちている。一番奥には、白い布がかかった長テーブルがあり、何段重ねにもなったケーキがのっているのが見えた。部屋の一隅では、オーケストラ（例にもれず、年配の楽師たちで構成されていた）がシュトラウスのワルツを演奏していた。通りすぎるウェイターのトレーから熱いボローバン（肉や魚などが入った軽焼きのパイ）を取って、食べ始める。

ダーシーは正しかった。ここにいるのは当然という顔をしていれば、誰も疑ったりしない。顔を知っている程度の知り合いが通りかかるとひとことふたこと言葉を交わす。

「では、あなたはローリーの昔からの知り合いでしたのね？」

「彼のことはよく知らないんですの」

「あら、プリムローズのほうのゲストだったのね。美しい方だわ」

「じつに簡単だということがわかっただろ？」ダーシーがささやいた。「困るのは、席が割り当てられた着席宴会があるときだけだ」

「そういうときはどうするの？」急にパニックが戻ってきて、わたしは隣接しているダイニングルームがないか、きょろきょろ見回した。

「列車の時間に遅れるといけないからと謝罪して、宴会が始まる前に姿を消す。だが、この披露宴は、軽食とケーキだけだよ。最初に確かめておいた。いつもそうするんだ」

「あなたには驚かされるわ」

彼は笑った。「ぼくらアイルランド人は、きみたちイングランド人に占領されてから何世紀にもわたって小才をきかせて世渡りする術を学んできた」

「でも、わたしはスコットランド人よ。まあ、四分の一だけだけど」

「そうか。だが、世界の半分を征服して回ったのはきみの曾祖母だったよね。世界の女帝。きみも、どこかにその気質を受け継いでいるはずだ」

「まだ、誰かを征服する機会は一度も訪れていないから、どうだかわからない。でも、わたしはしょっちゅう愉快な気分になるけど、ヴィクトリア女王様はどうやらそうじゃなかったみたい。少なくとも、夫君アルバート公が亡くなった後は。実際、陰気な先祖たちのことを考えると、わたしはかなりふつうだと思うの」

「半分以上イングランド人であるにしては、きみはなかなかうまく育ったと思うな」とダーシーは言った。困ったことに、わたしはまたしても頬を染めてしまった。

「あのカニを取ってこようっと」とわたしは言って、くるりと体を回した。すると、よく知っている顔に出くわした。

「あら、ジョージー！」ベリンダがはしゃいだ声で叫んだ。「あなたも来ることになっていたなんて、思いもよらなかった。なぜ言わなかったの？　タクシーで一緒に来ればよかったのに。なかなか、面白いわね。プリムローズがローリーのような人と結婚するなんて、予想外だったけど」

「プリムローズ？」部屋の向こう側にいる花嫁の背中をちらりと見た。まわりの人たちは彼女の姿を隠している長いベールを踏まないように気をつけて歩いている。

「花嫁よ。プリムローズ・アスキーダスキー。学校でいっしょだったでしょ。覚えていない？　といっても、たった一学期だけだけど。新入生にペッサリーの使い方を教えたために、退学になったのよ」

わたしたちは顔を見合わせて笑い始めた。

「覚えているわ」

「そして、いま、ローランド・アストン＝ポリーと結婚。軍人の一家よ。ということは、プリムローズ・アスキーダスキーからプリムローズ・ローリー・ポリーになるってこと。あまりいい選択とは言えないわね」

わたしもいっしょに笑った。

「ということは、あなたはローリー側の招待客ってことね。軍人と交際があるとは知らなかったわ」

「そうじゃないの」また頬が熱くなり始めた。わたしはベリンダの腕をつかんで、人ごみの外に引っ張っていった。「じつはね、とんでもない人に連れてこられたの。ダーシー・オマーラ。知っている？」

「どうかしら。どの人か、指さして」

「あそこの、フラワーアレンジメントの近くに立っている人」

「なるほど。悪くないわね。紹介したくなったら、いつでもしてね。どういう人なの？」

「よくわからないの」わたしは声をひそめた。「彼が名乗ったとおりの人物なのか、あるいは詐欺師なのか」

「お金を貸してくれって頼まれた？」

「いいえ」

「じゃあ、たぶん大丈夫よ。自分は何者だと名乗っているの？」

「キレニー卿の息子だそうよ。アイルランドの男爵」

「そんな人、一〇〇万人もいる。きっと嘘じゃない。では、彼がローリーの知り合いなのね？」

わたしはさらに彼女に体を寄せた。「彼も、どちらの知り合いでもないの。わたしたち、招待されていないのよ。どうやら彼は、ただの食事にありつくために、こういうことをしょっちゅうしているみたい。びっくりするでしょう？　自分がそんなことをしているなんて信じられない」

　恐ろしいことに、ベリンダは笑い始めた。ようやく笑いがおさまってから、彼女はわたしのほうに体を傾けた。「小さな秘密を教えてあげる。わたしもまさに同じことをしているのよ。わたしも招待されていないの」

「ベリンダ！　よくもそんなことができるわね」

「簡単よ。あなたがしたようにするだけ。わたしの顔はちょっと知られているでしょ。アスコット競馬場とかオペラで見かける顔だから、招待されていない客ではないかと疑う人はいないの。すごくうまくいくわ」

「でも、あなた、仕事は繁盛していると言ってたじゃない」

　ベリンダは顔をしかめた。「実際には、それほどうまくはいってないの。とくに、上流階級の人たちの服をデザインする仕事は、厳しいのよ。あの人たち、お金を払いたがらないの。わたしがデザインしたドレスを見て、なんてすてきなドレスかしら、とても気に入ったわ、あなたは天才よ、と褒めちぎる。そしてそれを着てオペラに出かける。でも、支払いがまだですと催促すれば、これを着てあげただけで感謝すべきだ、あなたのドレスを宣伝してあげているのだから、とくる。ときには数百ポンドの貸しになるわ。生地も安くはないし」

「たいへんなのね」

「なかなか難しいのよ。わたしが騒ぎ立てて誰かひとりを怒らせたら、その女性は仲間全員に悪口を吹聴する。そうしたらわたしは厄介者扱いされてしまう」

いかにも起こりそうなことだった。「それで、これからどうするつもり？　いつまでもそういう人たちに新しい服を貸し続けるわけにいかないでしょう」

「大きなチャンスを待っているの。王室のレディのひとり、あるいは皇太子妃の友人のひとりが、わたしのドレスを気に入ってくれれば、誰もかれもがわたしのドレスを欲しがるようになる。そこで、あなたの助けが要るのよ。あなたが王族の親戚たちと会う機会があるときに、わたしのデザインしたドレスを着ていって、わたしのことを褒めちぎってくれれば」

「王族の人たちが、あなたのいまのお客さんたちよりも支払いが迅速だとは保証できないけど、あなたのためにやってみるのはかまわないわ。体の線にぴったり合ったセクシーなドレスを着れるならなおさらよ」

「素晴らしいわ！」ベリンダはにっこり笑った。

「そんなひどい目に遭っているなんて、心が痛むわ」

「でも、何人か正直なお客様もいるのよ。たいていが、古い家柄の、あなたのように育ちのいい人たち。なんとか支払わないようにしようとするのは、にわか成金の女性たちよ。社交界の名花とされているある女性なんて、まっすぐわたしの目を見て、すでに支払ったと言い張ったの。支払っていないのは彼女もわたしもちゃんと知っているのに。あの人たちは、わたしたちとは違う人種なの」

わたしはぎゅっとベリンダの腕を握った。「少なくともあなたは社交界で活躍している。きっとお金持ちのハンサムな男性に巡り合うわ。そしたら、お金の心配は終わる」

「ジョージー、あなたもそうなる。あなたもよ」ベリンダは部屋の向こう側をちらりと見た。「あのすてきなアイルランドの貴族の息子は、財産を持ってないのよね？」

「一文無しですって」

「そうなの。じゃあ、いくら容姿がよくても、よい選択とは言えないわね。でも、昨日の晩にちょっと話した性生活のことだけど、彼ならちょうどいいかも……」

「ベリンダ！」ダーシーがわたしたちのほうに向かって歩いてきたので、わたしは声をひそめた。「彼とは会ったばかりだし、そんなつもりなんか――」

「あのね、最初からそんなつもりの人はいないの。だから困るんじゃない」ベリンダは振り返って、美しくあどけない微笑をダーシーに向けた。

午後はすぎていった。スモークサーモンのトレーが回ってきて、それから、エビ、ソーセージロール、そして口直しのエクレアと続く。シャンパンを飲むうちに、陽気な気分になり、パーティーを楽しみ始めていた。ダーシーは群衆の中に消え、わたしはひとりで立っていた。そのとき鉢植えの椰子《やし》の木が強い風に吹かれているみたいに揺れていることに気づいた。グローブナー・ハウスの舞踏場に風が吹き込むはずはない。わたしは好奇心をそそられた。部屋の隅に歩いていって椰子の木の周囲をうかがう。鮮やかな青みがかった深紫色のサテンのドレスを着た女性が、椰子の木につかまって木を揺らしていた。しかも、わたしはその女性を知っていた。昔の同級生のマリサ・ポーンスフット＝ヤング、マルムズベリー伯爵の娘だった。

「マリサ」わたしは声をひそめて呼びかけた。

彼女は焦点の定まらない目でわたしを見た。

「あら、ジョージー、ここで何をしているの？」

「あなたこそ何をしているの？　椰子の木とダンス？」

「いいえ、めまいがするので静かな部屋の隅で休もうと思って。それなのに、このいまいましい木ったら、じっとしていないの」

「マリサ、あなた、酔っぱらっているのね」

「そうみたい」マリサはため息をついた。「ぜんぶプリムローズのせいよ。彼女ったら、式の前に勇気を奮い起こすために、朝食と称して強いお酒を飲もうと言い張ったの。そしたらわたし、急に落ち込んでしまって。それでシャンパンを飲んだの。気分を盛りあげるには最高の方法でしょう？」

わたしは彼女の腕を取った。「来て。こっちよ。どこかに座りましょう。ブラックコーヒーを持ってこさせるわ」

マリサを連れて舞踏場を出ると、廊下に金箔貼りの椅子が二脚あった。通りかかった給仕を呼んで、「レディ・マリサは気分が悪いの。ブラックコーヒーを持ってきてくださる？」とささやく。

ブラックコーヒーがたちまちあらわれた。マリサは、ちびちび飲んでは、ぶるぶる体を震わせた。「どうしてわたしは楽しく飲めないのかしら？　飲みすぎてしまうの。すると足元がふらついて。ありがとう、とても助かったわ、ジョージー。あなたが来るなんて知らなかった」

「土壇場まで、わたしも来るつもりはなかったの」わたしは正直に言った。「ところで、どうして、そんなに落ち込んでいたの？」

「これを見て」彼女はおおげさなしぐさで自分のドレスを示した。「一番たちの悪い大蛇に呑み込まれたみたいでしょ」

確かにそのとおりだった。ドレスは、長くて、ぴたりと体にはりつき、しかも毒々しい紫色。マリサはお世辞にもスタイルがいいとは言えなかったし、背も一八〇センチ近くあるから、てらてら光る紫色の配水管のように見えた。

「わたし、プリムローズは友だちだと思っていたの。彼女にブライズメイドになってと頼まれたときにはうれしかった。でもわかったの。彼女がわたしに頼んだのは、いとこ同士だからってだけ。それでプリムローズったら、教会の通路を歩くときに、わたしのほうがきれいに見えないように仕組んだのよ。実際、このタイトスカートでは、通路をよろめきながら歩くことだって難しい。しかも聖マーガレット教会の中はすごく暗かったから、わたしの頭と、おそろしくでっかい花束をかかえた両腕だけが浮いて、通路を漂っているみたいに見えたことでしょうよ。プリムローズのやつ、そう簡単には許さないわよ」

マリサはため息をついて、ブラックコーヒーを飲み干した。

「それからここに到着して、少なくともブライズメイドには特典が待っていると期待していたわけ。鉢植えの椰子の木の陰で、誰かとキスしたり、いちゃついたり。ところが見て、こんなにたくさん男性がいるっていうのに、誘いのひとつもない。ほとんどがローリーのお兄さんたちで、みんな妻同伴よ。ほかの人たちにはこちらの食指が動かない。だって、デイジー・ボーイばかりだもの」

「もしかして、なよなよした男《パンジー・ボーイ》のこと?」

「とにかく、わかるでしょ、わたしの言いたいこと。だから、午後のあいだ、心浮き立つようなことはひとつもなかったの。お酒に走ったのも無理ないわ。助けてくれてありがとう」

「どういたしまして。それが同級生ってものでしょ?」

「レゾワゾは楽しかったわね? いまでもときどき、とても懐かしくなる。昔の友だちに会いたくなるわ。あなたにも長いこと会ってなかったわね。どうしていた?」

「まあ、いろいろとね。ロンドンに来たばかりで、自分に合った仕事を探しているの」

「いいわね、うらやましい。わたしは母と家にこもっているの。あまり具合がよくないのよ、母は。そして、わたしがひとりでロンドンに出かけるのもぜったいに許さないし。どうやったら結婚相手を見つけられるのか、お手上げ状態よ。シーズンは、絶望的なほど失敗に終わったでしょう? あの粗野な田舎者タイプの男たちは、わたしたちをまるでじゃがいもの袋みたいに扱うし。まあ、少なくとも、母が、春の残りの日々をニースですごそうと言っているので、それに期待しているの。フランスの伯爵なら文句ないわ。いかにもベッドに誘いたそうな、気だるげな目つきをしているじゃない」

舞踏場でどっと喝采が起こったので、マリサは顔を上げた。

「あら、スピーチが始まるわ。わたし、行かなくちゃ。ウィッフィーがブライズメイドに乾杯するときに、いないのはまずいでしょ」

「ふらつかないで、立っていられる？」

「やってみる」

支えて立たせると、マリサはおぼつかない足取りでよろめきながらに舞踏場に戻っていった。わたしは群衆の後方に滑り込んだ。人々はいま、ケーキが置かれている台のまわりに集まっている。

ケーキは切られて、客たちに配られた。スピーチが始まった。ほとんどすきっ腹の状態で飲んだシャンパン三杯の効果を感じ始めていた。自分の知らない誰かが、自分の知らない誰かについて話すスピーチほどつまらないものはない。急に王族の親戚たちを賞賛する気持ちがわいてきた。毎日毎日、次から次へと退屈極まりないスピーチを聞かされても、さも興味があるような顔で座っているのだから。ダーシーを探したが見つからないので、群集の後ろのほうをうろうろして、目立たないように座れる椅子はないかと探した。いくつか椅子はあったが、年配のレディたちと、木製の義足をつけた非常に高齢と思われる大佐が座っていたのであきらめた。そのとき、ダーシーの後頭部が見えた気がしたので、わたしはまた人々の輪の中に戻った。

「閣下、淑女、ならびに紳士のみなさま、グラスを掲げて、乾杯いたしましょう」司会者の声が響いた。

わたしは通りかかったウェイターのトレーからシャンパンのグラスを取った。グラスを高く掲げたとき、誰かがわたしの肘を乱暴に揺らしたので、シャンパンがこぼれて顔とドレスの前部にかかってしまった。あっと喘ぎ声を漏らすと、「たいへん申し訳ありません、どうかお許しを。どうぞこのナプキンをお使いください」という声が聞こえた。わたしたちの階級の若い男性の多くと同じく、その青年もrの発音がうまくできなかった（あるいはわざと発音しなかったのかもしれない）。たいへん《フライトフリー》をフワイトフリーと発音している。

彼は近くのテーブルに手を伸ばし、一枚のリネンをわたしに差し出した。

「それはトレー用の布です」とわたしは言った。

「すみません。ですが、それしか見つからなかったもので」

わたしはトレーに敷く布で顔を軽く拭き、ようやく青年をしっかりと見ることができるようになった。背が高く痩せていて、兄のモーニングを着ている学生のように見えた。こげ茶の髪をなでつける努力はしたようだが、幾筋か少年っぽく額の上ではねていた。いかにも恐縮しているようすの真面目そうな茶色の瞳は、昔飼っていたスパニエル犬を思い出させた。

「すてきなドレスを台無しにしてしまいました。まったくぼくは、不器用な牛です」わたしがドレスを拭くのを見ながら彼は言った。「こういう催しでは、失敗するに決まっているんです。モーニングかタキシードを身につけたとたん、何かをこぼすか、靴ひもにつまずくかして、恥をさらすに決まっているんです。隠者にでもなって、山頂の洞窟で暮らそうかと考えているところです。たとえば、スコットランドとかの」

わたしはそれを聞いて笑わずにはいられなかった。「あちらの食べ物はあまりおいしくないわ。しかも、スコットランドの洞窟は信じられないほど寒くて、強い風が吹き込むし。本当よ。そういうことには詳しいの」

「確かにそうでしょうね」それから彼はわたしをじっと見て言った。「いやあ、きみが誰かわかったぞ」

これは良くない徴候だ。やはりこういうことが起こってしまった。困ったことになったときのために、まわりを見回してダーシーの姿を探した。しかし、青年が次に言った言葉には、まったく心の準備ができていなかった。「ぼくときみは親戚同士だよね」

心の中で、いとこたち、はとこたち、はとこの子どもたちの顔を思い浮かべる。

「本当に？」

「まあ、親戚みたいな関係というか。少なくとも、実際には血のつながりはないけれど、きみのお母さんは、かつてぼくの後見人と結婚していた。小さかった頃、ぼくらは一緒に遊んだことがある。ぼくはトリストラム・オーボワ。きみのお母さんの夫だったサー・ヒューバート・アンストルーサーは、ぼくの後見人だ」

たったひとつわたしの頭に浮かんだ考えは、トリストラムという名前をつけられた人が、rを発音できないというのはなんたる皮肉な運命か、ということだった。彼は自分の名を、トウィストワムと発音したのだ。

「わたしたち、噴水の中を裸で走り回ったのよね」

トリストラムの顔がぱっと輝いた。「きみも覚えていたんだね？　ぼくらはきっとひどくしかられると思っていた。だって、芝生で開かれていたお茶会にはたくさんの重要な人物が招待されていたからね。でも、ぼくの後見人は、ひどく面白がっていた」彼の顔は再び厳粛な表情に戻った。「何があったかは聞いているよね。サー・ヒューバートはお気の毒なことに、たいへんな事故に遭われたんだ。いまは昏睡状態で、スイスの病院に入院している。助かる見込みはないと言われている」

「事故のことは、今朝、聞いたばかりよ。本当にお気の毒なことだわ。とても優しい方だったのを覚えている」

「うん、本当に。最高の人だ。ぼくにも本当によくしてくださる。遠い親類にすぎないのに。ぼくの母は彼の母親のいとこだった。サー・ヒューバートの母君がフランス人だったことは知っているよね。ぼくの両親は大戦で亡くなり、サー・ヒューバートは危険を覚悟でフランスまでぼくを救いに来てくれたんだ。そしてまるで自分の息子のようにぼくを育ててくれた。ぼくはぜったいに返すことができないくらい大きな恩義を受けている」

「ということは、あなたはイギリス人でなく、フランス人だってことね？」

「うん、だけどフランス語の力は、学校でフランス語を習っている生徒たちと五十歩百歩というところだな。〈わたしの叔母さんのペン《ラ・プリュム・ドゥ・マ・タント》〉程度の、初歩の初歩しかわからない。恥ずかしいことだけど、イギリスに連れてこられたとき、ぼくはたった二歳だったから。あそこは、素晴らしい屋敷だ。イギリスで一番美しい家のひとつだよ。覚えているかい？」

「ほとんど覚えていないの。芝生と、あの噴水をぼんやり覚えているだけ。太った小さいポニーがいなかった？」

「スクイブス。きみはあれに乗って丸太を跳び越えようとして、振り落とされた」

「そうだったわ」

わたしたちは顔を見合わせて微笑んだ。それまで彼は、平凡でありふれたちょっと鈍い感じの青年に見えていたのに、その微笑によって顔全体がぱっと明るくなり、かなり魅力的になった。

「では、もしもサー・ヒューバートがお亡くなりになったらお屋敷はどうなるの？」

「売られてしまうだろうね。跡継ぎとなる子どもがいないから。ぼくは一番息子に近い存在ではあるけれど、残念ながら、正式に養子にはなっていない」

「いま、あなたは何をしているの？」

「オックスフォードをちょうど卒業したところで、サー・ヒューバートが、ケントのブロムリーで弁護士の見習いとして雇ってもらえるよう取り計らってくれたんだ。自分が法律家に向いているかどうか自信はないけど、サー・ヒューバートがぼくを安定した職業に就かせたがっているのを知っているから、それに従わなければならないと思う。率直に言うと、ぼくもサー・ヒューバートのように冒険や探検に出かけたいのだけどね」

「そっちのほうが少々危険ね」

「でも、退屈ではない。で、きみはどうしているの？」

「わたしはロンドンに来たばかりで、これからどうするかまだ決めてないの。わたしの場合、外に出て、仕事に就くっていうのはそう簡単ではないのよ」

「そうだろうね。ねえ、きみもロンドンにいるのだから、今度いっしょに散策でもしようよ。ロンドンのことならよく知っているから、喜んで案内するよ」

「ぜひ。わたしはロンドンの屋敷にいるわ。ベルグレイブ・スクエアのラノクハウス」

「ぼくはブロムリーで、ひと間きりのアパートに下宿している。ちょっと違いがあるね」

モーニングを着た別の青年が近づいてきた。「おい、急いで行かないと」と彼はトリストラムに言った。「花婿付き添い人は全員、いますぐ外に集合だ。ふたりが車で出発する前に、ぼくらは車の邪魔をすることになっているからな」

「わかった。すぐ行く」トリストラムは申し訳なさそうにわたしに微笑んだ。「やらなければならないことがあるので、行かなくちゃ。また近いうちに会えるといいね」

そのときダーシーがあらわれた。「ジョージー、出られるかい？　花嫁と花婿は出発しようとしている。だから……」彼はわたしがトリストラムの横に立っているのを見て、途中で言葉を止めた。「ああ、悪い。邪魔をするつもりはなかったんだ。元気か、オーボワ？」

「まあまあですよ。で、あなたは、オマーラ？」

「なんとかやっている。失礼するよ。ジョージーを家まで送らないといけないから」

「六時になるとかぼちゃに変わってしまうから」わたしは冗談を言ってみた。

「また会えるのを楽しみにしています、レディ・ジョージアナ」トリストラムは礼儀正しく言った。

ダーシーが背中を向けて、群衆をかきわけてドアへ向かおうとすると、トリストラムはわたしの腕をつかみ、「オマーラには注意して」とささやいた。「彼はごろつきだ。信用のおける人間じゃない」

7

ラノクハウス
一九三二年四月二三日（土曜日）

外に出ると暖かな四月の夕方だった。夕日が公園を照らし出している。

ダーシーはわたしの腕を取って階段をおりるのを助けてくれた。

「どうだい、それほど悪くなかっただろう？　きみは完璧に客になりすましていたし、食べて、ワインも飲んで、二時間前よりもかなり空腹が満たされたはずだ。げんに、頬が健康的なバラ色になっている」

「そうね。でも、もう二度とこういうことはしないつもり。スリルがありすぎるもの。わたしのことを知っている人たちがいたわ」

「あの薄のろオーボワとか？」ダーシーは容赦なく言った。

「トリストラムを知っているのね？」

「いまもあいつと親しくしているとは言い難いがね。ぼくらは学校がいっしょだったんだ。

二学年くらいぼくのほうが上だ。あいつが先生に告げ口したおかげで、一度むち打ちの罰を受けたことがある」

「何をしたの？」

「あいつの物を何か盗もうとしたとか、そんなことだ。鼻水をたらした泣き虫のくそ野郎さ」

「いま話したところでは、ずいぶん感じがよかったけど」

「また会いたいと言われたのか？」

「ロンドンを案内してくれるって」

「なるほど」

もしかして、やきもちを焼いている？　少しうれしくなって、わたしはにっこり笑った。

「それで、いったいどういうわけであいつを知っているんだ？　きみの社交界デビューの退屈な舞踏会でパートナーのひとりだったとは思えないが」

「わたしたち、以前に親戚だったことがあるの。わたしの母が彼の後見人と結婚していたのよ。いっしょに遊んだこともある」ダーシーの前では「素っ裸で遊んだ」とは言えなかった。

「きみはたぶん、いくつかの大陸の多くの人たちと親戚関係にあるんだろう」と彼は言って片方の眉を上げた。

「実際に母が結婚したのは、最初の何人かだけだと思う。母はあの頃はまだだいぶ保守的で、結婚するべきだと思っていたから。いまは、ただ――」

「同棲するだけ？」ダーシーの魅力的な微笑みに、またしてもわたしの心臓はどきんと鳴った。

「ま、そういうこと」

「ぼくには、そういうのは無理だな。カトリック教徒だから、結婚と離婚を繰り返せば地獄に堕とされる。教会は、結婚は神聖なものであり、離婚は大罪だと教えている」

「だったら、誰かとずっと同棲していたら？」

彼はにやりと笑った。「選択肢が与えられるなら、教会はそっちを好むと思う」

パーク・レーンを渡るのを待つあいだ、わたしは上目づかいにダーシーを見た。一文無しで、アイルランド人、しかもカトリック教徒。あらゆる点で不適格だ。いまだに付き添い人がいたなら、一番近くのタクシーに押し込まれ、即座に連れて行かれただろう。

「家まで送るよ」通りを渡りながらよろめくと、彼は再びわたしの腕を取った。

「明るいうちは、帰り道くらい自分で見つけられるわ」とわたしは強がりを言った。披露宴で飲んだシャンパンのせいで足元がふらついていたし、彼と並んで歩くことを想像すると心が浮き立っていたにもかかわらず。

「わかっているよ。だけど、ぼくといっしょにこの美しい夕方の散歩を楽しまないか？　いま、ぼくの懐が温かかったなら、馬車を手配して、葉の生い茂る並木道をゆっくりドライブしたいところだが、このとおり一文無しだ。でも、公園を散策することはできる」

「いいわ」

わたしはそっけなく言った。二一年にわたる厳しいしつけは、わたしにこう叫んでいた。一文無しでカトリック教徒であるだけでなく、信用できないごろつきと警告された男性とこれ以上かかわってはいけない、と。だけど、しびれるほどハンサムな男性と公園をそぞろ歩くという、こんな魅力的なチャンスはこれまで一度でもあったかしら？

春のロンドンの公園ほど美しいところはない。木々の根本に水仙が咲き誇り、栗の木の枝には新緑が葉を広げ始め、美しく手入れされた馬たちは乗用馬厩舎からハイド・パークの乗馬道路《ロトンロウ》に向かって横切っていく。デート中のカップルは手をつないでゆっくり歩き、あるいはベンチに身を寄せ合って座っている。ダーシーをちらっと盗み見る。彼はリラックスしたようすで、情景を楽しそうに眺めながらすたすたと大股で歩いている。こういうときは何か話をしなくてはと思った。レゾワゾでは作法の勉強として、生徒たちはかわるがわる女性教官と夕食をとらなければならなかった。だから、晩餐会で場に沈黙が訪れるのはあるまじきことと、教え込まれていたのだ。

「ロンドンに住んでいるの？」

「いまはね。友人が地中海でヨットに乗っているあいだ、彼のチェルシーの家に泊まっている」

「すてきねえ。あなた自身は地中海へ行ったことがあるの？」

「ああ、何回も。だが、四月には一度も行ったことがない。海が穏やかじゃないから。ヨットを操るのは下手なんだ」

わたしはどうしてもききたかった質問を口にした。「それで、あなたは何かお仕事をしているの？　つまり、上等の食事をとるには、招待客になりすまさなければならなくて、お父様からの援助も打ち切られてしまったとなると、どうやって生計を立てているのかと思って」

ダーシーはわたしを見下ろしてにやりと笑った。

「定職に就かず、その日をなんとかしのいでいければいい。実際、そういう暮らしをしているんだ。なかなか楽しい生き方だよ。人々は、うまく数を合わせるために、ぼくを晩餐会に招待する。ぼくはものすごくお行儀がいいからね。タキシードにスープをこぼすなんてことはぜったいにしない。彼らは狩猟のあとの舞踏会で、自分の娘と踊る相手としてぼくを招く。もちろん彼らは、さっききみに話したようにぼくが一文無しだなんてことは、まったく知らない。ぼくはキレニー卿の息子だ。好ましい花婿候補だと思われているんだよ」

「あなたはいつかキレニー卿になるんでしょう？」

彼は笑った。「父は永久に死なない。ただぼくを困らせるためだけにいつまでも生きているだろう。ぼくらはそれほど仲がいい親子ではないんだ」

「お母様は？　生きていらっしゃるの？」

「インフルエンザの流行で亡くなった。弟たちも。ぼくは遠くの学校にいたので生き延びた。あの学校はひどいところだったよ。食事などとても食べられたものじゃなかったね。インフルエンザでさえ訪問する価値がないと思ったに違いない」ダーシーは微笑んだが、すぐにその笑みは消えた。「父は、ぼくだけが死ななかったことでぼくを責めているんだと思う」

「でも、あなたもいずれ、自分のことをどうにかしなければならなくなるでしょう？　いつまでも、よその家の宴会に紛れ込んで食べていくわけにはいかないし」

「金持ちの相続人とでも結婚するよ。たぶんアメリカ人の娘と。それからずっとケンタッキーで楽しく暮らしましたとさ、というわけだ」

「あなたはそれでいいの？」

「ケンタッキーにはいい馬がいる。ぼくは馬が好きなんだ。きみは？」

「大好きよ。狩りだって大好きだわ」

彼はうなずいた。

「血筋だね。そういうことは、自分ではどうすることもできない。ひとつ残念でたまらないのは、うちの競走馬用厩舎がなくなってしまったことだ。ひところは、ヨーロッパで最もすぐれたサラブレッドを何頭か持っていたんだ」急にいい案がひらめいたかのように、ダーシーは言葉を切った。「そうだ、今度いっしょにアスコット競馬場に行こう。ぼくは勝ち馬の選び方を知っている。いっしょに来れば、たっぷり稼がせてあげるよ」

「わたしがたっぷり稼げるなら、自分で稼いだらどうなの。そうしたら、そんなにお金に困ることもなくなるでしょう？」

彼はにやりと笑った。「ぼくがときどきたっぷり稼いでいないなんて、誰が言った？　おかげでなんとか食いつないでいるんだ。だが、そう頻繁にはできない。ノミ屋とトラブルになるからね」

顔をあげると、残念なことにハイド・パーク・コーナーに近づきつつあった。そのすぐ向かい側がベルグレイブ・スクエアだ。

それは夏の気配を含む、めずらしい春の夕方だった。太陽は沈みかけ、ハイド・パーク全体を金色に輝かせていた。わたしは振り返って、その美しい景色を味わった。

「まだ家の中に入りたくない」外はこんなにすてきなのだもの。わたしは田舎育ちだから、窓から煙突と屋根だけを見ているのは嫌い」

「わかるよ。きみにキレニー城からの眺めを見せたい。美しい緑の山々と、その向こうに見える輝く海。世界中を探しても、あれに勝る風景はない」

「世界中のいろいろな場所に行ったことがあるの？」

「だいたいの場所には。オーストラリアにも一度行ったことがある」

「ほんと？」

「うん。父があちらでひと財産作ったらどうかと提案したんだ」

「それで？」

「ぼくには合わない場所だった。彼らは全員庶民なんだよ。みんなが仲間。不便な生活すらも実際楽しんでいるし、裏庭で用を足す。そして、人は額に汗して働くものだと思っている。残念ながら、ぼくは文明社会に向いた人間だ」ダーシーはベンチを見つけて座り、自分の横をたたいてわたしにも座るよう促した。「ここからの眺めはすてきだ」

彼の横に座る。脚に彼の脚の近さと熱を感じる。

「それで、これからどうするつもり？　ハロッズはだめだったわけだから、そのあとの計画は？」

「別の仕事を探さなければならないでしょうね。でも、王妃様には計画がおありのようで、それが怖いの。いまのところ、身の毛がよだつような外国の王子と結婚するか、大おば様の侍女になるか、のどちらか。大おば様っていうのは、ヴィクトリア女王様の娘で、田舎で隠遁生活を送られているの。そこでの一番の娯楽は、大おば様の毛糸を持つか、カードゲームをするかでしょうよ」

ダーシーは興味ありげにわたしをじっと見た。「きみと王座のあいだにはいったい何人くらいいるんだい？」

「わたしは三四番目の王位継承者だと思う。誰かが知らないうちに子どもを産んでいて、わたしをさらに後ろに追いやっていなければ、だけど」

「三四番目だって？」

「あなたまさか、わたしと結婚して、いつかイギリスの王座を手に入れようなんて考えてないわよね！」

彼は笑った。「それはアイルランド人にとって、切り札になるね？　イギリスの王、いや、イギリス女王の夫君」

わたしも笑った。「わたしも小さい頃、同じようなことを思ったわ。ベッドの中で、わたしよりも継承順位が上の人たち全員を消してしまう方法を考えたりして。でも、もう大人になったから、お金をもらっても女王にはなりたくない。ううん、それは嘘かな。いとこのデイヴィッドにプロポーズされたら、承諾すると思う」

「英国皇太子？　きみは彼が素晴らしい花婿候補だと思うのか？」

きっとわたしは驚いたように見えただろう。「そうよ、そう思わないの？」

「皇太子はマザコンだ」とダーシーはさげすんで言った。「気づいていないのか？　彼が求めているのは母親だ。妻は欲しくないんだよ」

「そんなことないと思う。デイヴィッドはただ自分にふさわしい相手に出会うのを待っているのよ」

「一番新しい愛人はふさわしい相手にはならないだろう」

「会ったことがあるの？」

「ああ」

「それで？」

「ふさわしくない。十分魅力的だが、年を取りすぎているし、世才にたけすぎている。王室はぜったいに王妃にさせないだろう」

「あなたは、その人が王妃になりたがっていると思うの？」

「いまのところ、彼女はまだほかの誰かと結婚しているから、それには議論の余地があるかもしれない。しかし、きみは望みを持たないほうがいいぞ。きみのはとこのデイヴィッドは自分の配偶者としてぜったいにきみを選ばない。それに、率直に言って、きみはすぐに彼に飽きるだろう」

「なぜ？　デイヴィッドはとても愉快な人だと思うし、ダンスが抜群に上手よ」

「軽薄な男だ。中身がない。わが身の処し方がわからず、光に集まる蛾《が》のように、ふらふらと遊び回っているだけだ。堕落した王になるだろう」

「時が来れば徐々によくなると思う」わたしは憤慨して言った。「わたしたちはみんな、義務を押しつけられて育ってきたの。デイヴィッドもいつか必ず義務をまっとうするようになる」

「きみが正しいことを祈るよ」

「とにかく」わたしは声をひそめた。「わたし、その女性のことをさぐるように頼まれているの」言ってしまってから、こんなに口が軽くなっているのはシャンパンを飲みすぎたせいだと思った。見知らぬ人に漏らしてはいけなかったのだ。けれど、そう思ったときにはもう遅かった。

「彼女をさぐる？　誰に頼まれたんだ？」明らかにダーシーは興味を持ったようだった。

「王妃様。王子とその女友だちが両方とも招待されているハウスパーティーに出席して、あとで陛下に報告することになっているの」

「たぶん、いいことは何ひとつ報告できないだろうな」ダーシーはにやりと笑った。「男は一様に彼女を魅力的だと思うが、女性は一様に意地の悪い噂の材料を見つける」

「公正に評価できる自信があるわ。わたしは陰険なたちじゃないもの」

「ぼくがきみのことを好ましいと思う理由のひとつはそこだ。ほかにもあるけどね」彼はあたりを見回した。日が落ちて、急に肌寒くなってきた。「家に送り届けたほうがいいな。そのお上品なドレスじゃ、凍えてしまう」

寒さがこたえ始めていたので、同意せざるをえなかった。まだドレスにかかったシャンパンが乾いていなかったので、なおさら冷たさが感じられた。染み抜きをしてくれるメイドはいない。これをどうしたらいいのかしら？

ダーシーはわたしの手を取り、引っ張るようにして、車の行き交うハイド・パーク・コーナーを横断した。

「さあ、着いた」自宅の玄関の前に立ったわたしは必要もないのにそう言って、バッグの中の鍵をさぐった。緊張しているといつもそうなのだが、指がうまく動いてくれない。「楽しい午後だったわ。どうもありがとう」

「ぼくに礼を言う必要はない。アスキーダスキー家に感謝しないと。彼らが代金を払ってくれたんだから。それより、ぼくを家に招き入れる気はないの？」

「それはやめておきます。わたしはひとりでここに住んでいるのだし」

「だからって、若者に紅茶の一杯も出さないつもりか？　王族の規則がまだこれほど厳しいとは知らなかった」

「王族の規則ってわけではないの」わたしは神経質に笑った。「つまりね、お客様を接待できるような部屋をひとつも開けていないし、召使もまだいない。寝室と台所だけでキャンプ生活をしているみたいなものなの。料理の腕もないから、ベークドビーンズと紅茶でしのいでいる。学校でお料理の授業もあったけど、習ったのはプチフールみたいな役にも立たないお菓子くらいで、しかもわたしときたら、それすらマスターしていない」

わたしは陰鬱な玄関ホールの中をのぞき込み、それからまたダーシーのほうを見た。彼とふたりきりになるという考えに心がそそられた。けれど、二一年間にわたるしつけが勝った。「楽しい午後をありがとう」わたしは再びそう言って、手を差し出した。「では、さようなら」

「では、さようなら？」彼はものすごく魅力的な少年のような目でわたしを見ている。ああ、陥落寸前。でも、踏みとどまる。

「ダーシー、あなたをお招きしたいのはやまやまだけど、もう遅いでしょう。だから……わかってくださるわよね？」

「拒絶されて、雪の中にひとり。なんて残酷なんだ」彼は苦しげに顔をゆがめた。

「五分前には楽しい午後だと言ったじゃない」

「そうか。何を言っても、きみは動かされないようだね。二一年にわたる見事なしつけの成果。また、別の機会があるだろう」

ダーシーはわたしの手を取り、今度はそれを唇のところに持っていってキスをした。手の先から腕に震えが駆けあがってくる。

「よければ、来週、カフェ・ド・パリのパーティーに行こう」彼はわたしの手を放しながら、さりげなく言った。

「今度も勝手に押しかけていくの？」

「もちろん。アメリカ人が催すパーティーだ。彼らはイギリスの貴族というだけで大歓迎さ。きみが国王の親戚と聞いたら、きみの足にキスして、カクテルをしつこく勧め、自分の牧場に招待するだろう。行くかい？」

「そうね」

「いつだったか、いま、ここでは思い出せない。そのうち知らせるよ」

「わかった」なんとなく気まずく感じられて、わたしはぐずぐずしていた。「本当にありがとう」

「こちらこそ、礼を言うのはぼくのほうだ」

ダーシーはなんとなく意味深長な言い方をした。顔を赤らめたのを見られないうちに、わたしは急いで家に入った。後ろ手に扉を閉め、冷たく暗い玄関ホールに立つ。白黒の格子の床と暗い浮き出し模様の壁を見つめているうちに、不快な考えが心に忍び入ってきた。ダーシーはパーティーに押しかける道具としてわたしを利用しようとしているのではないかしら。これまで入り込めなかった場所も、わたしといっしょなら受け入れられる。わたしは入場チケット。

一瞬、怒りがこみあげてきた。おだてられて利用されたり、気のあるふりをされたりするのには我慢できなかった。でも、最近の単調な暮らしに比べたら、ずっと楽しかったということは認めざるをえない。ラノク城でクロスワードパズルをしたり、地下の台所に座ってべークドビーンズを食べていたりするよりははるかにましだった。まあ、さっきも言ったように、わたしには失うものなど何もないんじゃない？

8

ラノクハウス
一九三二年四月二三日（土曜日）

ダーシーの言うところの「お上品なドレス」を脱ぐために、三階に上がろうとしたとき、郵便受けに手紙が入っているのに気づいた。わたしがロンドンにいるのを知っている人はほとんどいなかったので、手紙はめずらしかった。手紙は二通あった。一通は義姉の筆跡と、グレンギャリーおよびラノクの紋章（二羽の鷲が岩山の頂の上空で戦っている図）で誰から来たのかわかったので、もう一通のほうを先に開いた。それは予想していたとおり招待状だった。レディ・マウントジョイは、カントリーハウスで催すハウスパーティーと仮面仮装舞踏会にレディ・ジョージアナがお越しくださるなら、たいへん光栄に存じます、とある。

二つ、追伸があった。最初のは、正式な追伸だった。「どうか仮装用の衣装をお持ちくださいませ。この近辺にはそういう衣装を貸す店はいっさいございません」

二つめの追伸はそれほど正式なものではなかった。「イモジェンはあなたにお会いできるのをそれはそれは楽しみにしております」

イモジェン・マウントジョイは、地味で目立たない娘だった。彼女とわたしは、シーズン中、二語以上の言葉を交わしたことはほとんどなかった。しかも、それはどちらも狩りに関する言葉だった。だから、イモジェンがわたしに会うのを楽しみにしているとはとても思えなかったが、優しい心遣いを示してくれたのだろう。そしてフィグからの手紙を読み終えるとすぐに招待を受ける返事を出すことに決めた。

親愛なるジョージアナ

ビンキーが突然、月曜日に予期せぬ緊急な用事のためにロンドンに行くと言いだしました。この不景気と誰もが節約せねばならないという状況を考慮し、すでにあなたがそちらにいるのですから、召使たちを事前にそちらに送り込んで家の準備をする費用をかけるのは無駄だとわたくしは考えました。あなたはただでその家に住んでいるのですから、ビンキーの寝室と書斎に風を入れて、ついでに新聞を読めるように(『ロンドン・タイムズ』紙はもうとっていますよね)小さな居間も準備しておいてほしいとあなたに頼んでもかまわないだろうと思います。

ビンキーは、食事はクラブでとるので、食事に関してはあまり心配する必要はありません。家はとても冷えていることでしょう。到着する日に、ビンキーの部屋に火を焚いておいてくださるわね。そうそう、ベッドに湯たんぽもお願いするわ。

あなたを愛する義姉、ヒルダ

彼女のもったいぶった堅苦しさは有名だった。誰も彼女を本名であるヒルダとは呼ばない。わたしにはその理由がわかる。わたしが知るかぎりで、ヒルダよりも馬鹿げた名前の公爵夫人はいない。もしわたしが〝戦う乙女〟という意味のヒルダと名づけられたなら、そんな重荷を背負って大人になるより、育児室の浴槽で溺れ死ぬほうを選ぶだろう。

しばらく手紙を見つめた。「なんて厚かましい」と声に出すと、その声は廊下の高い天井に反響した。わたしを養ってくれないばかりか、今度は使用人扱い？　いまわたしは、メイドもなしで、ひとりきりで暮らしているということを忘れているのかしら。わたしに、部屋のほこりを払って、ベッドを用意し、火までおこせと命じているの？　そのとき、わたしは気づいた。たぶんヒルダは、わたしが召使も雇わず、ここにひとりで暮らしているとは思ってもいないのだろう。いま頃は、メイドを雇っているだろうと考えたのだ。

しばらくして冷静になってみると、これはそれほど無茶な要求ではないのかもしれないと思えてきた。わたしは健康で丈夫だもの、何枚か塵よけの布を取り払い、床にじゅうたん掃除機をかけるくらいのことはできるんじゃない？　生まれてから学校に行くまで、ベッドメーキングをしたことも、コップ一杯の水を自分で用意したこともなかったけれど、いまでは両方ともできる。実際、わたしは素晴らしい進歩を遂げたのだ。もちろん、まだ火をおこしたことはない。昨日、おじいちゃんから、火のおこし方の基本は習ったけど、おじいちゃんが石炭貯蔵庫には蜘蛛がいっぱいいると言っていたせいで、まだ手をつけていないのだ。でも、いつかは取り組まなければならないだろう。バノックバーンからワーテルローにいたる数々の戦いで勇ましく戦った先祖たちから、地下の石炭貯蔵庫くらいではへこたれたりしない気力を受け継いでいるはずだ。明日の日曜日は、祖父といっしょに昼食を食べることになっている。そのとき、火のおこし方を一からきちんと習ってこよう。ラノク家の人間が、何かに敗北したなんて、誰が言わせるものか！

＊

日曜日の早朝、わたしはしゃきっと目覚めた。仕事に取り組む気力は十分だった。階段の下の食器棚に掛かっていたエプロンを身につけ、髪はスカーフで覆う。塵よけの布をさっと取り払い、窓からほこりを振り落とすのは、けっこう愉快だった。羽根ばたきを手に、ダンスをするようにほこりを払っていると、玄関の扉をノックする音が聞こえた。自分がどんなかっこうをしているかすっかり忘れて扉を開けると、踏段にベリンダが立っていた。

「公爵令嬢はご在宅かしら？」彼女はこう尋ねてから、相手がわたしだと気づき、びっくりした顔をした。「ジョージー！　いったいどうしたの？　シンデレラの役のオーディションでも受けるつもり？」

「何？　ああ、これね」わたしは手に持っていた羽根ばたきを見下ろした。「親愛なる義姉のご命令よ。明日、親愛なる兄の公爵様がご到着になるので、家の準備をしておけですって。さあ、入って」わたしはベリンダを招き入れて階段を上がり、居間へと導いた。開け放した窓から吹き込んでくる風がレースのカーテンを揺らしている。

「座って。椅子は塵を払ったばかりよ」

ベリンダはまるでわたしが危険な新種の生物に変身してしまったかのようにじろじろ見ている。「まさかお義姉さんは、あなたが自分で掃除をするとは思っていないんでしょう？」

「残念ながら、それがあの人の考えていることよ。ほら、座って」

「頭がおかしいのかしら？」ベリンダは座った。

「義理の姉について言えるのは、とにかく倹約家だってこと。ビンキーが来る前に、使用人をロンドンに送る汽車賃が惜しいのよ。義姉はわたしに、ただでここに住んでいることを思い出させて、借りがあるとほのめかすわけ」

「なんて図々しい」ベリンダは憤った。

「わたしもそう思った。でも、きっと、わたしがすでにメイドを雇っているだろうと思っているのよ。ロンドン子がいかに信頼できないか、紹介状をよくよく確認するようにってしつこく言っていたもの」

「どうしてメイドを連れてこなかったの？」

「フィグは自分たちのメイドを手放したがらなかったし、わたしも率直に言って、メイドにお給料を払う余裕がない。でもね、こういうのもそれほど悪くないのよ。それどころか、けっこう楽しんでいる。しかも、かなり上手になってきているし。母方の身分の低い家系の血がそうさせているに違いないわ。ものを磨くと、とてもいい気分になるの」

突然、天の声を聞いたような気がした。「待って。いま、素晴らしい考えがひらめいたの。わたし、お金になる仕事がしたかったでしょう？　他人のために掃除をして、お金をもらうっていうのはどう？」

「ジョージー！　あなたの自立には大賛成だけど、それにも限界がある。王族の一員が掃除婦になるなんて！　王室にばれたら、たいへんなことになるわよ」

「お客様は、実際に掃除をしているのがわたしだと知る必要はないでしょう？」わたしは考えを練りながら、羽根ばたきでぱっぱっとほこりをはたいた。「わたしはコロネット・ドメスティックス・エージェンシーの者だと名乗るの。そしてその会社で働いているのはわたしひとりだということは誰にも明かさない。とにかく飢え死にするよりはましよ」

「侍女の件はどうするの？　王妃様のお言いつけを拒否するなんてできないでしょう？」

「慎重にやらないとね。でも、運よく、宮殿では何事も一晩で決まることはないの。王妃様が実際に手配される頃までには、わたしは仕事がとても忙しく財政状態も安定していると言えるようになっているつもり」

「じゃあ、幸運を祈るしかないみたいね。わたしは自分がトイレを掃除している姿なんて想像できないわ」

「あら、どうしよう」急に現実に引き戻されてわたしは言った。「トイレのことは考えてなかった。はたきでさっさっとほこりを払う程度のことしか思いつかなかった。それくらいしかできないもの」

ベリンダは笑った。「きっと、ものすごく幻滅を感じると思うわよ。世の中には、ありえないほどいけすかない人たちがいるから」彼女はベルベットの背もたれに深く寄りかかって、脚を組んだ。若い男性を挑発するために練習を積んだしぐさに違いない。わたしには、彼女のはいている絹のストッキングをうらやましいと思う以上の効果はなかったけれど。

「それで、あのすてきなミスター・オマーラとのお出かけは楽しんだの？」

「かなりすてきな人だったわよね？」

「彼が一文無しだなんて、本当に残念。現段階において、あなたにお似合いの相手とは言い難いわね」

「ひょっとしたら、うまくいくんじゃないかしら、わたしたち」

「じゃあ、試してみたのね？」

「試すって、何を？」

「やったんでしょ？」

「ベリンダ、わたしたちは会ったばかりよ。彼は玄関の前でわたしの手にキスして、中に入れてほしそうなことを言っていたけど」

「ほんと？　まったくイギリス人とは違うわね」

「白状すると、手にキスされてうれしかったの。心がぐらついて、もう少しで家の中に招きベリンダはうなずいた。「やっぱりアイルランド人ね。放埒な人種よ。でも、イギリス人より面白いと認めざるをえないわ。イギリス人は優雅な口説きの芸術にはまったくうといから。彼らにできるのはせいぜい、お尻をたたいて、一発やらないかってきくくらいのものよ」

わたしはうなずいた。「わたしの経験をまとめるとそういう感じだわ」

「そうでしょう。だから、ミスター・オマーラがその人かもしれないわよ」

「ダーシーと結婚？　わたしたち、飢え死にしちゃう」

「結婚じゃなくて」彼女はわたしの迂闊さに首を振った。「あなたの肩の荷を下ろす手伝いよ。あなたのヴァージン」

「ベリンダ！　やめてよ！」

彼女はまっ赤になったわたしを笑いとばした。「あなたが意地の悪いオールドミスになるまえに、誰かがしなければならないの。父はいつも言っていたわ。女が二四歳をすぎたらもう見込みはないって。あなたも悠長なこと言ってられないわよ」ベリンダは答えを待って、わたしをじっと見つめたが、わたしはまだ言葉が見つからずにいた。ヴァージンであることについて議論するのは、わたしにとってそんなに簡単ではなかったのだ。「また彼と会うつもり？」彼女は尋ねた。

「来週、カフェ・ド・パリのパーティーにいっしょに行こうって」

「あらあ、なかなかおしゃれじゃない」

「また、勝手に押しかけていくのよ。パーティーの主催者はアメリカ人だから、わたしのような末席の者でも、王室のメンバーが出席すれば、下にも置かない歓待を受けるって」

「まったくそのとおりよ。いつなの？」ベリンダはバッグから小さな手帳を取り出した。

「ベリンダ、あなたも彼と同じくらい悪いのね」

「たぶん、わたしたちは同類なのよ。あなたはわたしを彼から遠ざけておいたほうがいいわよ。彼のこと好きになりそうだけど、学生時代からの親友の恋路の邪魔をするようなことはけっしてしないから安心して。それに、一文無しっていうのがね。わたしはものすごく高級趣味だから」ベリンダはさっと立ちあがってわたしから羽根ばたきを奪った。「もう少しでここに来た目的を忘れるところだった。昨日の結婚式で、別の学生時代の友人にばったり会ったの。ソフィアよ、ほら、ぽっちゃりした小柄なハンガリーの伯爵令嬢。あなたは気がつかなかった？」

「ええ。とてもたくさんの人がいたし、わたしはなるべく目立たないようにしていたから」

「とにかく、彼女が今日の午後にチェルシーのハウスボートで開かれる小規模なパーティーに誘ってくれたので、あなたも連れて行っていいかきいてみたの。あなたを探したんだけど、もう消えていたわ」

「パーティーがお開きになる前にダーシーとそっと抜け出したの」

「それでハウスボートのパーティーに行く？」

「楽しそうね。ああ、ちょっと待って。だめ、残念ながら、行けないわ。おじいちゃんと昼食を食べる約束をしたのを思い出した」ちらりと腕時計を見る。「もう行かなくちゃ。急いで着替えをして」

「王族でないおじいさんね？」

「もうひとりの祖父はずいぶん前に亡くなったから、会うとしたら降霊会よ。昼食じゃなくて」

「それじゃあ、生きているほうのおじいさんね。あなたの家族は、そのおじいさんとの交際にはいい顔をしていなかったわよね？　どうしてなの？」

「生粋のロンドン子、つまり労働者階級の人だからよ。でも、すごくいいおじいちゃんなの。知っている人の中で一番優しい人。おじいちゃんのためにもっと何かしてあげられたらと思う。海のそばで静養する必要があるんだけど、おじいちゃんもあまり懐具合がよくなくてね」わたしは再び明るい気持ちになった。「だから、このお掃除ビジネスがうまくいけば、おじいちゃんに海辺の休暇をプレゼントできる。そしたら万事うまくいくわ」

ベリンダはいぶかしげにわたしをじっと見た。「わたしは、ふだん、物事の悪い面を見るほうじゃないけど、なんだか、あなたが災いを自ら招いているように思えてならない。この新しい仕事のことが王室の人々の耳に入りでもしたら、あの恐ろしいジークフリートに嫁がされ、たちまちルーマニアの城に幽閉されてしまうわ」

「ベリンダ、ここは自由の国よ。わたしは二一歳で誰の保護下にもない。それに次の王位継承者でもないんだから、はっきり言って、彼らが何を考えようが気にしないの！」

「よく言ったわ、友よ」彼女は拍手した。「それじゃあ、あなたが出かける前に、広告を書く手伝いをさせて」

「ありがとう」わたしは、ライティングデスクからペンと紙を取ってきた。「『ロンドン・タイムズ』紙に広告を出すほうが『タトラー』誌よりいい顧客を引き付けられるかしら」

「両方にしなさいよ。新聞をけっして読まない女性も、『タトラー』なら自分のことが記事になっているかどうか確認するためにいつも読んでるから」

「なんとかがんばって両方の広告代を払うわ。すぐに依頼が来るといいんだけど。でないと一週間後にはパンをもらう列に並ぶことになる」

「午後のパーティーにいっしょに行けなくて残念だわ。ソフィアはいかにも中央ヨーロッパ出身らしい立派な体格の子だったから、食事は豊富に供されると思うの。それに、彼女はさまざまな愉快なボヘミアンたち、作家とか画家とかと交流があるの」

「行けなくて残念だけど、おじいちゃんのところでも食事はたっぷり食べられると思う。二種類の野菜を添えたローストを用意してくれるって言ってたから。それで、広告にはどう書いたらいい？」

「トイレの掃除はなしで、軽いはたきかけと、閉めてあった家を開けることだけと明記しておかないと。こんなのはどう？『召使は田舎の屋敷に残して、ロンドンに出て来たくはありませんか』

わたしは走り書きした。「いいわ、とっても。それからこうね。『コロネット・ドメスティックス・エージェンシーがあなたのお屋敷に風を入れて、ご到着に備えて準備いたします』」

「それから、誰かに推薦してもらわないと」

「どうしたらいい？　フィグに推薦してとは頼めないけど、これまでのところ、わたしが掃除の仕事をした相手は彼女だけよ」

「馬鹿ねえ、自分で推薦するのよ。レディ・ヴィクトリア・ジョージアナ、グレンギャリーおよびラノク公爵令嬢御用達ってね」

わたしは笑いだした。「ベリンダ、あなたって、本当に冴えてる」

「わかってる」彼女は謙虚に言った。

＊

昼食は素晴らしかった。おいしいラムの脚、かりかりのロースト・ポテト、祖父の家の裏庭でとれたキャベツ、そして焼きリンゴのカスタード添え。こんなふうにもてなしてくれる金銭的余裕があるのかしらと気になって、ときどき胸が痛んだけれど、わたしが食べる姿を祖父が心からうれしそうに眺めているので、食事を楽しむことにした。

「食事が終わったら、火をおこすやり方を教えてね。冗談で言っているんじゃないの。兄が明日ロンドンに到着する予定なので、寝室に火を焚いておくよう言いつけられているから」

「こりゃ、たまげた。なんたる厚かましさだ。あいつらはおまえを何だと思っているんだ。

雑用係だとでも？　おまえの兄にひとこと言ってやらねばならん」

「ああ、ビンキーじゃないの。ビンキーはね、いい人なの。もちろん、すごくぼんやりしていて、何にも気づかないんだけど。それに、あまり聡明とも言えないし。でも、本質的には優しい人なのよ。それに、わたしにも少し責任があると思う。義姉は、わたしがロンドンに着いたらすぐに召使を雇っただろうと思っているわけ。そうする余裕はないとはっきり言っておくべきだったわ。愚かなプライドよ」

祖父は首を横に振った。「言っただろう、ジョージー。火を焚きたいなら、地下の石炭貯蔵庫におりていかなきゃならん」

「もしそうしなければならないなら、やらなきゃならないわ。いままでたくさんの使用人が地下の石炭貯蔵庫におりていったけど、生きて帰ってきたわけでしょう。だから大丈夫。それからどうするの？」

祖父は最初から最後まですべてを細かく説明してくれた。まず新聞紙を正しく置き、その上に細木を置いて、それから一番上に石炭をのせ、ダンパーを開けて空気を調節し……ふう、なんだかたいへんそう。

「わしが行って、やってやりたいが、おまえの兄は、わしがあの家にいるのを嫌がるだろうからな」

「おじいちゃんが、あっちの家に来てくれてしばらくいっしょに住めたらいいのに。面倒を見てほしいわけじゃなくて、それなら寂しくないから」

祖父は賢そうな黒い目でわたしを見た。「そうだな、だがそれはうまくいかんだろうよ。わしらは違う世界に住んでいる。おまえはわしにあの家の上の階で寝てほしいと思うだろうが、わしはそれでは居心地が悪い。といって、階下で寝るのも、召使になったようで気分が悪い。やめておこう、このままがいいんだ。おまえが来てくれるのは歓迎するが、おまえは自分の世界に戻る、そしてわしはわしの世界に留まる」

祖父の家をあとにし、石像たちの前を通ってグランビル・ドライブを歩きながら、わたしは名残惜しくなって後ろを振り返った。

9

ラノクハウス
一九三二年四月二四日（日曜日）

　ラノクハウスに戻ったわたしは、使用人の服装に着替えて髪を結び、勇気をふりしぼって、恐ろしげな石炭貯蔵庫を探しに地下におりていった。祖父が予測していたように、そこはひどい場所だった。外の石炭貯めにつながっている暗い穴で、高さは六〇センチほどしかない。シャベルは見つからなかったし、その暗い未知の穴の底に手を伸ばす勇気はない。何が潜んでいるかわからないもの。台所に戻って、大きなひしゃくとラックに掛かっていたタオルを取ってきた。ひしゃくで石炭を少しずつすくい取り、タオルを使って石炭バケツに入れた。このやり方だと、バケツをいっぱいにするのにたっぷり三〇分はかかったが、少なくとも蜘蛛に触れることはなかったし、手はきれいなままだった。ようやく、よろめきながらバケツを上の階に運びあげることができ、あらためてメイドのマギーはえらかったと、賞賛する気持ちがわいてきた。マギーは毎朝この仕事をしなければならなかったのだ。

試しに自分の部屋で火を焚いてみた。日が暮れる頃には部屋は非常に煙臭くなっていたけれど、暖炉ではぱちぱちと音を立てて火が燃えていた。ちょっぴり自分を誇らしく思う。ビンキーの部屋は、ベッドに清潔なシーツを敷き、窓を開けて準備を整えた。暖炉にも火を入れ、満足してベッドに入った。

月曜日の朝、わたしは、『タイムズ』紙の事務所に行って、一面に広告を掲載してくれるよう依頼した。返信の宛先には郵便局の私書箱を使った。ラノクハウスに掃除の依頼が来たら、ビンキーがいい顔はしないだろうと思ったからだ。次に、『タトラー』誌の事務所に行き、同じ手続きをした。

家に帰るとすぐに、玄関の扉をたたく音がした。扉を開けると、踏段に見知らぬ男が立っていた。陰気な雰囲気の人で、頭のてっぺんからつま先まで黒ずくめだった。黒い長いオーバーコートを着て、広いつばの黒い帽子を前方に傾けてかぶっているので、目がよく見えなかった。見える範囲では、好ましい顔とは言えなかった。昔はかなりハンサムだったかもしれないが、すでに顔がたるみ始めていた。そして、あまり戸外に出ない人のように青白かった。ラノク城にはこんな顔色の人はひとりもいなかった。少なくとも身を切るような寒風で、頬がバラ色に染まるから。

「公爵に会いたい」フランス風のアクセントで男は言った。「ガストン・ド・モビルが来たと、すぐに取り次ぎなさい」

「残念ながら公爵はまだ到着していません。着くのは今日の午後になると思います」

「なんと不都合な」男は黒い皮手袋で、反対の手の甲をぴしゃりとたたいた。

「公爵はあなたがいらっしゃることを知っているのでしょうか？」

「もちろん。入って、待たせてもらう」彼はわたしを押しのけて入ろうとした。

「困りますわ」とわたしは言った。男の横柄な態度に即座に嫌悪感を抱く。「知らない方を中に入れるわけにはいきません。また後ほどおいでください」

「なんだと、この生意気な女め。おまえなどクビにしてやる」彼は手袋を振り上げた。たたかれる、とわたしは思った。「おまえは誰と話しているか知っているのか？」

「あなたこそ、誰と話しているかご存じかしら？」わたしは最も冷ややかな目つきで男をにらみつけた。「わたしは公爵の妹、レディ・ジョージアナです」

これを聞いて彼は威張り散らすのをやめたが、ぶつぶつ文句を言い続けた。

「しかし、あんたは、メイドのように玄関を開けたじゃないか。このような作法にかなわないやり方は、非常にみっともないですぞ」

「ごめんあそばせ。でも、召使たちはまだスコットランドにいるので。いま、わたしはこの家にひとりでおりますの。ですから付き添い人なしで、見知らぬ殿方をお通しすることを兄は許さないと思いますわ」

「よろしい。では、兄上に、こちらに到着したらすぐにお会いしたいとお伝え願いたい。わたしはクラリッジ・ホテルに滞在している」

「兄には申し伝えますが、兄がこれからどうするつもりかは知りません。名刺をお持ちですか？」

「たしか、どこかに」とド・モビルは言って、あちこちのポケットを上から軽くたたいた。「しかし、名刺は必要ないと思う」

彼は立ち去ろうとして背中を向けたが、またいきなり振り返った。「あなたがラノク城のほかに所有している屋敷はこれだけかね？」

「ええ。でも、所有しているのはわたしではなく、兄ですけど」

「たしかに。それでラノク城は、どんなふうです？」

「寒くて風通しがいいですわ」

「それは非常に不便だが、仕方がない。そして地所は？　よい収益をあげているのですかな？」

「わたしは地所がどういった収益をあげているのかまったく知りません。それにもし知っていても、見知らぬ方にお教えするわけにはいきません。申し訳ありませんが、用事がありますので、これで失礼します」

そう言って、わたしは扉を閉めた。いやなやつ。いったい自分を何様だと思っているの？

ビンキーは四時頃到着したが、従僕を連れてこなかったので、少し狼狽しているようすだった。

「ポーターが見つからず、自分で鞄を持って駅を通り抜けなければならなかった」と不機嫌そうに言う。「おまえがまだここにいてくれて本当に助かった。誰かの結婚式の手伝いに、もう出かけてしまったかと思っていた」

「それは二週間ばかり先よ」ラノク城を抜け出すためにでっちあげた話を思い出させてくれてありがとう、と心の中で思う。「それに、花嫁の家は親類でいっぱいだろうから、わたしはここにいようかと思っているの。もし、お兄様がかまわないなら」

兄はうわの空でうなずいた。「わたしは疲れ切ってしまったよ、ジョージー。風呂に入って、それから紅茶とクランペットがあれば、生き返るんだが」

「いまでも冷水浴をしているのよね？」

「冷水浴？　学生時代は、もちろん毎日冷水浴をしなければならなかったが、いまはその必要はない」

「そう、でも、いまはそれが唯一の選択肢なの」とわたしは言った。内心、ちょっぴり面白がっている。「ボイラーに火が点いていないから」

「いったい、どうして？」

「なぜなら、わたしはずっとここにひとりでいたからよ、親愛なるお兄様。そして、あなたの奥様はボイラーを点ける許可をわたしにくれなかったし。といっても、どうやってボイラーを点けたらいいか、わからないのだけど。わたしは、朝、平鍋でお湯をわかして体を洗っているの。だから、お兄様にも同じようにしてもらわないと」

「凍えるように寒い列車でスコットランドからはるばるやって来た者にそれはないだろう。まったくいまいましい……」しかし、わたしの言葉の意味をようやく理解して、兄は途中で言葉を止めた。「ここに、ひとりきりでいた、と言ったのか？　召使もなしで？」

「わたしひとり。フィグはラノク城の使用人を連れてくることを許さなかったし、わたしには使用人を雇うお金がない。お兄様ならよくわかるわよね。だって、二一歳の誕生日にわたしにお小遣いをくれるのを止めた張本人なんだから」

兄の顔は真っ赤になった。「いいかい、ジョージー。おまえはわたしのことをまるで鬼のように言うが、けっしてそうしたかったわけじゃない。本当だよ。ああ、なんてことだ。わたしには、おまえを一生養っていける収入がないのだ。おまえは結婚するべきなのだよ。そして、誰かほかのくだらない男に養ってもらうのがいいんだ」

「優しいお言葉、痛み入ります」

「では、ここには実際、誰も使用人がいないと言うのだな。わたしの風呂を用意してくれる者も、紅茶とクランペットを出してくれる者も？」

「紅茶を淹れて、トーストを焼くくらいならわたしがしてあげる。トーストはクランペットとほとんど変わらないくらいおいしいって、お義姉様が言っていたわ」

「そんなことができるのか？　ジョージー、おまえは天才だ」

わたしは思わず笑ってしまった。「紅茶とトーストを用意できるくらいでは、天才とは言えないと思うけど、わたしはこの一週間でいくつか学んだの。お兄様の寝室の暖炉には火が入っているわ。わたしが火をおこしたのよ」

わたしはくるりと背を向けて階段をのぼり、派手なしぐさで兄の寝室のドアを開けた。

「いったいどうやってこんなことができるようになったんだ？」

「おじいちゃんに教えてもらったの」

「おまえの祖父に？　ここに来たのか？」

「心配しないで。おじいちゃんはここには来ていない。わたしがおじいちゃんの家を訪ねたの」

「エセックスまで？」ビンキーときたら、まるでわたしがラクダでゴビ砂漠を横断したかのような口ぶりだ。

「ビンキー、世間一般に信じられていることと違って、エセックスに行っても無事に帰ってこられるのよ」わたしは兄を寝室に案内して、わたしのおこした火と、輝くばかりに清潔な室内を褒めてもらえるのを待った。しかし、やはり兄は男だった。どちらにも感銘を受けず、一泊旅行の荷物をほどき始めた。

「ところで、今朝、お兄様に訪問者があったわ。ものすごく不愉快な太ったフランス人。ガストンなんとかって言っていた。とても横柄な人。いったいどこで、あんな人と知り合ったの？」

ビンキーの顔が青ざめた。「実際には、まだ一度も会ったことがない。手紙のやりとりだけだ。だが、わたしがロンドンに来たのは、その男のためなのだ。なんとか事態を解決したいと思ってな」

「事態を解決するって？」

ビンキーはパジャマをつかんだまま動きを止めた。「おまえには知る権利があると思う。まだフィグには話していない。話す勇気がない。どのように話したらいいかわからないが、いずれは彼女にも知らせなければならないだろう」

「知るって、何を?」

兄はベッドに座り込んだ。「その男、ガストン・ド・モビルのことだ。どうやら、プロのギャンブラーらしく、以前、父上とよくモンテカルロでトランプをしていたようだ。おまえもうすうす知っているだろうが、父上はギャンブルが得意なほうではなかった。それでどうやら、父上はカードテーブルで残っていた財産をすべてすってしまったらしい。そしてどうやら、財産で払いきれる額よりももっと負けていたようだ」

「ねえ、そのどうやらっていうのを止めて」わたしはぴしゃりと言った。「その話が噂のたぐいなら、興味ないから」

「いや、噂ではないのだ」ビンキーは大きなため息をついた。「どうやら、いや、実際、このならず者のド・モビルは、父上がトランプゲームでラノク城を賭け、そして負けたと主張している」

「お父様がわたしたちの家を賭けで失ってしまったですって? あのおそろしく無礼なぶよぶよの外国人にとられてしまうというの?」わたしは淑女とは思えぬ金切り声で叫んでいた。

「どうやら」

「わたしは信じない。あの男は詐欺師よ」

「ド・モビルは水も漏らさぬ完璧な証文があると言っている。今日、わたしにそれを見せるつもりなのだ」

「きっとイギリスの法廷では通用しないわ」

「明日、うちの弁護士に会うことになっているが、ド・モビルは、その書類はフランスで証人のもとで公証されたから、世界中のどこの法廷でも通用すると言い張っている」

「たいへんなことになったわね」わたしたちはぞっとして見つめ合った。「どおりで、今朝、彼がラノク城のことを尋ねていたはずよ。寒くて、風通しがよいと言っておいてよかった。このことを知っていたら、幽霊が出るとも言ったんだけど。あの人は本気であそこに住もうとしているわけじゃないわよね？」

「城の代わりに金を取ろうとしているのだと思う」

「そんな余裕があるの？」

「まったくない。うちにはまったく金がないということはおまえも知っているだろう。父上はモンテカルロで財産を失った上に、自殺してわたしに相続税を払わせた」兄はいい考えが浮かんだとばかりに顔を輝かせた。「そうだ。決闘を申し込もう。ド・モビルが名誉を重んじる人間であれば、受けるだろう。わたしたちはラノク城を賭けて闘う。男と男の勝負だ」

わたしはビンキーに近づき、肩に手を置いた。「愛するお兄様、こんなことを言うのは心苦しいけれど、お兄様はお父様をのぞけば、文明社会に住む人の中でもっとも射撃の腕が悪いと思うわ。ライチョウも鹿もアヒルも、とにかく何か動くものを一度もしとめたことがないもの」

「ド・モビルは動かない。そこに立っているだけだろう。しかも、大きい標的だ。撃ち損じるはずがない」

「でも、彼のほうがぜったい先に発砲するでしょうし、そして、たぶんフランス一の射撃の名手よ。わたしは、城を失うのもいやだけど、お兄様が死ぬのもいや」

ビンキーは両手で頭をかかえた。「どうしたらいいんだ、ジョージー」

わたしは兄の肩をなでた。「戦いましょう。何か方法があるわ、きっと。最悪の場合、新しい家を見せるといってスコットランドに連れて行けば、一週間以内に肺炎にかかるでしょう。もしそうならなかったら、わたしが地所の視察と称して岩壁の上におびきだし、背中を押してやる！」

「ジョージー！」ビンキーはびっくりした顔をしてから、笑いだした。

「恋愛と戦争では手段を選ばずって言うでしょ。そして、これは戦争なのよ」

＊

ビンキーはその晩遅くまで家に戻らなかった。わたしは兄があの恐るべきガストン・ド・モビルとどう対決したか知りたくてたまらず、寝ないで待っていた。玄関の扉がバタンと閉まる音を聞いて急いで階段をおりようとすると、ビンキーが重い足取りで階段をのぼってくるところに出くわした。

「それで？」わたしはきいた。

兄はため息をついた。「あの男に会った。正真正銘のごろつきだが、あの証文は本物ではないかと思う。わたしには父上の筆跡に見えたし、証人がいて、密封されていた。あのならず者は、本物を手放そうとはしなかったが、明日の朝、弁護士に見せられるように写しをよこした。率直に言って、あまり希望は持てそうにない」

「はったりをかけたらどうかしら？　さあ、どうぞ、ラノク城はあげますって。手放すことができてせいせいするって言うの。ド・モビルはあそこには一週間といられないわ」

「だが、それはまったく効果がないだろう。あの男はあそこに住むつもりはないのだ。城を売って、学校かゴルフ客用のホテルにするつもりだろう」

「学校かあ。かなりお金をかけて改装しないと、生徒はひとりも集まらないでしょうね」

「笑い事ではないんだぞ、ジョージー。あれはわたしたちの家なのだ、くそっ！　八〇〇年間、われわれが守ってきた城だ。大陸のギャンブラーごときにおめおめと引き渡すつもりはない」

「では、どうするつもり？」

兄は肩をすくめた。「おまえのほうがわたしよりも賢い。おまえが何かわたしたちを救う素晴らしいアイデアを思いつくかもしれないと願っていたのだが」

「わたしはすでに、岩壁から彼を突き落とすという手を考えたわ。あるいは、北に向かう列車から突き落とすか」わたしは兄に向かって微笑んだ。「ごめんなさい、ビンキー。何か思いつければいいんだけど。明日の朝、弁護士がこの事態を打解するための法的な手段を教えてくれることを祈りましょう」

兄はうなずいた。「もう寝ることにする。疲れ果てたよ。ああ、そうだ、朝、簡単な食事を頼む。腎臓《キドニー》料理を少し、それからベーコンと、いつものトースト、マーマレードとコーヒー」

「ビンキー！」わたしは兄を制した。「使用人はいないと言ったでしょ。用意できるのは、ゆで卵にトースト、それから紅茶。そこまでよ」

兄の顔が曇った。「なんてことだ、ジョージー。ゆで卵だけで、世界に立ち向かえと言うのか」

「仕事に就けたらすぐに使用人を雇って、腎臓料理でもベーコンでもお兄様の好きなものを料理させるわ。でも、差し当たり、兄のために料理するのをいとわない妹がいることに感謝すべきよ」

ビンキーはわたしをじっと見つめた。「いま、なんと言った？　仕事に就く？　仕事だって？」

「わたしはロンドンに残って、自分の力で生きていくつもりなの。それ以外に、どうやって生きていけというの？」

「いいかい、ジョージー。わたしたちのような人間は仕事には就かない。とにかく、そういうことだ」

「ラノク城がド・モビルの手に渡ってしまったら、お兄様だって自分で仕事を見つけるか、飢え死にするか決めなくてはならないのよ」

兄は心からぞっとしたようだった。「そんなことを言うな。いったいわたしに何ができる？　絶望的だ。地所の見回りをするくらいなら問題なくできる。乗馬もかなりうまい。だが、それ以外は、まったく何もできないのだ」

「一家を支えなくてはならなくなったら、きっと何か見つかるわ。金持ちのアメリカ人の執事にならいつでもなれる。公爵に仕えてもらったら、彼らは大喜びするでしょう」

「冗談でも、そんなことを言うな」兄はうめいた。「とにかく、何もかもが考えることもできないほど恐ろしい」

わたしは兄の腕を取った。「寝たほうがいいわ。朝になれば、事態がもう少し明るく見えるかもしれない」

「そうだといいのだが。ジョージー、おまえはわたしの心の支えだ。困ったときに信頼できるのはおまえだけだ。頼りにしているぞ」

家族から逃げるためにロンドンに来たのに――自分の寝室に向かいながらわたしは考えた。でも、逃げるのは思ったほど簡単ではないようだ。一瞬、ジークフリート王子と結婚するのも悪くないかも、と思えてきた。

10

ラノクハウス
一九三二年四月二六日（火曜日）

翌朝、わたしはビンキーといっしょに弁護士に会いに行くと言い張った。つまるところ、ラノク城はわたしの実家でもあるのだ。最後まで戦わずして、城を明け渡すなどということはぜったいにしたくない。法律事務所ミサズ・プレンダーガスト・プレンダーガスト・アンド・ソープスは、リンカーンズ・インの近くにあった。ビンキーとわたしは、あのいやらしいド・モビルが到着する前に、弁護士と話ができるよう早めに到着した。ヤング・ミスター・プレンダーガストが喜んでお会いしますと告げられ、わたしたちは木張りの部屋に通された。そこに座っていたのは、どう見ても八〇歳はすぎていると思われる老人だった。ヤング・ミスター・プレンダーガストがこれなら、オールド・ミスター・プレンダーガストはいったいどれほど年老いて見えるのだろう。とても緊張していたせいで、わたしはくすくす笑い始めた。ビンキーににらみつけられたが、笑いを止めることができなかった。

「申し訳ない。ショックで妹は少しおかしくなっているのだ」とビンキーはヤング・ミスター・プレンダーガストにわびた。

「お察しいたします」老人は優しく言った。「わたしどもにとってもショックでした。ミサズ・プレンダーガスト・プレンダーガスト・プレンダーガスト・アンド・ソープスの弁護士たちは、過去二世紀にわたり、あなた様のご家族の代理人を務めてまいりました。わたしはラノク城が悪人の手に落ちるのを見たくはありません。その不愉快な証文とやらを拝見できますか？」

「これはただの写しだ。あのごろつきは本物を手放そうとしないのだよ」ビンキーは弁護士に証文を渡した。

じっとそれを見つめながら老人は舌打ちした。「ふうむ、これは、これは。まず、第一にしなければならないのは、筆跡の専門家に本物を鑑定させて、偽造でないかどうかを明らかにすることでしょう。わたしどもの事務所には、お父上の手書きの遺書と署名が保管されております。それから、国際法の専門家に相談する必要がありますな。しかし残念ながら、フランスの法廷で争うことになると思われます。となると多額の費用がかかり、たいへんむどかしいことになります」

「ほかには道はないのでしょうか？」わたしは尋ねた。「別の選択肢は？」

「お父上が書類に署名なさったとき、心の安定を欠いていたと証明することはできるでしょう。それが一番望みのあるやり方かもしれません。性格証人を連れてきて、お父上が奇矯な行動をとり続けていたと立証してもらう必要があるでしょう。医師に、ご一家には狂気の血が流れていると証言させることも……」

「待ってください」わたしは弁護士の言葉をさえぎった。「法廷で父を侮辱するようなことはできません。それにうちの家系には狂気の血など、一滴も流れていません」

ミスター・プレンダーガストはため息をついた。「そこまでやらなければ、あなた方は家を失うことになるでしょう」

約一時間弁護士と話をしたあと、ビンキーとわたしは暗澹《あんたん》たる気分で事務所をあとにした。ド・モビルは筆跡鑑定家に会うことには同意していた。彼があまりにも自信たっぷりに見えたので、もしかして証文は本物で、ラノク城は金持ちのアメリカ人のためのゴルフ場付きホテルになる運命なのかもしれないと考えずにはいられなかった。

広告のことを思い出したのは、家へ向かうタクシーの中でビンキーが『タイムズ』紙を読んでいたときだった。一面をちらっと見ると、あった、あった。いま、わたしがしなければならないのは、最初の依頼を待つことだけ。このはなはだしく重苦しい状況にもかかわらず、ほんのちょっぴりわくわくした気持ちになるのを禁じることができなかった。

長いこと待つ必要はなかった。最初の依頼は翌日にあった。依頼人はミセス・バントリー＝ビングという人で、リージェンツ・パークの横の三日月形の街路沿いに家を持っていた。木曜日にドレスの試着のため急にロンドンに出てこなくてはならなくなり、わたしの広告を見つけて、なんて運がいいのだろうと思ったそうだ。彼女の家の使用人たちは年老いて弱っているので、もう旅はできない。そこでひとりで旅をし、食事は友人ととるという。だから、その晩、泊まれる場所さえあればよかった。求めているのは、ベッドにきれいなシーツを敷き、部屋にはたきをかけて塵をはらい、寝室の暖炉に火を入れておくことだった。そんなことならお安い御用、とわたしは思った。公衆電話からミセス・バントリーが知らせてきた番号に電話をかけて、夕方ご到着になられる前までにすべてを完璧に用意しておきますと言って、依頼事項を確認した。依頼人は喜んでいるようだった。鍵は隣の家のハウスキーパーに預けてあるという。翌朝自分が帰ってからまた家に来て、リネン類をまとめて洗濯物袋に入れ、そのハウスキーパーに鍵を返すときに、洗濯物袋もいっしょに渡してほしいと言われた。それから料金はおいくらかしらと彼女は尋ねた。わたしはまだ、料金についてはよく考えていなかった。

「わたしどもでは二ギニー請求させていただいております」とわたしは言った。

「二ギニーも？」ミセス・バントリーはショックを受けたようだった。

「奥様、これは特別なサービスでございます。そしてわたしどもは、優秀なスタッフを派遣しております」

「もちろんそうでしょうとも」

「それに、ハンプシャーからあなた様の使用人をお連れになるより安上がりかと存じます」

「もちろんそうですわ。わかりました、翌朝、シーツをはがしに来るときに受け取れるように、封筒にお金を入れて置いておきます」

わたしはにっこりと満足の笑みをうかべて受話器を置いた。

＊

さて、初仕事の日、問題は何を着て行くかだった。わたしは階段をおりて、使用人の戸棚を物色し、メイド用の黒いドレスと白いエプロンを見つけた。さらにメイドらしく見せるためにハイカラな小さな白い帽子も加えた。といっても、それを着てベルグレイブ・スクエアから出かけるわけにはいかない。

わたしはメイドの制服を着ると、ビンキーを起こさないように気をつけて、こっそり階下におりていった。するといきなり、書斎からビンキーに呼びかけられた。

「ジョージー、ちょっと来てくれないか？ ラノク城の歴史を少し調べてみようと思うんだ。わが家の歴史か、何かの書類に、グレンラノクの資産はわが一族以外の誰にも譲渡できないという規定が書かれているかもしれない」

「名案ね」ビンキーにメイドの服を着ていることを気づかれないように、階段の陰から答える。

「それから、ここは恐ろしく寒い。そこで思ったんだが、おまえは火を焚く名人だから、この暖炉にも火を入れてもらえないだろうか」

「ごめんなさい。約束があるの。いま、出かけるところよ。マフラーと手袋を見つけて、わたしが帰るまで、それでしのいでいてちょうだい」

「おい、ジョージー、手袋をはめたままページをめくれると思うか？　少しくらい遅れてもかまわないだろう？」いらいらした声で言うと、兄はドアから顔を突き出した。「女性は、どんなときも、遅れるものじゃないか？　フィグはいつもそうだ。あれは眉を描くのに何時間もかけるが、おまえはいつも——」わたしを見て、ビンキーは言葉を詰まらせた。「なぜ、そんな変な服を着ているのだ？　使用人が着ているものに似ている」

「ビンキー、これは女性だけの馬鹿馬鹿しい集まりのための衣装なの」わたしはあせって言い訳をする。「全員、メイドの服を着て行くことになっているのよ。結婚前のパーティー、わかるでしょう」

「ああ、そうか。なるほど」兄はうなずいた。「そういうことなら、わかった。行きなさい。楽しんでおいで」

メイドの制服を隠すためにオーバーコートをつかんで逃げだした。家の外で、ほっと安堵の息を吐く。かなり危なかった。知り合いに見られるかもしれないということは予測していなかった。

心の中で祈りの言葉をつぶやきながら、鍵をもらうことになっているリージェンツ・パーク横の三日月形の街路沿いの家に近づいた。ここなら、知っている人に見られることはないだろう。リージェンツ・パークはベルグレービアやメイフェアほど高級な地区ではないから、親戚や知人が頻繁にやって来るような場所ではない。それでも、まわりをきょろきょろ見回してから、階段をあがり、隣接している家の玄関の扉をノックした。メイドはわたしを上から下まで胡散臭そうな目でじろじろ眺めて、中に招き入れようともせず、ハウスキーパーを呼びに行った。ハウスキーパーはわたしがそこに立っているのを見て、恐怖におののいて口をあんぐり開けた。

「まるで客人のように玄関のドアベルを鳴らすとは、いったいどういうつもり？」彼女は強い調子で言った。「使用人は御用聞き用の入り口を使うものですよ」

「すみません。御用聞き用の入り口がどこかわからなかったものですから」

「横の階段をおりたところです。どこの家でもそうでしょう」相変わらずさげすんだ目でこちらをにらみつけながら言った。「自分の身分をわきまえないといいことは何もありませんよ。いくら高級な家事奉仕人紹介所で働いていてもね」

彼女は見おろすようにわたしをじっと見た。

「あなたがミセス・バントリーのためによい仕事をすることを願っていますよ」彼女は非常に大げさな上流階級風の話し方をした。労働者階級の人が教養があると見せたいときによく使う話し方だ。「夫人はあの家にたくさん美しいものをお持ちです。夫人とだんな様の大佐は、世界各地を旅行なさっているのよ。あなたは地元の派遣会社から来ているのでしたね」

「そうです」

「夫人があなたたちの身元照会をなさっているといいのですけど」

「わたしたちはグレンギャリーおよびラノク公爵の妹君にあらせられるジョージアナ公爵令

嬢様からのご推薦をいただいております」わたしは階段に置かれたミルクボトルをじっくり見ながら言った。

「まあ、そうなの。それならば……」彼女は最後まで言わずに言葉を濁した。「王族と言ってもいいお方でしたわよね。パーティーで一度、お見かけしたことがあるのですよ。美しいお嬢様でした。お母様と同じくらいおきれいだわ。お母様は元女優だったのよ」

「ええ、そうです」とわたしは答えた。彼女の視力はかなり悪いに違いない。

「皇太子様も、遠くばかりご覧にならないで」ハウスキーパーはかなりうち解けて話しだした。「そろそろ花嫁をお選びになるころあいですよ。イギリスの良家のお嬢様をお選びになることをみんなが望んでいます。外国人はだめよ。とくにドイツ人は」

わたしは四分の一はスコットランド人だけれど、ドイツの血もたっぷり入っているので黙っていた。

「鍵をありがとうございました。明日、片づけをすませてからまた返却にうかがいます」

「なかなかよろしい」ほとんど優しいとも言える感じでハウスキーパーはわたしに微笑みかけた。「言葉づかいがいいのは気持ちがいいわ。よい娘になれるように努力を怠らないようにするのですよ。それから、身分をわきまえること」

「はい、奥様」とわたしは言って、急いで逃げ出した。

鍵を手に、意気揚々とバントリー＝ビング家の階段をのぼった。最初のテストには合格だ。鍵を回すと、扉が開いた。二つ目のテストも合格。足を踏み入れ、眠っている家の静けさを味わう。さっと見て回ったところ、この仕事は楽勝であることがわかった。応接室は塵よけの布がかけられていた。階段をのぼると、ミセス・バントリー゠ビングの寝室はすぐにわかった。ピンクと白のふんわりとした印象の部屋で、バラの花輪の模様の壁紙が貼られていた。高価な香水のにおいが漂っている。とても女性らしい部屋だ。大佐は、どれくらいの頻度でここに招き入れられるのかしらと思った。仕事を開始する。窓を開けて新鮮な空気を入れ、塵よけの布を取り払い、窓からほこりを振り落とした。小さい飾り物や水晶瓶がまわりにたくさんにあったので、生来不器用なたちであることを自覚しているわたしは、慎重にほこりを払った。そのとき、電気掃除機があるのに気づいた。これまで一度も使用したことがなかったけれど、なんだか面白そう。それに、じゅうたん掃除機で行ったり来たりするより、はるかに少ない労力ですむだろう。スイッチを入れてみた。掃除機は即座に必死にしがみついているわたしを引きずりながらじゅうたんの上を走りだし、あっというまにレースのカーテンを吸い込んだ。なんとかカーテンロッドが落ちてくる前にスイッチを切ることができた。幸い、カーテンも無事救出できた（端をわずかに嚙まれただけですんだのだ）。というわけで、やはりじゅうたん掃除機のほうが安全だという結論に達する。

次に、リネン類がしまってある戸棚を見つけて、ベッドを準備した。シーツはレースの縁取りがされていて、バラの香りがした。最後に、地下の石炭貯蔵庫におりていった。ここは適切な道具がそろっていて、シャベルもトングもすぐに見つかった。寝室の暖炉に火を入れる。数週間前には、自分がこんな仕事ができるようになるとは夢にも思っていなかったのだが。

部屋の最後の仕上げをしていると、玄関の呼び鈴が鳴った。わたしは、ミセス・バントリー＝ビング本人ならば、自分の家に入るのに呼び鈴を鳴らすだろうか？

わたしはおりていって扉を開けた。かなり見てくれのいい男性が立っていた。髪は真ん中でわけてきれいになでつけられ、口髭はきれいに整えられていた。青いブレザーにフランネルのズボンをはき、フリージアの花束をかかえ、尖端が銀のステッキを腕の下にはさんでいる。

「ごきげんよう」と彼は言うとわたしににっこり微笑みかけた。きれいにずらりと並んだ白い歯が見えた。

「きみは新しいメイドかい？　通常彼女は、使用人を連れてこないと思っていたが」

「いいえ、わたしはメイドではございません。家事奉公人紹介所から派遣された者です。家を開けて、寝室の準備をするために、ここの奥様に雇われたのです」

「そうなのか。なんとまあ、それは素晴らしい考えだ」彼は中に入って来ようとした。

「申し訳ありませんが、奥様はまだお着きになっていらっしゃいません」わたしは彼の行く手を阻みながら言った。

「いいんだ。勝手に時間をつぶしているから」と彼は言った。今度はわたしを押しのけて中に入り、廊下で手袋を脱いだ。

「ところで、ぼくの名前はボーイ。きみは？」

「マギーです」自分のメイドの名前がまっさきに頭に浮かんだのでこう答えた。

「マギー?」彼は近すぎるほど接近してきて指をわたしの顎の下にあてた。「元気でかわいいマギー。なかなかいい。ということは寝室の用意をしていたんだな？」

「はい」彼の目つきが気に入らなかった。目つきというより、実際には流し目といったほうが正しい。

「どんなにいい仕事をしているか、ぼくに見せてくれないか？　きちんとやっているといいが。でないとお仕置きをしてやらないといけないからな」

わたしの顎の下にあった彼の指が、喉のほうに滑りおりていく。あまりに度肝を抜かれて反応が遅れてしまったが、それ以上進む前に、わたしはさっと飛びのいた。通常ならひとこと言ってやるところだけれど、自制心を働かせて、なんとかそれを抑えた。頭の中で、メイドは相手の足を踏んだり、向こうずねを蹴ったりといった自衛の手段を使ってはならないと叫んでいた。そんなことをしたら、その場でクビになってしまうだろう。「そのお花を水に浸けましょう。早くしないと萎れてしまいそうです」とわたしは言った。

一目散に台所へ向かう。陰でささやかれる噂話で、男性が使用人を自分の意のままにしようとするという話は聞いたことがあるが、これがわたしの新しい職業に潜む危険だとはいままで一度も考えたことはなかった。台所にいるあいだに、話し声が聞こえてきた。玄関ホールに戻ってみると女性の姿があった。ややぽっちゃり体型でかなりの厚化粧、脱色した金髪にはきれいな小波のようなウェーブがかかり、首のまわりには高価そうな毛皮が巻かれていた。さらに香水の香りにも包まれていた。ミセス・バントリー＝ビングのご到着だ。危ういところで助かった、と胸をなでおろす。

ミセス・バントリー＝ビングは明らかに狼狽しているように見えた。「あら、あなたはまだここにいたの。気づかなかったわ。てっきり、もういないかと——早い時刻の列車で来たのよ」彼女はまくしたてた。「わたしの——いとこがドライブに連れて行ってくれるんですって。すてきでしょう。ご親切に、どうもありがとう、ボーイ」

わたしはメイドらしく見えることを願って、お辞儀をした。「奥様、仕事はすべてすみました。いま、おいとまするところでございます」

「素晴らしいわ。ご苦労でした。ボーイが、あなたの邪魔をしていないといいけれど」彼女が向けた視線から、彼が多くの女性の邪魔をしてきたことがうかがわれた。

「とんでもないことでございます、奥様。わたしはちょうどあの方が奥様のためにお持ちになった花を花瓶に活けていたところでございます」

彼女はわたしから花瓶を受け取って、花に顔を埋めた。「フリージアね。なんてすてき。わたしがフリージアを好きなことを知っていたのね。本当に優しい人」

彼女は花越しに彼を色っぽく見つめた。そのとき、彼女は、わたしがまだそこにいることを思い出した。「ありがとう。もう帰っていいわ。あなたの雇い主に、明日、ベッドのシーツをはがして、部屋を片づけるために戻ってきたときに、代金をナイト・テーブルの上に置いておくと言っておいたわ」

「はい、奥様。コートを取ってきて、すぐにおいとまいたします」

コートがカシミヤであることをミセス・バントリーに気づかれるのではないかとびくびくしていた。でも、もし気づかれたとしても、非常に親切な元雇い主からのお下がりだときっと考えるだろう。しかし実際には、わたしが抜き足差し足で横を通り抜けたとき、ふたりはしっかり見つめ合っていて、まわりのことなどまったく目に入らないようすだった。翌朝、しわくちゃになったベッドを見たわたしは、なんだ、ロンドンへの旅の目的はドレスの試着ではなかったのだと納得した。

11

ラノクハウス
一九三二年四月二八日（木曜日）

次の仕事の依頼は、その日の午後の配達で届いた。今度はミセス・バントリー＝ビングのときほど簡単にはいかないようだった。依頼人は、レディ・ファンショウ。息子のロデリック（通称ウィッフィー）は、わたしの社交界デビューの舞踏会で踊った相手であり、しかも先週ダーシーと押しかけた結婚式では花婿付き添い人を務めていた。サー・ウィリアムとレディ・ファンショウ夫妻は数日ロンドンに滞在する予定で、使用人を引き連れて日曜日に到着する。しかし、一行が着く前に家に風を通し、ほこりを払って、暖炉に火を入れられるよう準備し、夫妻の寝室に湯たんぽを用意しておくようにとのことだった。軍隊から休暇をもらえれば息子のロデリックも合流することになるが、それはありそうもないという。ありそうもないと知って、非常にうれしかった。掃除の真っ最中にウィッフィーと顔を合わせるのは避けたかった。ビンキーにメイド姿を見られたのもまずかったが、兄を言いくるめるのは簡単だ。ウィッフィー・ファンショウのような真面目な堅物に見られたら、どう言い訳したらいいかわからない。リージェンツ・パークなら大丈夫。あのあたりなら、誰にも見とがめられずに歩くことができる。けれど、イートン・プレースに住む人たちは、ほとんどひとり残らずわたしの知り合いだ。

ビンキーはふさぎ込んで、家の中をうろうろしていたが、元気づけられるようなことは何一つ思いつかなかった。率直に言って、悪いニュースばかりだったからだ。証文は本物と判定され、ビンキーは、父が長年精神を病んでいたと主張するのは極悪非道なやり方だろうかと悩み始めていた。「父上はいつも浴槽にゴムのアヒルを浮かべていただろう？　あれは正常とは言えない証拠じゃないか？　それから東洋の瞑想に凝って、頭で逆立ちしていたこともある。覚えているか？」

「頭で逆立ちする人はたくさんいるし、貴族はみんな風変わりであることはよく知られているわ」

「わたしは風変わりではない」とビンキーは熱くなって言った。

「お兄様は地所を回りながら木に話しかけるじゃない。わたしはその声を聞いたことがある」

「あれは常識だ。話しかけると、育ちがよくなるんだぞ」

「わたしの弁論は終わり。とにかく、お父様がその書類に署名できないくらいおかしくなっていたと法廷で認めさせるには、お父様は口から泡を吹くくらい常軌を逸していたと証明しなくてはならないでしょう」

「父上は一度、口から泡を吹いたことがある」ビンキーは希望をつないだ。

「賭けで、石鹸を呑み込んだときのことね」

ビンキーはため息をついた。

通常、ビンキーは陽気なたちだったから、わたしはこんな兄の姿を見たくなかった。でも、どうしたらいいのか、いい案はまったく思いつかない。ベリンダから妖婦風のドレスを借りてド・モビルを誘惑し、事の最中に証文を盗むという方法すら考えた。でも、正直なところ、そういうことをうまくやってのける自信がなかった。

金曜の朝、カシミヤのコートの下に黒いメイドの制服を隠し、帽子はあとでかぶれるようにたたんでポケットに入れて、イートン・プレースに向かった。小走りで御用聞き用の入り口におりていき、帽子をかぶってから、渡された鍵を回して戸を開け、中に入った。

狩猟でしとめたアフリカの獣の頭のはく製と風変わりな儀式用の槍が飾られたほら穴のような玄関ホールに立つ。家の中を見てわたしの熱意はしぼんでいった。この家はわたしたちのロンドンの屋敷よりももっと大きく、何世代にもわたる軍務によって世界中の派遣先から持ち帰った品物であふれていた。それらのうちのいくつかはかなり貴重なものらしく、それなりに魅力的に見えたが、とにかくあらゆる家具や棚の上に物が陳列されている。曲がった短剣、黒檀のマスク、彫像、翡翠でできた象、象牙の女神像——見ただけでとても壊れやすいことがわかる。さらに壁にはおびただしい数の絵が掛かっていた。連隊の旗とメダルが陳列されたガラス張りのテーブル、そしてあらゆる種類の形をした剣などもいたるところに掛かっていた。ファンショウ家が何代にもわたる著名な軍人一家だということは明白だ。ウィッフィーが近衛隊にいるのもうなずける。これでは一日中ほこりを払い続けなきゃならないかもしれない。

部屋から部屋を見て回り、一階にいくつもある大きな接客用の部屋のすべてに風を入れる必要があるのかしら、それとも短期間の滞在なら、二階の小さい客間だけで十分なのだろうかと考えた。

舞踏場サイズのメインの応接室の一番端には巨大な暖炉があった。そこに火を焚いておいてほしいと言われなかったことを心の中で感謝する。あらゆる壁に、交差した剣や盾、そして鎧兜さえも飾ってあった。ファンショウ家は代々、たくさんの人々を殺してきたらしい。

上の階の寝室を見てほっとする。それほどたくさんの飾り物はなかったからだ。というより、むしろ簡素で飾り気がなかった。寝室の掃除を始めようとしたとき、浴室の蛇口から水が垂れている音が聞こえてきた。中をのぞき込む。うれしくなるような光景ではなかった。浴槽のまわりには黒い汚れの線がついていた。床には数枚のタオルが山をつくり、トイレも清潔とは言えなかった。蛇口からしたたる水滴のせいで石灰の線がついていた。彼らがこんなにだらしないのなら、しっかり掃除をする価値などないのではないかしら。そのとき、もしかすると誰かがこの家に住んでいるのかもしれない、という考えがわいてきた。もしかするとウィッフィーでは？　忍び足で部屋から部屋を見て回り、自分がこの家にひとりきりなのを確認した。

するとプライドと良心がむくむくと頭をもたげてきた。わたしがこんな雑な仕事をすると思われたくはない。そこで、その汚い浴室を猛然と掃除し始めた。タオルを拾って、洗濯物かごに放り込む。洗面器をこすり洗いし、ひざまずいて浴槽のまわりの黒い輪をこそげ落とす。けれどトイレに手をつっこむのだけは……何事にも限度というものがある。見るとドアの後ろにブラシが掛かっていた。ブラシに布をまきつけ、便器からなるべく遠ざかって目をそらし、便器のまわりをさっと拭く。それから、急いで汚れた布を近くにあったくずかごに捨て、まるで何事もなかったかのように浴用ブラシをもとの場所に戻した。フックにブラシを掛けるときになって、わたしはようやく気づいた。これはきっと背中の手が届かないところを洗うためにここに掛けてあるのだ。あらまあ、なんてこと。でも、彼らはこれが何に使われたかをけっして知ることはない。

そしてもちろん、わたしはまさしくその瞬間、気づいたのだ。上流階級の人間は、使用人の怒りと不満のはけ口として、さまざまな陰険ないたずらにさらされているのだということに。スープの中に小便をした執事の話を前に聞いたことがある。ラノク城の使用人たちはいったいどんなことをしているのだろう。自分が扱われたいと思うようなやり方で使用人を扱えという金言があるが、そういう立派な言葉には多くの意味が含まれているわけだ。

かなり満足して、わたしは主寝室以外の寝室の塵よけ布を慎重に取り外し、箒《ほうき》をかけた。地下の石炭貯蔵庫におりていって石炭を用意し、暖炉に火を入れた。火はうまくおこせたけれど、何度も石炭バケツを上の階まで運んだので息が切れる。それから、イートン・プレースを見渡す主寝室の掃除に取りかかった。

この部屋は巨大な四柱式寝台に占領されていた。エリザベス女王が寝ていたような種類のベッドだ。色あせたベルベットのカーテンが掛かっていて不気味だった。部屋のほかの部分も一夜の安眠に役立つとは思えなかった。ひとつの壁には見るも恐ろしい牙のついた仮面が、そして、別の壁には戦いの場面を描いた絵が掛かっていた。ベッドを覆ったサテンのキルトを振り落としたときだった。もっと重いだろうと予想して力いっぱい振ったため、キルトが高く舞いあがって、壁の仮面を落としてしまった。スローモーションのように仮面が落ちていき、マントルピースの上にあった小さな像を撥ね飛ばすのをわたしは見つめた。飛びついてつかもうとしたが、時すでに遅し。像はカキンと音を立てて炉格子に当たり、半分に割れた。わたしは恐れおののいて像を見つめた。

「落ち着くのよ」自分に向かって言う。「これは、飾り物だらけの家の中の、たったひとつの小さな像にすぎない」

二つに割れた像を拾いあげる。何本か腕がある中国の仏像のようだったが、そのうちの一本が肩のところで折れていた。運のいいことに、ぽきんときれいに折れている。本体と断片をエプロンのポケットにしまう。持ち帰って修理してから、次に来るときに戻しておこう。うまくいけば、誰も気づかないだろう。階下から似たような像を持ってきて、本物と取り替えるまで、代わりにそこに置いておけばいい。

ほっとしてため息をついたとたん、わたしは凍りついた。神経過敏になっているだけ？それとも本当に階下で靴音がした？　息を殺して耳を澄ます。やがて、階段か床板のきしむ音が聞こえてきた。間違いなく誰かが家の中にいる。心配しなくても大丈夫、と自分に言い聞かせる。真っ昼間の、おしゃれなロンドン地区なのよ。窓を開けて、大声で助けを呼べば、メイドや運転手や配達の少年たちがその声を聞くだろう。ミセス・バントリー＝ビングと友人のボーイが、当初の計画よりも早めに到着したことを思い出し、きっとファンショウ家の人々だろうと推定した。ウィッフィーでないといいのだけれど。

寝室の大きな衣装戸棚に隠れる誘惑にかられたけれど、理性の声が勝った。通常、使用人は、主人に姿を見られたり、音を立てたりすべきでないとされているので、わたしも目立たないようにしていることに決めた。家の中で何が起こっていようと、使用人はただ自分の仕事を続けるのみ。

足音が近づいてきた。振り向かずにベッドメーキングを続けるのは難しかった。とうとう、ちらりとそちらを見ずにはいられなくなった。

飛び上がらんばかりに驚いた。ドアから寝室の中へ入ってきたのはダーシー・オマーラだった。

「なんとまあ、すごいベッドだ。アンデルセン童話の『えんどう豆の上に寝たお姫様』に出てくるベッドみたいじゃないか？」

「ダーシー、あなた、いったいここで何をしているの？　もう少しで心臓発作を起こすところだったわ」

「だいぶ前にきみがベルグレイブ・スクエアを横断するのを見かけたんだ。なんだかこそこそしているようすだったから、あとをつけることにした。きみは御用聞き用の入り口からファンショウの家に入っていった。ぼくは、彼らがまだ田舎の屋敷にいることを知っていたので、興味をそそられた。もともと好奇心が強いたちだから、きみが他人の留守宅で何をするつもりなのか知りたいと思った。しばらく待ったが、きみは出てこない。それで、自分の目で確かめようと思ったわけさ。ドアに鍵をかけなかっただろう。このいたずら娘」

「そうだったの。わたしの罪深い秘密を知られてしまったわけね」

「きみの秘密の喜びは、他人の家のベッドメーキングをして回ることなのか？　ジークムント・フロイトなら興味深いと思うだろうね」

「違うわよ、馬鹿ね。わたしの新しい仕事よ。家事奉仕人派遣サービスを始めたの。ロンドンに出てくる人のために家の準備をして、あらかじめ使用人を送り込む費用を節約させるの」

「素晴らしいアイデアだ。それで、きみの会社の人間はどこに？」

「今のところ、わたしひとりよ」

ダーシーは爆笑した。「きみが自分で掃除をしているのか？」

「どこがそんなにおかしいのか、わからないわ」

「だって、きみはいままで家の掃除なんかしたことないだろう？　きっと、銀食器を磨く粉で床を磨いているに違いない」

「大掃除をしているなんて言ってないでしょ。わたしのサービスは、部屋に風を入れて、いくつかの部屋のほこりを払うだけよ。主人を迎える準備をする、それだけ。じゅうたん掃除機をかけて、清潔なシーツをベッドに敷いて、ほこりを払うことくらいわたしにもできるわ」

「すごいな、感動したよ。だが、きみの家族はそう思わないだろう」

「家族にはぜったいに知られないようにするつもり。うまくいき始めたら、スタッフを雇って実務をまかせられるわ」

「進取の気性に富んでいるなあ。幸運を祈っているよ」彼は視線をベッドに向けた。まだベッドメーキングの途中でやや乱れた状態のままだ。

「おお、いやに立派なベッドだな」ダーシーはマットレスを押してスプリングの具合を確かめた。「有名な歴史上の人物がこのベッドでお戯れになったことがあるかもしれない。ヘンリー八世とか、ネル・グウィンとチャールズ二世とか？」それからわたしを上目づかいに見た。

ダーシーはとても近くに立っていた。あまりにも近すぎて、どきどきしてしまう。会話の内容と、こちらを見る目つきがさらにわたしを狼狽させた。

彼から遠ざかる。

「ファンショウ家の人々が早めに到着して、見知らぬ人が使用人の邪魔をしているのを知ったら、いい顔はしないと思うの」

ダーシーは挑戦するように目をきらめかせて微笑んだ。

「なるほど、きみはぼくに言い寄られていると思っているんだ。

「とんでもない」わたしはつんと澄まして言った。「わたしは報酬をもらって仕事をしているの。あなたは、わたしがその義務を果たすのを妨げている。ただそれだけよ」

彼はまだ微笑んでいた。「わかったよ。わかりました。もう行く。ぼくは帰る潮時を心得ているから。しかし、ぼくのように抗いがたい魅力を持つ男とこのような状況でふたりきりになれるチャンスを望んでいる娘はごまんといるんだがな」

もしかすると、わたしはそういうことにまったく興味がないという印象を与えてしまったかもしれない。ちょっぴり後悔する。まったく興味がないわけじゃなかったんだけど。

「そういえば、今週、パーティーに連れて行ってくれるって言ってなかった？」背中を向けたダーシーに言った。「カフェ・ド・パリのアメリカ人のパーティーだったかしら？」

「あれは、きみが行くにはふさわしくないパーティーだった」彼は目をそらしている。きっとわたしの代わりに誰か別の人を連れて行ったのだ。

「どういう人たちの集まり？　麻薬常用者？」

「ジャーナリスト。本物の王族が、自分たちのパーティーに押しかけてただ食いしていたなんていうスクープを彼らが逃すはずがないからね」

「まあ、そうなの」わたしにはわからなくなった。ダーシーが本当にわたしのことを心配してくれたのか、それとも、わたしが堅苦しくて退屈だから、もうつきあうのはごめんだと思ったのか。彼はわたしの顔が曇ったのに気づいたに違いない。

「がっかりするなよ。パーティーはいくらでもある。またいつか会えるよ。約束する」

ダーシーは指をわたしの顎の下にかけて引きよせ、唇に羽根のように軽いキスをして行ってしまった。

わたしはその場にたたずみ、もしあのとき、あのまま続けていたらよかったのかもしれないと思いながら、午前中の光の中でほこりがダンスするのを見ていた。

*

寝室の準備を終えて、最後に客間を攻撃するために勇気を振り絞った。すぐれた使用人がやるように、ペルシャじゅうたんをはがして、ほこりをはたくなんて芸当はできない。じゅうたんに掃除機をかけてから、広大な寄せ木細工の床を箒で掃く。四つん這いになって客間の暖炉のまわりにブラシをかけていると、男性たちの声が聞こえてきた。近くの鎧兜の後ろに隠れるといった何か分別のある行動をとる前に、声は接近してきた。わたしは顔を下に向けて必死にブラシをかけているふりをした。どうかこの部屋に入ってきませんように。入ってきても、わたしに注意を向けませんように。

「では、きみの両親は今日、到着するんだね？」ひそひそ話す声が、玄関の大理石に反響して、ここまで伝わってきた。

「今日か明日。確かなところはわからない。だが、念のために、近寄らないに越したことはない。でないと、母がまたなんのかんのしつこく言ってくるからな。わかるだろう?」

「では、次はいつ会える?」

声は居間の一番遠くの開いているドアに達した。視界の隅で、この家の息子、ジ・オナラブル・ロデリック(ウィッフィー)・ファンショウの背筋をぴんと伸ばした姿を認めた。暗がりでよく見えないが、彼の後ろには、背の高いひょろりと痩せた青年がいるようだった。わたしは彼らに背中を向けたまま掃除を続けた。ほこりがもうもうと立ってわたしの姿を隠してくれることを願った。そのとき、わたしのブラシが真鍮の炉格子に当たった音が彼らを驚かせたに違いない。

会話が途切れ、ウィッフィーが「〈メイドの前ではやめろ〉」とフランス語で言った。

これは使用人に聞かせたくない話をしようとしているときの常套句だった。

「え、なんだって?」もうひとりがきき返したが、すぐにわたしに気づき、「ウィ、ジュ・ボア〈ああ、わかった〉」と、自分もフランス語で答えた。さらに、ひどい発音のフランス語で続ける。「〈では、いつものように月曜の夜に〉」

「〈しかし、きみは抜け出せると思うのか?〉」ウィッフィーのフランス語は少しましだったが、ひどい英語なまりだ。まったく、イートン校では生徒に何を教えているの?

「〈そう願うよ〉」とウィッフィーの連れはそうフランス語で答えてから、また英語でしゃべりはじめ、ふたりは部屋から出て行った。「また状況を知らせるよ。きみは恐ろしいリスク《ウイスク》を冒すことになるかもしれない」

　rがwに聞こえる独特の話し方。わたしは手にしたブラシを宙に浮かせたまま凍りついた。もうひとりの話し手は、トリストラム・オーボワだった。声は廊下の奥のほうに消えていったが、彼らがどの部屋に入ったかはわからなかった。わたしは心を落ち着けて掃除を終え、掃除道具一式をかき集めて収納戸棚にしまうと、使用人用の入り口から逃げ出した。

　イートン・プレースを急いで通り抜ける。心臓はどきんどきんと激しく打っていた。この計画は狂気の沙汰だった。仕事の二日目にしてすでに、知り合いにふたりも遭遇していた。今回は幸運にも、無傷のままでいられたけれど、次回もそうなるとは限らない。無傷という言葉に、頬がかっと熱くなった。

　無傷のままでいる――それはまさしく、あの寝室でわたしに起こったことだった。もしもダーシーが、わたしに無理やり言い寄る（昔の人は趣のある言い方をしたものだ）と決めたなら、彼に抵抗できるくらい強い意志があったかどうか自信がなかった。

　イートン・プレースを歩いていると強い風が吹きつけてきた。コートをしっかりと体に引き寄せ、足早に家に向かった。熱い紅茶が飲みたい。いいえ、この波立った神経をなだめるには、ブランデーのほうがいい。まったく、たいへんな朝だったわ。ラノクハウスに入り、大理石のタイル張りの廊下に立った。

「ビンキー、いるの？　わたし、どうしてもブランデーが一杯飲みたいの。お酒のキャビネットの鍵を持っている？」

答えはなかった。がらんどうの家に押しつぶされそうな気がした。ふだんから明るい家とは言えないけれど、今日はとりわけ冷え冷えとしている。わたしはぶるっと体を震わせて、メイドの制服を脱ぐために階段をのぼった。三階の浴室の前を通りかかると、水のしたたる音がいやに大きく聞こえてきた。ぽとん、ぽとん、ぽとん。そして、浴室のドアの下から、細く水が流れ出ているのが見えた。

本当にビンキーったら何もできないんだから。きっと風呂に入ろうして、しっかり蛇口を閉めるのを忘れたに違いない。わたしは勢いよく浴室のドアを開けた。驚きのあまり口をあんぐりと開けたまま、その場に立ちつくす。浴槽からは水があふれ、中に誰かが浸かっていた。一瞬、ビンキーだと思った。

「あら、ごめんなさい」わたしはつぶやいて、もう一度、浴槽を見た。服を着た男性が水の中に横たわっていた。動かない。顔は水中に沈み、目は開かれたままだった。しかも、わたしはその男を知っている。ガストン・ド・モビルだった。

12

ラノクハウス
一九三二年四月二九日（金曜日）

わたしは本物の死体を一度も見たことがなかったので、魅入られたようにじっと見つめてしまった。本当に死んでいるはずがない。きっとたちの悪いフランス風の冗談で、わたしをおびえさせようとしているのよ。あるいは、眠っているのかも。でも、男の目は大きく見開かれ、虚ろに天井を見つめている。水から突き出ていた黒いエナメルの靴の先を試しに引っ張ってみた。体が水の中で少し揺れ、水がさらに床にこぼれたが、表情に変化はなかった。そのときになってようやく、わたしは最初からわかっていたことをはっきり認めた。ガストン・ド・モビルはわが家の浴槽の中で死んでいるのだ。

冷たい恐怖に囚われる。朝出かけるとき、ビンキーは家にいた。同じ狂人がビンキーも殺したのでは？

「ビンキー！」叫びながら浴室を走り出た。「ビンキー、生きているの？」

兄の寝室、書斎、居間を捜した。どこにも姿はない。いよいよパニックになって、兄の死体が塵よけ布の下に隠されているようすを想像した。部屋から部屋へと走り回って、布を引きはがし、衣装戸棚の中を調べ、ベッドの下をのぞいた。地下の使用人の部屋までおりて、あちこち捜した。兄の痕跡はまったくなかった。石炭貯蔵庫にも。兄の寝室に戻ってみると、衣服がなくなっていた。恐ろしい疑惑が心に浮かんだ。ビンキーが勇敢にもド・モビルに決闘を申し込むと言っていたことを思い出す。兄がド・モビルを殺したなんてことがありえるだろうか？　すぐにわたしは首を強く横に振った。ビンキーは、高潔な人間になるべく育てられた。確かに彼はド・モビルに決闘を申し込んだらどうだろうと言っていた。そして、もし決闘が行われたなら、フェアに戦い、強いほうが勝っただろう。ただし、ビンキーがどんな種類の戦いでも、勝者になるとはとても思えない。では、浴槽で誰かを溺れさせるのは？いやいや、ビンキーはぜったいに品位を落とすような振る舞いはしない。たとえ相手が最悪の敵であり、あのド・モビルのような巨漢を溺死させせられるほど長く浴槽の中に浸けておけるくらい力が強かったとしても。

死体が消えていたらいいのにと半分期待しながら浴室に戻った。しかし、ド・モビルはまだ浴槽内に横たわっていて、目は宙を見つめ、黒いオーバーコートが水の中でゆらめいていた。次に何をしたらよいかわからなかった。そのとき、驚くべき考えが浮かんだ。証文だ。たぶんド・モビルは証文を持ち歩いていただろう。押し寄せてくる嫌悪感と闘いながら、彼のポケットに手を入れ、ずぶ濡れの封筒を引き出した。運のいいことに、封筒の中にはちゃんと証文が入っていた。小さくちぎってトイレに流す。すぐに、自分のしたことに驚愕したけれど、いまさら引き返すこともできない。少なくとも警察が到着したとき、ビンキーに不利な証拠は見つからないだろう。

考えを整理しようと、三階の廊下を行ったり来たりした。警察を呼ぶべきだとわかっていたが、そうすることはためらわれた。わたしたちの敵が、わが家の浴槽の中で死んでいるのだ。どんな警察官だって、兄妹のどちらかが彼を殺したという結論に達するだろう。見知らぬ人が、ロンドン中の家の中から、よりによってうちの浴槽を選び、その中で自殺したと言っても警察が信じるとは思えない。

けれど、わたしはいま、有罪となりうる証拠を破り捨てたばかりじゃない？　だったら、わたしたちのほかには、ド・モビルがわが家の敵であることを知る人はいないのでは？　あ、馬鹿、馬鹿、馬鹿。うちの弁護士がいた。弁護士は証文の写しも持っている。わたしたち家族に二〇〇年にわたり忠誠を尽くしてきたとはいえ、おいそれとそれをこちらに引き渡したり、廃棄したりするとは思えない。それに、ド・モビルの死に関するニュースが明らかになれば、わたしたちとド・モビルとの関係を黙っていてくれと説得することも難しくなるだろう。

わたしは再び浴室をちらっとのぞき込んだ。とんでもない考えが頭をよぎった。ビンキーとわたしで死体を運び出し、誰も見ていないときにテムズ川に落とすというのは可能だろうか？　よくある溺死に見えるだろう。けれど、わたしたちの手には負えそうもなかった。まず、ド・モビルは生きているときでさえすごく重そうだった。さらに、ロンドンには忠実な使用人がいないし、輸送手段も持っていない。タクシーを頼んでわたしたちふたりのあいだに死体を座らせ、運転手に「テムズ川沿いの道《エンバンクメント》まで。人気のないところに止めてちょうだい」と命じるわけにはいかないだろう。そして、たとえそれができたとして、〝名誉を汚すよりも死を選ぶ〟をモットーとしてきた気性の激しいスコットランドの祖先たちに顔向けができない。ハノーバー家のほうの先祖はそうでもないかもしれないけど。彼らは、やりたいことがあれば手段を選ばずだったんじゃないかしら。

考え込んでいる最中に、呼び鈴が鳴った。心臓が止まるほどびっくりした。出るべきかしら？　ビンキーが帰ってきただけだったら？　ビンキーは鍵を忘れていそうだから。誰が訪ねてきたにせよ、応えなければまたあとで来るだろう。とにかく訪問者を排除しなければ。わたしは「排除」という言葉を選んでしまったことに身震いした。その言葉は殺人と結びつく。現在の状況では、好ましい選択とは言えない。わたしは階段をおり、扉を開けようとしたところで、まだメイドの制服を着ていることを思い出した。ホールのラックに掛けてあったコートをひっつかんでさっと羽織ると、しっかり体に巻きつけた。それから扉を開けた。

「ごきげんよう、お嬢様にお会いしたいのですが――ああ、驚いた、ジョージー、きみか」

そこに立っていたのはトリストラム・オーボワだった。黒い髪が少年のように額にかかり、にっこり微笑んでいる。

「ト、トリストラム。お、驚いたわ」

「いきなり訪ねてきて、悪かったかな」彼は相変わらず期待に満ちた微笑みを浮かべたまま言った。「勤め先の弁護士事務所の所長から、このすぐ近くの家に書類を届けるよう命じられたんだ。せっかくここまで来たのだから、きみに会わずに帰るのはあまりにももったいないと思って。この前会ってからずいぶん時が経ってしまったような気がする」

ほんの一時間ほど前にわたしは彼を見かけていたので、なんと答えたらいいかわからなかった。明らかに、彼は黒い制服姿でひざまずいて掃除していたメイドとわたしを結びつけていないようだ。さらにしっかりとコートの前を合わせた。

「出かけるところ?」

「いいえ、いま帰ってきたの。まだコートを脱ぐ間もなくて」

「具合でも悪いの?」

「いいえ、なぜ?」

「今日はそんなに寒くないよ。それどころか、かなり暖かい。ぼくはオーバーコートを着てさえいない。それなのにきみはそんなに着込んでいる」

「この家はいつも寒いの。とても天井が高いから」自分がぺらぺらしゃべっているのに気づき、冷静になろうと努めた。

「ちょうど帰ってきたところなら、じつにタイミングが良かったんだね? こんなふうに突然訪問して、気を悪くしないといいんだけど。そうか、これがラノクハウスなんだね。さすがに、素晴らしい建物だ。中を案内してもらえるとうれしいな。きみのお父さんはかなりの収集家だったと聞いている。素晴らしい絵がたくさんあるんだろうね」

「トリストラム、喜んで案内したいところだけど、いまちょっと取り込み中なの」わたしは話に割り込んで言った。

トリストラムの顔が曇った。子どものような表情。喜怒哀楽がはっきりと表にあらわれる。

「ぼくの訪問を喜んでくれるかと思っていた」彼は小さな声で言った。

「もちろん会えてうれしいわ。でも、家の中を案内するのはまた別の機会に。だって、いまわたしは家にひとりきりなの。いくら真っ昼間とはいえ、付き添い人もなく男性を招き入れたりしたら、王族の親戚たちに何を言われるかわからない。だから……」

「わかったよ」トリストラムは真顔でうなずいた。「しかし、使用人は付き添い人とはみなされないのかい？」

「使用人もいないの。わたしは現在、ここにひとりきりで住んでいるのよ。いずれ、メイドを雇うことができるようになるまでは」

「なんと大胆な。だが、とても現代的だ」

「別に、現代的にも、大胆にもなろうとしているわけじゃない。単に資金不足ゆえよ。自活する道を見つけなければならないの」

「では、ぼくらは同じ船に乗っているわけだね」とトリストラムは再び微笑んだ。本当に、愛らしく微笑む。「見捨てられて、残酷な世界と闘っている」

「ちょっと違うかも。パンをもらう列に並ぶあの貧しい人たちと同じではないわ」

「まあ、そうだね」

「そして、少なくともあなたにはお給料をもらえる仕事がある。そして研修期間が終われば弁護士として独り立ちできる。ところがわたしは、結婚相手として好ましいということ以外、なんの資格も持っていない。しかもその好ましい結婚相手という資格だって、家柄によって授けられているだけ。わたしの家族は、一年以内に暗殺されそうな外国の王子にわたしを嫁がせようとしているの」

「ぼくと結婚すればいい」rをうまく発音できない彼は「結婚する《マリー》」という単語をマウィーと言った。

わたしは笑った。「えっ、ブロムリーのひと間きりのアパートと、凍《い》てつくように寒くて人気のない家を交換しないかって。優しいお申し出、ありがとう、トリストラム。でも、あなたは妻を養えないでしょう。少なくとも当面は」

「そうかもしれない。でも、ぼくがサー・ヒューバートの財産を相続したら……」

「なんて恐ろしいことを言うの」わたしはかっとなって言った。すでにわたしの忍耐は限界に達していた。「まるでサー・ヒューバートが亡くなることを望んでいるみたいな言い方だわ」

「望んでなどいない。なんてことだ、誤解だよ」と彼はつかえながら言った。「思ってもいないことだ。ぼくはサー・ヒューバートを心から尊敬している。あんなに親切な人はいない。だけど、ぼくはやぶ医者たちの言葉を信じるしかないんだ。回復の見込みは薄いと言われている。重い頭の怪我で、昏睡状態にあるんだよ」

「とても悲しいわ。頭の怪我ならば、むしろ生き延びてほしくない。あんなに精力的な方が一生寝たきりだなんて、つらすぎるもの」

「同感だ。だから、全快することを願ってはいるけれど、最悪の事態を受け入れる心の準備もできている」

突然、もう一秒たりともこんなところでおしゃべりしていることに耐えられなくなった。

「ねえ、トリストラム、あなたに会えてとてもうれしいけれど、わたし、用事があるの。人とお茶を飲む約束をしていて、着替えないと……」

「ではまた別の機会に？　ウィークエンドにでも？　ロンドンを案内する約束をしていたよね」

「ええ、そうだったわ。楽しみにしているけど、土曜日と日曜日の予定はまだわからないの」（わたしは、このストレス下にあっても「ウィークエンド」という言葉は使えなかった）。「兄がロンドンに出て来ているの。だから家族の用事があるかもしれないから」

「きみのお兄さん？　ぼくは会ったことがないと思う」

「きっとこれからも会うことはないでしょう。彼は実際にはわたしの異母兄なの。わたしがサー・ヒューバートのところで母といっしょに住んでいたときには、遠くの学校にいたのよ」

「どこの学校？」

「ゲイラカン。ハイランドにある恐るべき学校よ」

「クロスカントリーをして、夜明けに冷水のシャワーだろう？　まるでスパルタの少年のように。弱い者は死に、強き者は帝国をつくる」

「それよ」

「気を引き締めて勉強しないとあそこに送る、とサー・ヒューバートに脅されたけど、結局学校はダウンサイドになったんだ。母がカトリック教徒だったので、母の願いをかなえてやりたかったんだろう。ぼくはほっとしたよ。あそこの修道士たちは快適な暮らしが好きだから」

「そこでダーシーといっしょだったのね？」

「オマーラのこと？」トリストラムは顔を曇らせた。「うん、オマーラはぼくより二年くらい学年が上だったが同じ寮にいた」彼は内緒の話をするようにわたしに身を寄せた。わたしたちは人気のない舗道に上に立っていたのだけど。「いいかい、ジョージー、このあいだぼくが言ったことは本当だ。あいつはならず者だ。まったく信頼がおけない、まさしく典型的なアイルランド人だ。握手して背中を向けたとたん、背中を刺される」彼はいったん言葉を切って、わたしを見つめた。「きみはまさか――あいつとは、かかわっていないよね」

「ただの知り合いよ」とわたしは答えた。内心、ダーシーとは恋人同士だと嘘をついて、トリストラムの反応を見てみたかったけれど。「わたしたちは狩りのあとの舞踏会で会って、二回目があの結婚式。会ったのはそれだけ」ファンショウ家の寝室でのあの心乱される小さい出来事については触れなかった。

彼の少年のような顔に安堵が広がった。「それはよかった。ぼくはただ、きみのような素晴らしい女性が、失恋したり、それよりももっと悪いことになったりするのを見たくないんだ」

「ありがとう。でも、わたしには失恋するような相手はいないの」わたしの手は玄関の扉を早く閉めたくてむずむずしていた。「トリストラム、わたし、行かなくちゃならないの。ごめんなさい」

「また近いうちに会えるよね？　どこかにランチを食べにいこう。あまり高級なところには行けないけど、味がよくて安いイタリアンレストランなら知っている。スパゲティ・ボロネーゼと安物の赤ワイン一杯で一ポンド六ペンスだよ」

「ありがとう。今日は本当にごめんなさい。でも、行かなくちゃ、いますぐ」

わたしはそう言うと、くるりと背中を向けて家の中に逃げ込んだ。扉を閉ざしてからしばらく、固く冷たいオーク材の扉にもたれて立っていた。やがて心臓の鼓動がふつうのペースに戻っていった。

13

ラノクハウス
一九三二年四月二九日（金曜日）

少なくとも、このささやかな出来事のおかげでわたしは気持ちを落ち着けることができた。まずはビンキーを見つけなければならない。警察を呼ぶ前に、ビンキーがド・モビル殺害にかかわっていないことを確かめなければならなかった。そして、おそらく兄がいる場所はクラブだろう。ロンドンに来て以来、食事はクラブでとっていたし、一番落ち着ける場所だ。物事を明るく考えよう。たぶん、ビンキーが消えたことと死体とはなんの関係もないのだろう。きっとクラブに泊まることにしたのだ。そうすれば夕食と何杯かのブランデーの後に歩いて家に帰らなくてすむから。

それならそうと言っておいてくれればいいのに、とわたしは腹を立てながら考えた。まったく、ビンキーときたら、いつもこうだ。

電話交換にダイヤルして、ブルックスにつないでくれるよう頼んだ。ブルックスは、祖父と父の代からのなじみのクラブで、現在はビンキーが会員になっている。

「どんな御用件ですか」震えた声の老人が応対した。

「ラノク卿がそちらにいるか教えていただけるかしら？」

「申し訳ありません、奥様」

「ラノク卿はいないということ？　それともいるかどうか教えられないということ？」

「そのとおりでございます、奥様」

「わたしはレディ・ジョージアナ・ラノクです。公爵の妹よ。急ぎの用件で兄と話がしたいの。いま、兄がそこにいるかどうか教えてちょうだい」

「申し訳ありません、奥様」その声は冷静だった。老人は女性にクラブの会員の所在を明かすくらいなら、むしろ死を選ぶ覚悟ができているようだった。ならば自分でクラブに出向くしかない。

わたしは上の階に行ってメイドの制服を脱いで着替えをした。浴室のドアの前を通るとき、中を見ないようにする。ビンキーの衣服がなくなっているということは、家には戻らないつもりなのだ。そこから引き出せるのは最悪のシナリオ。ビンキーは死体を見て恐れをなして逃げ出したのだ。うっかりどこかで秘密を漏らしていないことを祈るばかり。

兄が万が一わたしより先に帰ってきたときのために、ペンと紙を取って、手紙を書いた。

ビンキー

二階の浴槽に死体があります。わたしが戻るまで、何もしないで。何よりも、警察に電話をしないこと。とにかく、これからどうするかふたりで話し合う必要があります。

愛をこめて、ジョージー

わたしは早足でピカデリーから最も古いロンドンのクラブが立ち並ぶセントジェームズ・ストリートへ向かい、ブルックスの飾り気のない階段を上がって、正面玄関をノックした。扉を開けたのは、ものすごく年を取ったドア係だった。淡い青い目に、赤ん坊のように柔らかな白髪で、体がたえずぶるぶる震えている。

「奥様、申し訳ありません。ここは紳士のクラブでございます」彼は恐怖の視線をわたしに向けている。

「ここが紳士のクラブであることは知っています」わたしは冷静に言った。「わたしは数分前に電話したレディ・ジョージアナ・ラノクです。いますぐ兄である公爵がクラブにいるかどうかを知る必要があります。兄がここにいるのであれば、急を要する問題で話がしたいのです」

わたしはみんなに尊敬されている曾祖母の真似をかなり上手にしていたと思う。イースト・エンドで魚を売っていたほうのひいおばあちゃんじゃなくて、ヴィクトリア女王のほう。といってもイースト・エンドのほうも威圧的な女性で、自分の言い分を通すことにかけては負けていなかったらしいけれど。

ドア係はぶるっと震えたものの、動かなかった。「恐れながら、どの会員様がクラブにいらっしゃるかを明かさないことが当クラブの決まりでございます。閣下に宛ててお手紙を書いてくだされば、閣下がクラブにお見えになりましたらすぐにお渡しいたします」

わたしはドア係を見つめた。彼の横をすり抜けて、ゲストブックをさっと見たらどうだろう。ドア係はわたしより確実に背が低く、弱々しかった。でも、そんな不作法な振る舞いをしたら数時間以内に王妃様の知るところとなり、今週末にはグロスターシャーの奥深くで侍女になっていることだろう。しかたなくビンキーに手紙を書くことにした。それを受け取ったときのドア係のしたり顔をわたしは見逃さなかった。

こうなると次にどうしたらいいかさっぱりわからない。まったくこんなときに姿を消すなんて、ビンキーは本当に困った人だ。わたしはグリーン・パークの縁に立ち、暖かい春の日光を肌に感じつつ、乳母たちが預かった子どもたちを新鮮な空気の中で散歩させているようすを眺めた。自分のまわりの生活が、あまりにもふつうなのが信じられない気がした。実際、わたしは人生でこれまで一度もひとりぼっちになったことはなかったのだと思った。激しい寂寥《せきりよう》感がこみあげてきた。わたしは、この大都市の中で、誰にも守ってもらえず、ひとりぼっちで、見捨てられている。恐ろしいことに、目に涙があふれてくる。きちんと準備もせずに、ロンドンに飛び出してくるなんて、なんて馬鹿だったんだろう。スコットランドにいれば、こんな混乱の中に投げ込まれることはなかったのに。荷物をまとめて、次の列車で家に帰りたいと切実に思った。そう、もちろん、それはまさにビンキーがしたに違いないことだ。ラノク家の人間に代々受け継がれてきた生まれつきの帰巣本能だ。先祖たちは、さまざまな時期にイングランド人やバイキングやデンマーク人やローマ人やピクト人などと戦い、傷つき疲れ果てて這うようにラノク城に戻ったのだ。わたしはいま、ビンキーが城に帰ったことを確信していたが、それに関してはどうすることもできなかった。もし兄が死体を発見して逃げ出したのなら、スコットランド行きの列車に乗ったのは数時間前。それからグレンラノクに向かわなければならない。ということは城に到着するのは夜になるだろう。

ハンカチを取り出し、こっそり涙をぬぐった。泣くなんて、こんな弱虫な行動が恥ずかしくてたまらない。わたしの家庭教師いわく、女性は人前で感情をあらわにしてはならないのだ。そして、ラノク家の人間は、人生の最初の小さなハードルでぼろぼろに崩れたりはしない。先祖のロバート・ブルース・ラノクのことを思い出した。彼はバノックバーンの戦いで右腕を切り落とされると、即座に剣を左手に持ち替えて戦い続けた。わたしたちラノク家の人間は、白旗は掲げない。ビンキーが逃走することによって家族を失望させたとしても、わたしは兄と同じことはしない。行動するんだ。いますぐ。

これからどうしようと考えながら、ラノクハウスに向かって歩き始めた。浴槽の中に永久に死体を置いておくわけにはいかない。死体がいつ頃から腐り始めるのか知らないけれど、自分でそれを調べたいとは思わない。それに、死体が水の中で泳いでいる浴室から数メートルも離れていないところで眠るなんてできない。四時を打つ時計の音が聞こえてきた。ティータイムだ。昼食さえ食べていなかったことを思い出す。わたしは生まれてからずっと、乳母や家庭教師や召使や付き添い人に導かれ、守られ、庇護されてきたのだと気づいた。同年齢の人たちは自分で考えることを学んでいる。わたしはこれまで重要な決断をひとりで下したことが一度もなかった。実際、わたしが最初に下した重要な決定は、ラノク城から逃げ出すことだった。それはいままでのところ、あまり素晴らしい結果を生んでいないけれど。

助けが必要だった。それも迅速に。でも、この緊急事態に誰を頼ったらいいのかわからなかった。もちろん宮殿の親戚には相談できない。食べ物のことを考えたら、祖父を思い出した。バグパイプを吹く幽霊ではなく、生きているほうのおじいちゃん。相談相手にはぴったりだと思うと、安心感が心に広がった。おじいちゃんならどうしたらいいか教えてくれるだろう。最寄りの地下鉄の駅を探そうと歩き始めて、はたと立ち止まった。だめ、おじいちゃんは元警察官。きっと、わたしがすぐに警察を呼ばなかったことに肝を冷やして、すぐに電話をかけろと言うだろう。そしたら、当然、どうしてわたしがすぐに通報せずエセックスに行ったかを説明しなければならなくなる。

ということは、おじいちゃんもだめだ。この瞬間に必要なのは話を聞いてくれる相手だった。いま、正しい決断を下すことは生死にかかわるほどの重大事だ。誰かと問題を分かち合えば、問題は半分になる、と乳母が昔よく言っていた。トリストラムがうちの玄関先にあらわれたとき、中に入れて、浴室の死体を見せればよかったのかもしれない。だって親類といってもいい人だもの。この状況を打開する秘策がトリストラムにあるとは思えないけど（彼はたぶん、その場で卒倒しただろう）、少なくとも誰かと問題を分かち合えただろう。

トリストラムは別として、ほかにロンドンに知り合いがいるだろうか？　ダーシーがいる。たぶん、彼なら死体をどこかにやってしまう方法を知っているだろう。でも、ダーシーを信じられるかどうか確信が持てなかった。第一、どこに住んでいるかも知らないのだ。そのときベリンダのことを思い出した。彼女は学生時代、危機に際して素晴らしく機転が利いた。たとえば鉢植え用納屋が火事になって、捕まったときとか。

そう、いま、必要なのはベリンダのような人だわ。家にいてくれますようにと心の中で祈りながら、全速力で彼女の小さな馬屋コテージに向かった。着いたときには息が切れて、ツイードの服を着ていたものだから暑くてたまらなくなっていた。思ったよりも今日は気温があがったようだ。ドアをトントンとたたくと、メイドがドアを開けた。

「ミス・ベリンダはお休み中ですので、お会いになれません」とメイドは言った。

「非常事態なの。とにかく、すぐにあなたのご主人に話をしなければならないのよ。起こしてきてちょうだい」

「それはできません、お嬢様」メイドはブルックスのあのいけすかないドア係と同じくらいとりすまして言った。「何事があってもお起こししてはならないと厳命されておりますので」

同じ日の午後に忠実な使用人にはねつけられるのは一度でたくさんだ。

「とにかく一大事なの。生死にかかわる大問題よ。もしあなたが彼女を起こしに行かないなら、わたしが自分で起こすわ。さあ、ベリンダにレディ・ジョージアナが緊急な用件で会いに来ていると伝えてきて」

メイドはおびえているように見えた。わたしを怖がっているのか、それとも主人を起こすことを恐れているのかは、定かでないけれど。

「か、かしこまりました、お嬢様。ただ、ご主人様はたいへんご機嫌が悪くていらっしゃいます。今朝ご帰宅になられたのは午前三時すぎで、今夜もお出かけになるご予定です」

メイドはしぶしぶ背中を向けて、のろのろと階段に向かって歩きだした。しかし、そのとき、ドラマチックな身なりの女性が階段の上に姿をあらわした。深紅色の日本のキモノを着て、アイマスクを目の少し上まであげ、片方の手首をひたいに当てて、映画スターのようなかっこうで立っている。

「この騒ぎはなんなの、フローリー。起こさないでと言わなかった？」

「わたしよ、ベリンダ」とわたしは言った。「あなたにどうしても聞いてもらいたいことがあるの」

ベリンダはアイマスクをもう少し上に上げた。かすんだ目の焦点をわたしに合わる。

「ジョージー」

「起こしてごめんなさい。でも本当にたいへんなことになっているの。ほかに相談できる人が思いつかなかったから」この言葉の最後のあたりは、自分でも情けないことに声が震えていた。

ベリンダはレディ・マクベスの夢中歩行よろしく、ふらふらと手すりにつかまりながら階段をおりてきた。

「フローリー、紅茶を持ってきてちょうだい」メイドに命じた。「ジョージー、座ったほうがいいわ」と言うなりソファーへ倒れ込む。「ああ、ひどく気分が悪い。あのカクテルはものすごく強かったに違いないわ。それなのに何杯も飲んでしまった」

「ごめんなさい、こんなふうに安眠を妨げてしまって」わたしはまた謝った。「心から悪いと思っている。ほかに行けるところがあれば、来なかったんだけど」

「座って。そして、ベリンダおばさんにすべてを話しなさいな」ベリンダはソファーの自分の横を軽くたたいた。

わたしはそこに腰かけた。「フローリーに聞かれないかしら？　これはあなただけにしか話せない秘密なの」

「台所は奥だから大丈夫。さあ、話して。洗いざらい言うのよ」

「ベリンダ、たいへんなことになったの」

彼女のきれいに抜き取られた眉が驚きで吊りあがった。「ヴァージンを失うことに関心を示していたのがほんの一週間前。それなのに、もう妊娠したっていうの！」

「いやだ、そんなんじゃないのよ。あのね、死体がわたしの家の浴槽の中にあるの」

「死体って、死んだ人の死体？」

「そう、まさにそう」

ベリンダはいまや、すっかり目覚め、ソファーの縁に腰かけて、こちらに体を傾けてきた。

「まあ、なんてとんでもなくすごい話なの。あなたが知っている人？」

「じつはそうなの。ド・モビルという名の感じの悪いフランス人で、ラノク城の所有権を主張していたの」

「じゃあ、長らく行方不明だった親類か何かなのね？」

「ううん、違うわ。わたしたちとはまったくつながりがない。トランプゲームの賭けで勝って父から家を奪ったそうなの。だから、ラノク城は自分のものだと主張していた」

「そして、現在、その男はあなたの家の浴槽の中に、死んで横たわっているというのね。もう、警察を呼んだの？」

「いいえ、ビンキーを見つけるまでは通報したくなかったから。ところが、ビンキーは消えてしまった。だから、兄が何らかの関係があるかどうかもわからないの」

「それはまずいわね。だってあなたたちふたりには、明らかに殺す動機があるんですもの」

「そうなのよ」

「それで、どうするつもりなの？　死体を捨てる？　ラノクハウスに裏庭はある？　花壇は？」

「ベリンダ！　裏庭に埋めるなんてできないわ。それだけはどうしてもだめ」

「一番簡単な方法よ、ジョージー」

「いいえ、だめよ。第一、ド・モビルはかなりの巨漢なの。わたしたちふたりで庭に引っ張って行けるとは思えない。それからよその家の誰かが窓から外を眺めていて、わたしたちのしていることを目撃したら、いまよりもっと悪いことになるわ。少なくともいまなら、わたしは本当に無実の人間として警察と相対することができる。それに、『名誉を汚すよりも死を選ぶ』がラノク家のモットーなのよ」

「その男が小柄で、あなたの家の裏に藪でもあればきっとやっていたわね」ベリンダはにやりと笑った。

わたしも微笑まずにはいられなかった。「たぶん、そうしたでしょう」

「ド・モビルがラノク城の所有権を主張していることを知っている人はほかにいるの？」

「残念ながら、うちの弁護士が知っている。それ以外の人についてはわからない」

ベリンダは、しばらく眉をひそめてから言った。「一番いい方法は、あなたの切り札を使うことだと思う」

「切り札？」

「王族の一員であるということよ。警察を呼び、義憤を感じているというふりをするの。家の浴槽に死体があるのを発見したばかりで、その人が誰で、なぜそこにいるのかもわからない。すぐに運び出してちょうだいって。ひいおばあ様のように振る舞うの。労働者階級はいつも王族には畏敬の念を抱くものよ」

「彼を知っているかどうかきかれたら？　嘘はつけない」

「あいまいにごまかすの。この人は兄に会うために一度家に来たような気がするとか。でももちろん、個人的には紹介されなかったので、正式には、あなたはその男を知らないわけよ」

「それは確かにそうだわ。わたしは正式に紹介されていない」わたしはため息をついた。ベリンダはわたしの膝を軽くたたいた。「あなたには、ちゃんとしたアリバイがあるんでしょう?」

「わたし? 警察に話せるようなものはないわ。人の家を掃除していたの。それに関しては誰にも言えない」

「もちろんそうよね。だったら、アリバイをつくらなくては。ね、こういうのはどう? あなたとわたしは午前中にハロッズでいっしょに買い物をして、それからわたしの家でお昼を食べ、そのあといっしょにラノクハウスに行った。三階にあがって着替えようとしたら死体を発見した。そこでわたしたちはすぐに、警察に通報した」

わたしは思わず友人を賞賛の目で見た。「ベリンダ――協力してくれるの?」

「あたりまえじゃない。わたしたちがレゾワゾでいっしょにやってきたことを思い出して。わたしはぜったい忘れないわ。わたしが厄介なことになったときには、いつもあなたがかばってくれた。寮に鍵がかかっていてツタを登らなければならなかったときには――」

わたしは微笑んだ。「ええ、わたしも覚えてる」

「では、そういうことにしましょう。まず、お茶を飲んで、わたしは着替えをする。それから、いざ出陣よ」

14

ラノクハウス
同日（金曜日）の午後

「ここよ」

わたしは浴室のドアを押し開けて、大げさな身振りで死体を示した。最後に見たときのまま、死体は動いていなかった。

ベリンダはそばに寄って、じろじろ眺めた。

「なんていやらしい感じの男なの。生きていたときも、同じくらい不愉快な人物だった？」

「もっとよ」

「だったら、あなたは明らかに社会に貢献したのよ。世の中からひとり、身の毛がよだつような人物が減ったんだもの」

「わたしは彼の死とは無関係よ、ベリンダ。それに、ビンキーもぜったいに関係していない。わたしたちはお風呂を貸しただけ」

ベリンダはこの忌まわしい光景にまったくひるむことなく、ド・モビルをじっと見つめた。

「ねえ、どうやってこの浴槽に入ったのかしら。どう思う?」

「まったくわからないわ。わたしは家にビンキーを残して、掃除の仕事に出かけた。帰ると玄関の鍵が開いていて、三階の床が水浸し。そしてこの人がここにいたのよ」

「それでビンキーはこれに関してどう言っているの?」

「残念ながら、素早くスコットランドに逃げ帰ったみたい」

「騎士道精神は皆無なのね、あなたのお兄さんって。妹に難儀なことを押しつけて逃げるなんて。あなたはそれでも、これがお兄さんの仕業とは思わないのね?」

わたしは心の中でいろいろなことを考え合わせてから答えた。「兄がやったとは思えない。ビンキーが浴槽で誰かを溺れさせるなんて想像できないもの。第一、兄はものすごくドジな人なのよ。きっと、石鹼か何かで滑って転んだと思う。それから、よしんば兄が、ド・モビルを片づける決心をしたとして、いくらなんでもうちの浴槽に寝かせたままにはしないでしょう?」

「確かに、それはあまり賢いやり方とは言えないわね。でも、あなたのお兄さんは賢くて有名ってわけじゃないでしょう?」

「だけど、いくらビンキーだって、そんな間抜けなことはしないわ」確信に満ちているとは言えない声で答える。「とにかく、兄はいま、北に向かう列車に乗っていると思うの。スコットランドの家に着く頃を見計らって、電話で真相を確かめるわ。差し当たり、何をするべきかしら？　ド・モビルをこのままにしておくわけにはいかないでしょう」

ベリンダは肩をすくめた。「裏庭に埋めたくないなら——個人的にはそうするのが一番って気がするけど——警察を呼ばなきゃならないわね」

「わたしもそう思う。結局のところ、恐れる必要なんてないんじゃないかしら。わたしは潔白だもの。隠すことは何も——」

「あなたがメイドの服を着て、他人の家のトイレをこすっていたという小さな事実は別としてね」ベリンダはわたしに思い出させた。

「ええ、それは別として」

「心配しないで。わたしがついてるから。そんじょそこらの警察官では、わたしたちふたりを打ち負かしたりできないわ」

わたしは軽く微笑んだ。「わかった。やるわ」

下の階におりて警察に電話をかけた。それからわたしたちは、階段を少しあがったところでぴったり体を寄せ合って待った。玄関の扉をじっと見つめ、がらんとした家のどこからか聞こえてくる時計のチクタクという音に聞き耳を立てる。

「誰がやったと思う？」たまりかねてベリンダが尋ねた。「そもそも、この男はここで何をしていたの？」

「ビンキーに会いに来たんだと思う」

「でも、ビンキーが殺してないのだとしたら、誰がやったの？」

わたしは肩をすくめた。「ほかの誰か。知らない人」

彼女は首を横に振った。「ねえ、警察は、あなたが出かけているあいだに、赤の他人がこの家に侵入して、浴槽で誰かを溺れさせたなんて話を信じるかしら？　よほど大胆で、周到な計画を立てていなければならないわよ、ジョージー。しかもよほど運が良くなくては」

「そうなのよ。ほとんど不可能に思えるでしょう？　ド・モビルがここに来るのを知っている人がいたこと自体が謎よ。だって、わたしと兄がロンドンにいることさえ知っている人はほとんどいないんだから。ロンドンにド・モビルの知り合いがたくさんいるはずはないし」

ベリンダはシャンデリアを見つめながら考え込んだ。「このド・モビルって、わたしたちの階級の人？　それとも、まったく貴族と関係がない？」

「わからない。かなり不作法な人だったけど、あなたも知っているとおり、そういう貴族もたくさんいるから」

「彼はどこに泊まっていたの？」

「クラリッジ」

「お金持ちが泊まるホテルだけど、クラブじゃない」

「ベリンダ、彼はフランス人よ。フランス人はロンドンのクラブの会員にはならないんじゃない？」

「ロンドンに交友関係があって、英仏海峡をまたいで頻繁に行き来するなら、会員になるでしょうね。つまり、クラリッジに滞在していたド・モビルは、ここには知り合いがいなくて、しょっちゅう来るというわけでもなかった」

「あまり役に立たない情報ね」

「ド・モビルについてできるかぎり情報を集めなくては。あなたが彼をいやなやつと思ったのなら、ほかの人にもうるさがられていた可能性がある。その人たちが彼を誰かの家の浴室で溺れさせる機会を狙っていたのかもしれない。だから、ド・モビルがイギリスに来て何をしていたのかを調べるの。あなたの城を手に入れる以外に、という意味だけど」

「そうね。でもどうやって?」

「わたしは知り合いが多いのよ。一年の半分をヨーロッパですごす人たちもいれば、ニースやモンテカルロのカジノによく行く人々もいる。あなたのためにきいてあげてもいいわよ」

「ベリンダ、本当にやってくれるの? あなたって本当に頼りになる」

「実のところ、これはかなり楽しいかも。女探偵ベリンダ・ウォーバートン」

緊張しているにもかかわらず、笑わずにはいられなかった。「女探偵ね」とわたしも繰り返した。

「捜査に差し向けられてくるぼんくらな警察官たちより、ずっとわたしのほうがうまくやるわよ」

そのとき、玄関の扉をどんどんと激しくたたく音がした。わたしはベリンダをさっと見てから、階段をおりて扉を開けた。青い制服を着た男たちが数名、入り口の踏段に立っていた。真ん中の男は、ベージュ色のレインコートを着てフェルトの中折れ帽をかぶっていた。帽子の下から疲れた表情がのぞいている。レインコートと同じ色の口髭をたくわえた生気のない黄褐色の顔は、人生はいつも話にならないくらい最悪だとあきらめきっているように見えた。面倒くさそうに帽子を脱ぐ。

「こんばんは、お嬢さん。ハリー・サッグ警部補です。この家に住む方から、ここに死体があるという通報があったのですが」

「そうです。警部補さん、どうぞお入りください」

彼はいぶかしげにわたしを見て言った。「ここに確かに死体があると言うんですな。あんたたち、若いお利口な連中が面白がるような――たとえば警察官のヘルメットを盗むといったたぐいの冗談ではないと」

「本当に死体はあります。そして、まったく面白がるようなことではありません」

わたしはくるりと背を向けて、彼らを招き入れた。ベリンダは、階段の途中で待っている。

警部補は彼女に向かって中折れ帽をあげた。

「こんばんは、奥様。あなたがこの屋敷の所有者ですか？」

「いいえ、彼女は違います」わたしはあわてて言った。「ここは公爵が所有するラノクハウスです」

「なんていう公爵ですと？」メモ帳と鉛筆を取り出して警部補は尋ねた。

「グレンギャリーおよびラノク公爵、わたしの兄です。わたしはレディ・ジョージアナ・ラノク、故ヴィクトリア女王のひ孫、国王陛下の親戚にあたります。こちらはわたしの友人べリンダ・ウォーバートン＝ストークですわ」

警部補はとくに感銘を受けたようには見えなかった。ベリンダが言っていたみたいに深くお辞儀をすることもなかった。

「はじめまして、お嬢さん」ベリンダに会釈した。「それでは、死体を見せていただきましょう」

「こちらです」わたしは即座に、理由もなく、警部補のことが大嫌いだと思った。彼を最初の階段、踊り場、そして二つめの階段へと導いた。三階に着く頃には、警部補ははあはあと息を切らしていた。ふふ、いい気味、スコットランドの岩壁に登るのには慣れていないみたいね。

「浴槽の中です」とわたしは言った。

警部補はまだわたしの言葉を真剣に受け止めておらず、わたしの馬鹿さかげんを立証したくてうずうずしているように見えた。

「浴槽ですと？　あなたの友人のひとりが飲みすぎて、浴槽の中で眠っているのではないでしょうな？」

「そうとは思えません。なにしろ、水の中に浸かっていますから。自分の目でご覧になって」浴室のドアを押し開ける。警部補は中に踏み込んで、はっとあとずさりした。

「おっしゃるとおりだ。ええ、確かに彼は死んでいる。ロジャース！　来てくれ！　本部に電話して、指紋採取の道具とフラッシュ付きカメラ、それと応援を呼んでくれ」

警部補は浴室から出てくると、わたしのほうを向いた。「これは厄介なことです。じつに厄介だ。この人物が自分で命を絶ったのでないなら、誰かに殺された可能性が非常に高いように見える」

「この人が自分の命を絶つつもりだったら、なぜレディ・ジョージアナの浴槽をわざわざ選んだのでしょう?」とベリンダが言った。

「それに、そうするつもりだったならオーバーコートは着ていないでしょう」とわたしは言い足した。

「水がちょっと冷たかったからとか、コートの重みで沈みやすくしたかったという理由でもなければね」ベリンダはかすかに目をきらめかせて言った。この状況をむしろ面白がっている。でも、彼女は第一容疑者ではないもの。いまでも王家の血筋の者は絹の紐で首を吊られるという特権を与えられるのだろうかと考えた。でもすぐに、粗い麻紐で首がこすれることを心配するのはまだ早いと思い直した。

サッグ警部補は、ヒントを探すかのようにまわりを見回した。

「うちのチームが到着するのを待つあいだ、座って話をうかがえる場所はありますかな?」

「朝食をとる居間《モーニング・ルーム》は開けてあります。こちらですわ」

サッグは「モーニング・ルーム」と繰り返した。彼がその気取った言い方を面白がっているだけなのか、それとも、哀悼《モーニング》とひっかけて考えているのか、わたしにはわからなかった。

わたしたちは階段をおり、モーニング・ルームに腰を落ち着けた。こういうときのしきたりはどうなんだろう。お茶を勧めるべきなのかしら。使用人がいないので、警部補の前で使用人の真似はしたくなかったから、その案は却下。

「さっそく、要件に取りかかりましょう。死体を見つけたのは誰です？」

「わたしです」とわたしは答えた。

「そして、そのとき、わたしは彼女の後ろにいました」ベリンダが言い足した。

「それは何時頃ですか、お嬢さん？」

公爵の妹だと言ったのに、まだわたしを「お嬢さん」と呼び続けるつもりらしい。おそらく、「お嬢様」とか「公爵令嬢様」という言葉の使い方さえ学んだことがないのだろう。あるいは、極度に平等主義的な社会主義者なのかも。あるいは、ただ愚鈍なだけかも。気にするのはやめておこう。

「午前中ずっといっしょに買い物をしていて、それから軽い昼食をいっしょにとって、一五分くらい前にここに戻ってきました」入念にリハーサルしたとおりに答えた。「着替えをするために上に行くと、床に水がこぼれていたので、浴室のドアを開けたところ、死体がありました」

「あなたは何かに触れましたか？」

「死んでいるとわかるまで、彼を救い出そうとしました。死体を一度も見たことがなかったので、かなりショックでした」

「それで、あの男は誰なのですか？」

「じつは、よくわからないのです」とわたしは言った。真っ赤な嘘を口にすることはできない。「以前に、見かけたような気がしますが、正式に紹介されたことはありません。おそらく、わたしの兄の知人です」

「あなたのお兄さんというと、公爵のことですか？」

「そうです」

「そして、公爵はどこに？」

「スコットランドだと思います。自分の屋敷のある」

「それで、お兄さんの友人がここで何をしていたのですか？」

わたしはそれには答えることができた。「彼はわたしの兄の友人ではありません。それは確かです。そして、あの人がここで何をしていたかは、まったくわかりません。わたしが今朝家を出たときには、ここにはいませんでした。そして、帰ってきたら、死んだ状態でわが家の浴槽の中に横たわっていたのです」

「この家にはほかに誰がいるのですか？」警部補は鉛筆をかじった。悪い癖。わたしは四歳のときに乳母に直された。

わたしは一瞬ためらってから答えた。「ほかには誰も」

それから、これを言わずにはいられなかった。「兄も所用でロンドンに来ていましたが、ほとんどクラブですごしていました」

「お兄さんはいつロンドンを出たのですか？」

「わかりません。兄ははっきりしない人で、計画をわたしに伝えないのです」

「使用人はどうです？　今日、彼らはいたのですか？」

「ここには使用人はおりません。家族はスコットランドに住んでいますので。わたしはひとりでロンドンに来ました。わたしのスコットランド人のメイドは、病気の母親と離れるのをいやがったので連れてきませんでした。こちらではまだ、地元のメイドを雇う時間がなかったのです。ここは、将来の計画が決まるまでの仮の宿なのですわ」

「ということは、あなたはここにひとりで住んでおられる？」

「そうです」

「では、話を整理すると、あなたは今朝、家を出て、ここにいる友人と一日をいっしょにすごし、午後になって帰宅して浴槽の中の死体を見つけた。死体はよく知りもしない人物だ。そしてあなたは誰がその人物をこの家に入れたかも、その人物がここで何をしていたかもわからない。そういうことですかな？」

「そのとおりです」

「にわかに信じがたい話だ。そうでしょう？」

「警部補さん、わたしもそう思います。信じることはほとんど不可能に思えます。でも、真実なのです。ロンドンには、心を病んだ人が徘徊していると考えるしかないと思います」

「あなたはもうひとりでこの家にいることはできないわ、ジョージー」ベリンダが口をはさんだ。「身の回りのものを鞄に詰めて、うちのソファーで寝たらいいわ」

警部補は注意をベリンダに移した。おそらく、それが彼女の狙いだったのだろう。

「ミス・ウォーバートン＝ストークでしたかな？」

「そうです」彼女は目もくらむような微笑を彼に向けた。

「あなたのお住まいは……？」

「小さな馬屋コテージに住んでいますの。セビルミューズ3。ナイツブリッジから石を投げれば届く距離ですわ」

「あなたの親友が死体を発見したとき、いっしょにいたんですな？」

「ええ、わたしはレディ・ジョージアナといっしょでした。ただ、彼女は着替えるために上の階にあがっていき、わたしは下で待っていたのですが、悲鳴を聞いて浴室に行ったのです」

「あなたは死体を見ましたか？」

「もちろんですわ。ひどく不細工な男性。今日は髭剃りすらしていなかったように見えました」

「そして、あなたは以前に彼を一度も見たことがなかった？」

「もちろんですとも。生まれてから一度も彼を見たことはありません。警部補さん、あんな不快な顔、見たらぜったいに忘れません」

警部補は立ちあがった。「よろしい。今のところは、これで終わりです。しかし、あなたのお兄さんの公爵に話を聞かなければならない。スコットランドにどうしたら連絡できますか？」

わたしがビンキーと話をする前に、警察が兄に連絡をとるのはまずい。

「先ほど言ったように、わたしは兄がいまどこにいるかよくわからないのです。もしかすると兄はまだロンドンにいるかもしれませんから、クラブをあたってみたらいかがかしら」

「あなたはさっき、公爵がスコットランドにいると言っていたようだったが」

「わたしは、兄の居場所はよくわからないから、きっと自分の屋敷に帰ったのでしょうと言ったのです。お望みなら、わたしがスコットランドの友人や家族にきいてみましょうか。ただし、あちらでは電話があまり普及していませんの。かなり遠いところですから」

「ご心配なく。われわれで公爵を見つけますよ」

ベリンダはわたしの腕を取った。

「警部補さん、レディ・ジョージアナにお茶を一杯飲ませてあげたほうがいいと思いますの。彼女は明らかに、ショックを受けています。だって、自分の家で死んでいる男性を見つけたら、誰だってショックを受けますわよね？」

警部補はうなずいた。「おふたりともかなりショックを受けていることでしょう。さあ、どうぞ紅茶を一杯飲んで、休んでください。あなたたちにききたいことがあるときには、どこへ行けばいいかわかっています。それから、お兄さんがあらわれたら、警察にすぐ連絡をとるように伝えてください。よろしいですかな？」

「ええ、必ず」とわたしは言った。

「では、どうぞ、行ってください。わたしはしばらく残って、部下たちに家の中を調べさせるつもりです」警部補は玄関からわたしたちを追いたてようとした。

「しっかり監督していただけますわね？　この家には貴重な品がたくさんありますの。盗まれたり壊されたりする危険を冒したくありません」

「心配無用です、お嬢さん。あなたの家はわれわれが守ります。この件が片づくまで、巡査を外に立たせましょう。さあ、どうぞ、行ってください」

「レディ・ジョージアナは、いくつか身の回りのものを持っていく必要があります。歯ブラシも持たずに出かけるわけにはいきません」とベリンダが言った。

「わかりました。ロジャース、お嬢さんといっしょに行って、よく見張ってくれ。貴重な証拠を台無しにされたくないからな」

わたしは、腹が立ってかっかしながら、勢いよく階段をのぼり、手当たり次第にいろいろなものを鞄に投げ込んだ。そのときはたと気づいた。「歯ブラシと石鹸とフランネルのタオルは浴室の中だわ」

「中のものに触れることはできません」と巡査は困った顔で言った。

「わたしも、こんなことがあったあとでは、浴室のものを二度と使う気にはなれないと思う」

「ジョージー、わたしの行きつけの薬局に行けば、新しい歯ブラシが買えるわ」ベリンダがわたしをなだめる。「行きましょう。ここにいると、気持ちが落ち込んでくるもの」

「必要なものは持ちましたかな」わたしたちが家を出ようとすると、警部補は気もそぞろに帽子を少しあげて言った。

「なんていやなやつ」扉が閉まるとすぐにベリンダは言った。「あいつが浴槽に浮いていたら、さぞいい気味でしょうね」

15

ベリンダ・ウォーバートン゠ストークの馬屋コテージ
セビルミューズ3
ナイツブリッジ
ロンドン
(まだ金曜日)

ベリンダの馬屋コテージに着くとすぐに、電話を使わせてもらってラノク城にかけた。いつものように電話に出たのは執事のハミルトンだった。

「もしもし? こちらはラノク城でございます。公爵閣下の執事がご用件を承ります」うちの年老いた執事は、いつまで経っても電話に慣れることができない。

「もしもし、ハミルトン、レディ・ジョージアナよ」とわたしは電話に向かって叫んだ。回線の具合が非常に悪いうえに、ハミルトンの耳がますます遠くなっているからだ。

「残念ながら、現在、公爵令嬢様はこちらにいらっしゃいません」静かなスコットランドなまりの声が聞こえてきた。

「ハミルトン、レディ・ジョージアナ本人が電話をかけているの。ロンドンから電話をしているのよ」わたしはさらに声を張りあげた。「公爵様に伝言を頼みたいの」

「公爵閣下は現在、お屋敷のどこかにおられると思います」彼は落ち着き払って答えた。

「ハミルトン、馬鹿なこと言わないで。あなたも、お兄様が屋敷にいないのをよく知っているはずよ。翼でも生やさないかぎり、まだスコットランドに着いているはずがないもの。そちらに着いたらすぐに、わたしに電話をするように伝えて。ものすごく重要な用件よ。電話してこないとたいへんなことになるからって言って。いまわたしがいる場所の電話番号を言うわね」

執事がなんとか番号を書き留めるまでに、何度も大声で数字をひとつずつ読みあげなければならなかった。うんざりして電話を置く。「兄は執事にまで嘘をつくように命じていたわ」

「ジョージー、お兄さんが犯人かもしれないという可能性も考慮しておくべきよ」とベリンダは言った。「さあ、こっちに来てお茶をお飲みなさいな。気分が落ちつくわよ」

茶碗を手に取ったときに、自分の手が震えているのに気づき、ぞっとした。これほどじれったい思いに悩まされ続ける日は初めてだ。

居間のソファーで横になったものの、寝苦しい夜をすごすはめになった。ベリンダはまた別のパーティーに出かけていった。あなたもいっしょにどう、と誘ってくれたけれど、パーティーに行く気分ではなかったし、着ていくドレスもなかった。それに、ビンキーの電話を待たなければならなかった。メイドは夜になると家に帰ったので、わたしも眠ろうとした。ソファーはとてもモダンな流線形で寝心地はすこぶる悪かった。目を開けたまま横たわり、おびえと空虚さを感じながら闇を凝視する。ビンキーがやったとは思えないが、もしビンキーが関与していなかったとしたら、見知らぬ人がうちの浴槽で死ぬなどということがありえるだろうか。兄と早く話がしたくてたまらなかった。話をして、兄の無事を確認し、殺人も犯していないことを確かめたかった。姿を消す前に、書き置きを残しておいてくれればよかったのに……。

わたしははっとして体を起こした。眠気はふっ飛び、はっきりと目が覚めた。書き置き。わたしはビンキーのベッドの上に手紙を置いてきたのだった。いかにも有罪の証拠になりそうな手紙だ。警察はすでに、それを見つけたかもしれないけど。巡査は夜通しラノクハウスの外で見張っているのかしら。誰にも見とがめられずに家に忍び込んでそれを取り戻せる望みはあるだろうか。夜中に自分の家に侵入しようとしたところを捕らえられれば、警察はさらにわたしに対する疑いを深めるだろう。それはわかっていたが、危険を冒してでもやらなければならないことだった。警察がまだ徹底的な家宅捜索をしていない可能性もあるし、それならばまだ手紙はあそこにあるはずだ。

起きあがってパジャマの上にドレスとコートを着て、紙を何枚か掛け金にはさんだ。帰ってきたときに中に入れなくならないための用心だ（これもレゾワゾで学んだことのひとつ）。それからそっと夜の街に出た。

通りには巡回中の巡査のほかには人影はなかった。巡査は、いぶかしげにわたしをじっと見た。

「お嬢さん、大丈夫ですか？」

「ええ、はい、ありがとうございます。パーティーから家に帰るところですわ」

「こんなに遅く、ひとりで外を歩くのは感心しませんな」

「すぐそこに住んでいるんです」わたしは嘘をついた。巡査はわたしを行かせてくれたが、心配しているようすだった。遠くに行けば行くほど、巡査の言ったことは本当だと思った。街の反対側から吹いてくる風に乗って、ビッグ・ベンが真夜中を知らせる鐘の音が聞こえてきた。とても寒くて、コートの前をしっかりと合わせる。ベルグレイブ・スクエアは闇に包まれて眠っており、ラノクハウスもそうだった。巡査の姿は見えない。階段をあがって、錠に鍵を差し込む。玄関の扉が開いた。中に足を踏み入れ、手さぐりでスイッチを探す。ホールの明かりが長い影を階段に投げ、このときになって初めて、死体がまだ浴槽の中にあるかもしれないことを思い出した。

通常、わたしは沈着さを誇りにしている。三歳のとき、学校の休暇で家にいた兄と何人かの友人が、底無しという噂があるラノク城の中庭の使われなくなった井戸にわたしをおろしたことがあった。幸い、噂は嘘で、井戸には底があった。それから、祖父の幽霊がバグパイプを吹くところをどうしても見たくて、一晩中、銃眼付き胸壁の上に座っていたこともあった。けれど、もしド・モビルが報復のために浴槽から起きあがってきたらと考えると、どうしようもなく恐ろしくなって階段をのぼる踏ん切りがなかなかつかなかった。

ようやく、ひとつめの踊り場にたどりつき、明かりをつけてから、ふたつめの階段をのぼり始めた。腕を振りあげた不吉な影が迫ってくる。わたしは小さな叫び声をあげて、足を滑らせそうになった。心臓が再び鼓動を打ち始めるまでしばらくかかったが、ようやくそれが復讐の天使の像にすぎないことに気づいた。ビンキーがクリケット用バットで鼻を欠けさせてしまったので、三階の通路に置かれるようになったのだった。自分の愚かさをたしなめながら、階段をのぼり続ける。床にこぼれていた水は拭きとられ、浴室のドアは閉まっていた。三階の廊下を忍び足で歩き、家の前側にあるビンキーの寝室に入った。ベッドの上に手紙はなかった。床に落ちたのかもしれないと思い、ひざまずいてベッドの下をのぞき込もうとした。すると膝が何かの液体に触れ、わたしはぎょっとして立ちあがった。再び心臓が激しく打ち始める。もう一度ひざまずいて調べたところ、ただの小さな水溜まりだとわかった。それなら、簡単に説明がつく。ビンキーがびしょ濡れのまま風呂から出てきて、床に濡れたタオルを落としたのだろう。わたしは、手がかりを求めて、慎重に部屋の中を見て回ったが、何も見つからなかった。

引き揚げようと思ったとき、階段をのぼってくる重い足音がはっきりと聞こえてきた。今日の午前中にこの家で殺人があったのだということを思い出さずにはいられなかった。ビンキーが本当に犯罪と関係していないのなら、見ず知らずの人間が、わたしたちの家に入る方法を見つけて、ド・モビルを死に至らしめたのだ。おそらく、殺人犯が戻ってきたのだろう。

部屋を見回し、衣装戸棚に隠れるべきかどうか迷った。でも、発見されるのではないかとびくびくしながら戸棚の中に閉じ込められているよりは、自分から姿を見せるほうがましだと決心した。そうすれば少なくとも相手を驚かすことができるし、その隙をついて階段を走りおりて逃げられるかもしれない。部屋を出て廊下に立った。大男が不気味に迫ってきた。わたしは恐ろしさのあまり、はっと息をのんだ。

大男も同じくはっと息をのみ、あやうく階段から落ちそうになった。そのとき、男が青い制服を着ていることに気づいた。「まあ、巡査、大丈夫ですか?」わたしは走り寄って、巡査を支えた。

「おっと、お嬢さん、心臓が止まるかと思いましたよ」ようやく自分の手を心臓にあてられるくらい落ち着いてから、彼は言った。「家の中には誰もいないと思っていました。ここでいったい何をしているんですか?」

「わたしはここの住人です。ここはわたしの家なのです」

「しかし、ここで事件があり、立ち入りが禁止になっているんです」

「知っています。今夜は友人のところに泊まっているのですが、頭痛薬をここに置いてきてしまったのを思い出し、取りにきたのです。あれがないと眠れないので」その場しのぎの説明の素晴らしさにかなり満足する。

「それでたったひとりで、こんな真夜中に戻ってきたのですか?」巡査は信じがたいといった顔で尋ねた。「ご友人の家にはアスピリンはないのですか?」

「主治医は特別な頭痛薬を処方してくれていますの。わたしにはあの薬以外効かないのです。それに今日はたいへんな一日でしたから、夜眠れないのはつらくて」

巡査はうなずいた。「それで、薬は見つかりましたか?」

ビンキーの部屋の明かりが通路を照らしていることに気づいた。「兄が最後にここに来たときに、少し渡したはずだと思ったのです。でも、兄の部屋にはありませんでしたわ」

「証拠品として押収されたのかもしれません」彼は心得顔で言った。

「証拠品? でも、男性は溺死だったのでしょう?」

「ええ、しかし、まず薬で眠らされてから、浴槽に浸けられたという可能性もないわけではないでしょう?」巡査はかなり自分の答えに満足しているように見えた。

「わたしの軽い頭痛薬では、ネズミ一匹殺せませんわ。では、もしよろしければ、寝床に戻らせていただきます。結局アスピリンを飲むことになりそう。あなたがここに残って、品物が盗まれないよう見張っていてくださるの? 来たときには見張りの人が誰もいなかったのでわたしはかなり驚いたのです」

明らかに痛いところを突かれようで、巡査は赤くなった。

「申し訳ありません、お嬢さん。近くの警察署まで、用を足しに行っていたもので」

「では、二度とそのようなことが起こらないようになさい」と口から出かかった。しかし、言葉の代わりに目つきでそれをほのめかし、わたしは、曾祖母のように毅然と階段をおりた。

急いでベリンダの家に戻り、戸を開けて中に入って、眠ろうとした。状況は少しもよくなっていない。警察は、わたしがビンキーに残した手紙を手に入れた。彼らは、おそらく、ビンキーの部屋の床が濡れていることに気づき、兄が犠牲者を溺れさせたときに服が濡れたせいだと決めつけたことだろう。そして、別の考えがわたしの心に忍び込んできた。殺人者はただド・モビルを殺そうとしただけでなく、わたしたちに罪を着せたかったのだ。

いつのまにか眠り込んでいたらしい。ドアが閉まる音ではっと目覚めた。ベリンダは寄せ木細工の床を抜き足差し足で横切ろうとしていたが、せっかくの努力も無駄だった。こちらを見て、わたしの目が開いているのに気づいた。

「あら、起こしちゃったかしら。ごめんなさい。あのドアは静かに閉まらないのよ」ベリンダはこちらにやってきて、わたしの横のソファーにちょこんと座った。「ああ、なんて晩かしら。新しいカクテルはどんどん強くなっているみたい。ブラック・スタリオンとかなんとかいう名前のカクテルが出たの。中に何が入っていたのかわからないけど、それがものすごく効くのよ。明日の朝は、ひどい二日酔いになりそう」

「ブラックコーヒーを淹れてあげましょうか?」ブラックコーヒーの淹れ方などてんで知らないくせにわたしは言った。

「ううん、いいわ。ありがとう。ベッドに入るだけで十分。つまり、ひとりでね。うちまでついてくるっていう人がたくさんいたけど、全部断った。あなたを起こしたくなかったから」

「優しいのね。そこまで気を遣ってくれなくてもよかったのに」

「正直言って、そんなに好みじゃなかったの」ベリンダはにやにや笑いながら認めた。「あの人たちは行きずりのセックスを求めているだけ。たった一突き、五秒で終わりってとこ。正直なところ、パブリックスクールは、セックスの基本レッスンをしていないことにより、英国男性に対し重大な害をなしていると思う。わたしが校長なら、娼婦を――フランス人が好ましいわね――教師として雇って、適切なやり方を教えるわね」

「ベリンダ、あなたったら、手に負えない」わたしは笑わずにはいられなかった。「じゃあ、女学校ではどんな人を雇うの？」

「ダーリン、わたしたちにはいたじゃない、すてきな先生たちが。居酒屋で逢引きしていたかっこいいスキーインストラクター」

「でも、レッスンはなかったでしょう？　わたしがしたことといえば、薪小屋の裏でチュッと軽くキスしたくらいよ。触られたこともなかった」

「プリムローズ・アスキーダスキーはステファンと定期的にやっていたという評判よ。大きいブロンドのほう、覚えてない？」

「プリムローズって、このあいだ結婚式で白いウェディング・ドレスを着ていたプリムローズのこと？」

ベリンダは笑った。「ジョージー、純白の衣装が本物の処女だけにしか許されないなら、教会のオルガン奏者は飢え死にするわよ。あなたのために適当な外国人をリストアップしてあげる。フランス人が理想的ね。何時間もエクスタシーを持続させてくれるらしいのよ」

「いまの時点では、フランス人はもうたくさん。うちの浴槽で死んでいた人だけで十分よ」

「ああ、あの死人のことだけど、それとなくきいてみたの。何人かはモンテカルロで、例のド・モビルを見かけたことがあったって。ド・モビルのことを褒めた人はひとりもなし。どうやら、胡散臭い輩のひとりだったらしい。コネはあるみたいだけど、いったい誰の知り合いなのかよくわからない。いつも賭け金の高いテーブルでプレイしていた。それから、ある人が言っていたのだけど、場合によってはゆすりも平気でしていたらしいわ」

「ゆすり？」

ベリンダはうなずいた。

わたしは起きあがった。「もしそれが本当なら、しつこくゆすられていた誰かがド・モビルを殺したということもありえるわね」

「わたしもまさにそう考えたの」

「でもなぜ、うちの浴槽に？」

「理由は二つ考えられるわ。ひとつ、そうすることによって本物の殺人者が明白な容疑者にならない。もうひとつは、誰かがあなた、またはあなたのお兄さんに恨みを抱いている」

「それはおかしい。だって、わたしは有名人じゃないし、いったい誰がビンキーに恨みを抱くというの？　兄は世界一無害な人間よ。意地悪なところなんてないもの」

「じゃあ、あなたの家族に対してはどう？　長きにわたる確執とか？　反王族派のひとりかも。あなたを攻撃すれば、ひいては王室に害を与えることになると考えた」

「それもおかしいわ。継承順位がすごく低いから、わたしたち一族全員がスコットランドの雪崩で根絶やしになっても誰も気にかけないでしょう」

ベリンダは肩をすくめた。「あなたのお兄さんがこの件についてどう言うか聞くのが待ちきれないわ。だって、お兄さんにはやはり一番強い動機があるから」

「そうなのよね。兄には動機がある。兄が本当にスコットランドに帰っているといいんだけど。殺人犯が兄も殺していないことを祈るわ」

ベリンダはあくびをした。「ごめんなさい、わたし、ベッドに入らなくちゃ。あと一秒も立っていられない」彼女はわたしの手を軽くたたいた。「すべてがうまくいくわ、きっと。ここはイギリス、フェアプレーと正義の国よ。あれ、それってアメリカのことだった？」ベリンダは肩をすくめると、よろめきながらも勇敢に階段をのぼっていった。

わたしは、再び眠りに戻ろうとしたが、断続的にうつらうつらすることができただけだった。夜明けとともに電話の甲高いベルの音で起こされた。わたしはぱっと起きあがり、ベリンダが目覚める前に受話器をつかんだ。

「レディ・ジョージアナ・ラノクにスコットランドからの長距離電話です」電話からぶつぶつ切れる女性の声が聞こえてきた。

「ビンキー？」わたしはきつい調子で言った。

「やあ、もしもし、ジョージー。起こしてしまったんじゃないといいのだが」兄の声はとても明るかった。

「ビンキー、昨夜、ずっと電話を待っていたのよ。ずっと起きてたんだから」

「帰り着いたのは真夜中だ。だから、そんな時間におまえを煩わすのはよくないと思ったのだ」

兄の話し方はいかにものんきで、不安のかけらすら感じられなかったから、とうとうわたしは爆発した。「ビンキー、本当にどうしようもない人ね！　わたしをひとり残して逃げ出し、世の中に心配事は何もないみたいな口ぶりで話している。あわてて出発をする前に、浴槽の死体を見たんでしょう？」

「しっ、気をつけて。〈電話交換手に聞かれる《パ・ドゥ・バン・ラ・オペラトゥル》〉」兄は最後のところはフランス語で言った（兄のフランス語は本当にひどい。交換手は女性なのに、男性形を使っている）。

「え、なんですって？　ああ、わかったわ。〈浴室《サルドゥバン》〉のあの物体を見たんでしょう？　なんだかわかった？」

「もちろん、わかったとも。だからこそ、急いで立ち去ると決めたのだ」

「そして、わたしをひとり残して、罰を受けさせようとしたのね」

「馬鹿なことを言うな。誰もおまえを疑わない。おまえのような娘が、あの〈巨漢《グラントム》〉を〈浴槽《ルバン》〉に入れられるわけがないだろう」

「このことを警察に知られたら、どう思われるか考えた？　そんなのだめよ、ビンキー」ほとんど泣きそうな気分で、わたしは怒鳴った。「ラノク家の人間の振る舞いじゃないわ。軽騎兵旅団の突撃で、勇敢に銃撃隊に馬で突っ込んでいった先祖を思い出して。大砲の弾が右や左に落ちても、逃げようと考えることすらしなかった。わが家の名を汚すような真似は許さない。すぐにロンドンに戻ってきて。急げば、エジンバラ発の一〇時の列車に乗れる」

「なあ、いいか。おまえがうまく言い繕ってくれれば――」

「だめ、できない」ぶつぶつ切れる電話回線に向かって叫んだ。自分の声が反響するのが聞こえる。「いいこと、もしすぐに戻らないなら、お兄様が犯人だと警察に言うわ」

わたしはかなり満足して電話を切った。少なくともわたしははっきり主張することを学んでいる。王妃様とジークフリート王子に「ノー」と言うためのいい練習になるだろう。

16

ベリンダ・ウォーバートン＝ストークの居間のソファー
一九三二年四月三〇日（土曜日）

おそらく、いまビンキーは再びロンドンに向かっているだろうと思うと、少し気分が良くなった。ベリンダのメイドが七時頃にやってきて、ばたばたとうるさい音を立てながら働き始めたので、しかたなく起きることにした。ベリンダ本人は一〇時すぎになってようやく、青ざめた顔でシルクのキモノ姿でおりてきた。

「もうぜったいにブラック・スタリオンは飲まない」彼女はうめきながら、よろよろとテーブルに近づき、メイドが用意した紅茶のカップに手を伸ばした。「電話のベルを聞いた気がする。お兄さんだった？」

「ええ、至急ロンドンに戻るように言ったわ。断固たる口調で」

「えらい。でも、そのあいだに、わたしたちは捜査を始めなくちゃ」

「捜査？　何を捜査するの？」

「いいこと、ジョージー。あなたのお兄さんがド・モビルを溺死させていないとしたら、ほかの誰かがやったのよ。わたしたちで犯人を見つけなくては」

「警察がしてくれるんじゃないの?」

「警察官の無能ぶりは有名よ。あの警部補はたぶん、あなたのお兄さんを犯人と決めつけ、それ以上捜査しないわ」

「そんなのひどすぎる」

「だから、あなた次第なのよ、ジョージー」

「でも、わたしに何ができる?」

ベリンダは肩をすくめた。「まずは、近所の人にきいて回るの。誰かが、ド・モビルがやって来たのを目撃しているかもしれない。もしかすると誰か別の人といっしょに。あるいは、不審者があなたの家に入ろうとしているところを目撃した可能性もある」

「確かにそのとおりだわ」

「それからクラリッジ・ホテルに電話して、誰かがド・モビルにメッセージを残していないか、あるいは訪問者はいなかったかを尋ねるの」

「きいてもわたしには教えてくれないでしょう」

「フランスの親類ということにするの。取り乱して、必死にド・モビルを捜しているふりをするのよ。家族の危機なんだから、女であることを巧みに利用しなきゃ」

「そうね」わたしはためらいがちに言った。

「さあ、いま、やるのよ」ベリンダは電話を示した。「あわよくば警察はまだみんなを尋問していないかも」

「わかった」わたしは立ちあがり、電話機に近づいて、恐る恐る受話器を取った。

「〈もしもし〉《アロー》」クラリッジの電話交換手につながると、わたしはフランス語なまりで言った。

「わたしは、マドモアゼル・ド・モビル。兄がそちらに泊まっているはずなのです。ド・モビルよ」

「はい、ムッシュー・ド・モビルはこちらにご滞在でございます」

「電話をつないでもらえますか？」フランス語なまりはすでに消えかかっている。

「申し訳ありませんが、ムッシュー・ド・モビルは昨晩、こちらにお戻りになられなかったようでございます」

「あらら、困ったわ。また夜遊びしているのね。メッセージは残していないかしら。昨日、どなたが、わたしから兄へのメッセージを伝えてくださったのかしら？　どうしても兄と話さなければならないのに、電話をくれないんですの」

「昨日、お客様のお部屋にメッセージをお届けしましたが、それがどなたからのメッセージかは申しあげられません。あなた様からのメッセージはお届けしておりません」

「まあ、なんてこと。わたし、朝、パリから、電話しましたのよ」

「あなた様のメッセージは口頭で伝えられたのかもしれません」

「では、兄のところに、訪問者がありませんでした？　いとこが、家庭の問題で兄に会いに行っているはずなのですが、会えたかどうか知りたいのです」

「残念ながら、それについてはわかりかねます。受付担当でないとわかりませんし、そういう情報はお教えできない規則になっています。あなた様の住所と電話番号を教えていただけますでしょうか。担当者が、お兄様に関しまして近いうちにこちらからご連絡をさしあげることになると思いますが」

「わたしの住所？」必死に考える。「残念ながら、いま、友人と旅行中ですの。明日また電話しますわ。兄には、妹がどうしても話したがっていると伝えてください」

わたしは受話器を置いた。「疑われていると思う。わたしのフランスの住所をききたがったもの。でも、昨日、ド・モビルは誰かからメッセージを受け取った。そして、訪問者もいたかもしれない」

「訪問者について何か言っていた？」

「教えてくれなかったわ」

「出かけていって、じかに係の人に質問したらどうかしら。もしかすると教えてくれるかもしれない」

電話するのと、クラリッジの従業員に質問するのとは大きく違う。そのうえ、わたしは写真で顔をよく知られているから、誰かに気づかれる可能性が高い。そうなったらビンキーとわたしにとって、状況は悪くなるばかりだ。

「近所の人に話をきくことにするわ。いっしょに来てくれる？」

「楽しそうだけど、お客が二時にドレスサロンに来ることになっているの。ねえ、いっしょにサロンに来て、ドレスのモデルになってくれるなら、探偵ごっこにつきあってもいいわ」

「わたしが？　ドレスのモデル？」わたしは笑いだした。

「ねえ、いいでしょう、ジョージー。ふだんは、わたし自身がモデルを務めなければならないの。だから、誰かがモデルになってくれればずっとやりやすいし、わたしは座ってお客様と話していられるから、デザイナーとしての威厳も保てるじゃない。大きなサロンではみんなやっていることよ。それに、この注文はどうしても取りたいの。今回は本当に現金で支払ってもらえそうだから」

「でも、ベリンダ、わたしは助けるというより、商売の邪魔になるんじゃないかしら。社交界デビューのときの大失敗を思い出して。それから学校の劇でジュリエットを演じたときには、バルコニーから落ちた。わたしは優雅な身のこなしには程遠い人間だもの」

「大丈夫、ファッションショーのステージを歩くわけではないから。ただカーテンを開けて、そこに立っているだけでいいの。誰にでもできることよ。それにあなたは背が高くて、スリムだし。その赤い髪はすごく紫色に映えると思う」

「しかたがないわね。やるわ」

ベリンダが朝食を食べ、入浴して身支度するのにたっぷり二時間かかり、ベルグレイブ・スクエアに着いたときには正午になっていた。警察の車が二台、ラノクハウスの前に停まっていて、巡査がひとり警護に立っている。そして恐ろしいことに、カメラを持った新聞記者たちが集まっているではないか。わたしはベリンダの腕をつかんだ。

「ここで姿を見られるわけにはいかない。わたしの写真がすべての新聞に載ってしまう」

「ええ、そうね。あなたは馬屋コテージに戻って。わたしがあなたの代わりに聞き込みをしてあげる」

「でも、記者たちはあなたに話しかけるかもしれない」

「その危険は覚悟の上よ」ベリンダは謎めいた微笑を浮かべた。「ドレスデザイナー、勇敢にも親友の汚名をすすぐために奮闘す」にやにや笑いが広がった。「少しは宣伝になって、商売にプラスになるかも」

「ベリンダ、慎重にやってね？　わたしたちがド・モビルを知っているとか、わたしたちの無実を証明するためにあなたが聞き込みをしているなんて言わないでね」

「わたしは思慮深さの塊よ。じゃあ、またあとで」

わたしはしぶしぶ、仕事をベリンダに託して、その場を離れた。そのときになってようやく、学生時代、彼女はいつも思慮深さの塊ではなかったことを思い出す。ベリンダの馬屋コテージに帰ってやきもきしながら帰りを待った。時は刻々とすぎていき、すっかり満足したようすで彼女が戻ってきたときには一時半を回っていた。

「声をかけてきた記者はひとりだけだったわ。わたしはいまニュースを聞いて、レディ・ジョージアナの手を握っていてあげようと思って家まで来たというふりをしたの。でも、レディ・ジョージアナが家にいないのがわかって、どうしようとあせっている演技をしたわ。ものすごく上手に」

「それで、何かわかった？」

「近所の庭師のひとりは、あなたのお兄さんが徒歩で帰宅して、それからタクシーで出発するのを見たって。正確な時間はわからないけど、座ってチーズとピクルスのサンドイッチを食べていたときだから、だいたいお昼頃。角の家の運転手は、オーバーコートを着た黒髪の男性がラノクハウスの階段をのぼっているのを見たそうよ」

「ド・モビルね。ひとりだったのかしら？」

「そのようね」

「ということは、わたしの兄とド・モビルがいっしょに家に到着したのではなく、ド・モビルはひとりでやってきたということね。つまり、誰かが彼を家に入れたんだわ。ほかには？」

「運転手が覚えているのは、それ以外には窓拭きの人だけですって。あのあたりで仕事をしている人たち」

「窓拭き！」わたしは興奮して叫んだ。「完璧だわ。窓拭きなら開いている窓から家に忍び込めるし、すり抜けて出て行くこともできる。さらに、服が濡れていても変に思われない」

ベリンダはうなずいた。「あのあたりで商売をしている窓拭きの会社を知っているなんてことはない？」

「知らないわ。寝ているときにのぞかれでもしないかぎり、窓拭きのことなど気にしないものの」

「サロンに行きがてら、もういちどベルグレイブ・スクエアに戻って、窓拭きの会社を知っていそうな使用人にあたってみる。わかったら、あとでその会社に電話して、あの朝誰が働いていたか聞き出しましょう」

「名案だわ」わたしは希望を感じ始めた。

しかし、わたしたちがベルグレイブ・スクエアに着いたときには、前よりも記者の数が増え、使用人も見当たらなかった。しかたなく、ベリンダのサロンに向かった。ハイド・パーク・コーナーにさしかかったとき彼女は腕時計をさっと見た。

「わっ、急がないと遅刻よ」

「タクシーを呼んだほうがいい？」

「その必要はないわ。カーゾン・ストリートをちょっと入ったところだから」

「メイフェア？　あなた、メイフェアに作業場を借りているの？」

「うーん、作業場というのとはちょっと違う」ベリンダはバスやタクシーや年代もののロールス・ロイスをよけながらわたしを振り返った。「実際の縫製をしてくれる人はホワイトチャペルにいるの。メイフェアはわたしがお客と会うところ」

「賃貸料がおそろしく高いんじゃない？」

「あのね、フルハムかパットニーにサロンがあったら、上客は来ないのよ」ベリンダは快活に言った。「それに、メイフェアのそのブロック全体は、おじが所有しているの。すごく狭い場所だけど、わたしひとりには十分。あなたも気に入るわ」

ベリンダの言葉は誇張ではなかった。サロンといっても一部屋しかなく、じゅうたんが敷かれ、ソファーと低いガラス製のテーブルが置かれていた。大きな金箔の鏡が高級感を出している。ベリンダの作品とそれを着ている有名人の写真が壁に掛かっていた。美しい絹の布地が二反ばかり部屋の隅に何気なく置かれ、反対の隅はベルベットのカーテンで隠されていた。

「カーテンの後ろで、紫色のイブニングドレスに着替えてね。お客様はアメリカ人の女性。アメリカ人って王族に弱いのよ。それと、戴冠式みたいなイメージの美しいドレスに。彼女は現金で前払いしてくれるとわたしは確信しているの。あまり太っていないことを祈るわ。太めの人が着たら、まるで浜に打ちあげられたクジラよ」

カーテンを開けると、紫色のロングドレスが掛かっていた。「このドレス、見たことがある。マリサがプリムローズの結婚式で着ていなかった?」

「似てるけど、同じものじゃない」ベリンダは冷やかに言った。「アイデアを借用したの。マリサはパリで法外なお金を払ったと思うわ。わたしは必要とあらば、ほかのデザイナーのアイデアを盗むこともいとわない」

「ベリンダ!」

「誰にもばれないわ。結婚式は終わったんだから。ドレスは二度と着られることはないでしょうし、アメリカ人はひとりもあの披露宴に呼ばれていなかったという確信がある」

「わたしたちみたいに、勝手に押しかけていたかもしれないわよ」

「そんなことする人には、わたしの作品を買うお金がないのよ」ベリンダはすまして言った。「急いで。もうじき、お客が来るから」

わたしはカーテンの後ろで着替えを始めた。暗くて、ほとんど腕を動かすことができないくらい狭かった。下着姿で、ドレスを頭からかぶるか、またいで中に入って下から着るか迷っていると、ドアをたたく音がした。耳障りなアメリカなまりの声が小さな部屋に響きわたるのが聞こえてきたので、急いでドレスの中に足を入れた。

「人からあなたの名前を聞いて、ちょっと寄ってみようと思ったの。近いうちに行われる集まりで着るために、ぱっと人の目を引くようなドレスが必要なのよ。非常にファッショナブルなものでなくてはならないわ。重要な方々が出席なさるので」

「きっとお気に召すと思いますわ」ベリンダはこれ見よがしのイギリス風アクセントで言った。「王族の方々もわたしのデザインしたドレスをお召しになっているのです」

「あら、気を悪くしたらごめんなさい。でも、そのセールスポイントは二度と使わないでちょうだい。クリスマスプディングみたいに頭のてっぺんにティアラをのせているやぼったい公爵夫人とか、二サイズ小さすぎる強化鉄鋼製のコルセットをつけていそうなあの背筋が異常にまっすぐ伸びたおたくの王妃の姿が頭に浮かんでしまうもの」

わたしはカーテンの後ろでじっと我慢した。彼女が言っているやぼったい公爵夫人とはヨーク公妃エリザベスのことだ。エリザベス妃殿下は同じスコットランド人で、とても明るく楽しいお方。わたしは彼女をとても崇拝している。そして王妃とは、そう、あの王妃様。言いたい放題じゃないの。

アメリカ人の女性は続けた。「ねえ、あなた、わたしが欲しいのはね、おしゃれなナイトクラブでのカクテルパーティー用のドレスなの。そのあとは、たぶんダンスに行くわね。みんなの視線がわたしに集まるような、アバンギャルドな感じのものがいいわ」

「ぴったりの品がございます」と、ベリンダは言った。「少々お待ちください。モデルの子に着させますから」

ベリンダはカーテンの中に入ってきた。「急いで、紫色を脱いで、この白黒のを着て」投げつけるような勢いでその服をわたしに渡すと、ベリンダは再び姿を消した。わたしは紫色のドレスから身をよじって抜け出し、次にその白黒のドレスを着ようとした。しかしこの狭い暗闇の中では、どこからどう着たらいいのかよくわからない。試しに、中に足を入れて、上に引き上げてみた。

「早くして。お客様をお待たせするわけにはいかないの」ベリンダが声をかけてきた。

わたしは雄々しく戦った。黒いサテンのドレスで、スカート部分は長くとてつもなくタイトだった。腿とヒップの上に引っ張りあげるのも困難なほどだ。ドレスの上部は、白い胸当て《ディッキー》のようなものが前についていて、それを首のまわりにボタンで留め、背中は大きく露出している。

「まだなの?」ベリンダが催促する。

首のまわりのボタンがひとつははめられなかったけれど、髪でごまかせることを祈って外に出た。ほとんど歩くことができず、ちょこちょことよろめきながら前に進んだ。ダンスやナイトクラブには向かないドレスであることは確かだ。これではダンスのステップはぜったいに踏めない。歩きながら、裳裾《もすそ》のように何かがはためいているのに気づいた。でも、後ろじゃなくて、横だ。本当に、これはいままでに見たこともないような奇妙な服だった。お客も明らかにそう思ったようだ。

「いったいぜんたいこれはなんなの？　ねえ、あなた、わたしのヒップはこの人のヒップよりずっと大きいの。こんなドレスにはぜったいおさまらないわ。それに彼女はいまにも転びそうじゃないの」このときわたしはつまずきそうになって、鉢植えの椰子の木を倒しそうになったが、カーテンにつかまってやっとこらえたところだった。

ベリンダははっとして立ちあがった。「待って。変だわ」それから金切り声をあげた。「それはズボンよ、ジョージー。あなたは二本の脚を片方にむりやり入れたのね」

アメリカ人女性は甲高く笑った。「なんてドジなの。あなたに必要なのは、新しいモデルね。フランス人が望ましいわ」

客の女性は立ち上がった。ベリンダはさっとその横に立つ。「わたしがモデルに教えておかなかったものですから。彼女はこの服を見たことが――」

女性はベリンダの言葉をさえぎった。「あなたが良い助手を見つけられないなら、出来上がった作品もどうせだめでしょう」客はさっと出て行き、ドアをバタンと閉めた。

「なんて失礼な人なの」とわたしは言った。「あなたはいつも、こういうたぐいのことに我慢しなければならないの？」

ベリンダはうなずいた。「仕事をするには代償を払わないとね。でも、正直言って、ジョージー、ズボンの片方に体をつっこもうとする人はあなた以外にはいないわね」

「時間がなかったから。それに警告したでしょ。わたしは突拍子もないことをしでかすたちだって」

ベリンダは笑い始めた。「確かに、そのとおりね。ほら、ジョージー、鏡で自分の姿を見てごらんなさいな。ほんとに馬鹿丸出しよ」

わたしは数日ぶりに心から笑った。

17

ベリンダ・ウォーバートン＝ストークの店
メイフェア
ロンドン
一九三二年四月三〇日（土曜日）

縫い目を裂かないようにズボンの片方から抜け出すのに、かなりの時間がかかった。

「いずれにせよ、あのお客がこれを着ても似合わなかったでしょうよ」と、ベリンダはドアのほうをちらりと見て言った。「年を取りすぎているし、背が低すぎるもの」

「ところで、あの人、誰だったの？」

「名前はシンプソン、だったと思う」

「ミセス・シンプソン？」

「知っているの？」

「いやだわ、あの人、英国皇太子の一番新しい愛人じゃない。わたしが次の週末のハウスパーティーでスパイしなければならない人」

「スパイ？　誰のために」

「王妃様。デイヴィッドが、あのミセス・シンプソンに関心を持ちすぎていると考えていらっしゃるの」

「じゃあ、彼女は離婚したの？　わたしはてっきり、まだ夫がいると思っていた」

「いるのよ。かわいそうなご主人は、体面を繕うために引きずり回されているの」

「あなたの親戚の女性の趣味はお世辞にもいいとは言えないわね。前の王様を見なさいな。それから、あなたのお父さんの選択もたぶん適切ではなかった」

「わたしの母はあの女性よりもずっとずっとましよ。あの人がわたしの身内をけなし始めたとき、もう少しでカーテンの後ろから飛び出して、殴るところだったわ」わたしは通りの向こうの時計を見上げた。「あら、どうしましょう、もうこんな時間？　駅にビンキーを迎えに行かなくちゃ。警察に尋問される前に、話をしなくてはならないの」

「わかった。さあ、行って。ここを片づけてから、今夜は、別のパーティーに行く予定なの。今夜もうちに泊まるでしょう？」

「親切にありがとう。でも、もしビンキーがラノクハウスに泊まりたいと言って、警察がそれを許してくれるなら、わたしもいっしょにいてあげないと。兄をひとりぼっちにしたらかわいそうだもの」

わたしたちはそこで別れた。わたしは少し休憩して、お茶とトーストしたティーケーキで腹ごしらえし、それからビンキーの列車の到着に間に合わせるため、キングス・クロス駅へとラッシュアワーで混雑する道を急いだ。地下鉄の駅から地上に出ると、新聞売りの少年が叫んでいるのが聞こえた。「新聞だよ、新聞だよ、公爵家の風呂に死体だ！」

ああ、ビンキーは発作を起こしちゃうわ。兄が新聞に気づかないように、うまく誘導して駅を抜けなければ。急行は時間どおり五時四五分に到着した。わたしはやきもきしながら、改札口の前に立った。一瞬、ビンキーが列車に乗り遅れたのかと思ったが、兄の姿が見えてきた。馬鹿馬鹿しいほど小さな一泊用旅行鞄を運ぶポーターの少し前を大股で歩いている。

「急いで、タクシーに乗りましょう」わたしは改札口から出てきたビンキーの腕をつかんだ。

「ジョージー、引っ張るなよ。なぜ、そんなに急ぐ？」

突然、叫び声がした。「いたぞ。公爵だ。ほら、彼だ」人々がまわりに集まり始め、フラッシュがたかれた。ビンキーは目に恐怖の色を浮かべてわたしを見た。わたしはポーターから旅行鞄を奪い取ってビンキーの手を取り、群衆をかきわけて、走ってきたタクシーに兄を押し込んだ。辛抱強くタクシーを待っていた人たちにはいやな顔をされたけれど。

「いったい何事だ？」モノグラム入りのハンカチで眉についた汗を拭きながらビンキーは尋ねた。

「お兄様、あれはロンドンの新聞記者たちよ。死体のことをかぎつけたの。一日中家の外で見張っているわ」

「なるほど、そういうことか。では、わたしはクラブに行く。あの手のくずどもには我慢できない」ビンキーはガラスをたたいた。「運転手、ブルックスへ行ってくれ」

「わたしはどうなるの？　わたしはクラブには入れないのよ！」

「なんだって？　ああ、そうだった。おまえはだめだ。女性は入れない」

「わたしはいま、友人の家のソファーで眠っているの。すごく寝心地が悪いのよ」

「なあ、ジョージー、おまえは家に帰ったらどうだ」

「言ったでしょ、あのあたりには記者がうようよいるの」

「いや、わたしが言ったのは、スコットランドの家だ。この不愉快な状況すべてから逃れていたほうがいい。それが一番安全な道だ。今夜のエジンバラ行《フライング・スコッツマン》の列車の寝台車を予約しなさい」

「わたしは困った状況にいるお兄様を見捨てたりしない」と言いながら、警察官がわんさといても、フィグとふたりきりになるよりはまし、と考えていた。「それに、わたしが突然消えたら、警察は非常に疑わしいと思うでしょう。お兄様のことだって、いきなり消えたりするから疑っているのよ」

「そうなのか？　風呂に浮いているのが誰かわかったとき、警察はすぐにわたしを疑うだろうと考えた。だが、もしわたしがスコットランドにいれば、疑われないだろうと思ったのだよ。それで、キングス・クロスへ直行して、ロンドンを発ったのだ」

「そして、わたしを第一容疑者にしたのよ！」わたしは憤然として言った。

「馬鹿なことを言うな。警察がおまえを疑うわけがない。おまえはか弱い娘なのだから。おまえにド・モビルのような巨漢を溺れさせる力はないだろう」

「ひとりではね。共犯がいたかもしれないじゃない」

「ああ、そうだな。そこまでは考えなかった。だがな、おまえが誰かにやらせたのかもしれないという疑いが、わたしの心をかすめたことは認めなければならない。なにしろおまえは、断崖からド・モビルを突き落とすとぶっそうなことを言っていたからな」ビンキーは一呼吸おいてから尋ねた。「警察に何も話さなかったんだろうな?」

「ビンキー、わたしには何も話すことなんかないの。だって、何が起こったかを知らないんですもの。知っているのは、お兄様が朝にはラノクハウスにいて、わたしが午後に戻ってきたときには浴槽に死体があり、そしてお兄様は消えていたということだけ。好むと好まざるとにかかわらず、わたしはこの事件にかかわってしまったみたいだから、真実を知りたいと思っているの」

「わたしには、まったくわけがわからないよ」

「じゃあ、家でド・モビルに会う約束をしていたわけじゃないのね?」

「していない。じつを言うと、非常に奇妙なことがあったのだ。クラブから電話があって、いますぐわたしに会いたいという人物が来ていると言われた。だからクラブに行ったのだが、わたしに会いたがっている人などいないようだった。それで家に帰って三階にあがり、どこかに置き忘れたくしを探しに浴室に入ったところ、誰かが浴槽の中に横たわっていた。浴槽から引きあげようとして、かなり濡れてしまってから、わたしはその男が死んでいることに気づいた。そして、男が誰かもわかった。わたしは世界一賢いとは言えないが、これがどういう結果になるかはすぐにわかった」

「ということは、誰かがお兄様を家から誘い出し、その隙にド・モビルを家に招き入れて殺したのね」

「そうに違いない」

「電話の声はどんな感じだった？」

「よくわからない。ややくぐもった感じだった。クラブからだと言ったので、ドア係のひとりだと思った。彼らは歯が半分抜けていて、聞き取りやすい話し方をするとはいえないからな」

「じゃあ、イギリス人の声だったのね？」

「なんだって？　ああ、確かにイギリス人だった。なるほど、わかったぞ。おまえは、電話してきたのが本物のクラブ従業員ではなかったかもしれないと言っているんだな。ふりをしてだますとは、なんて卑劣なまねを。つまり、ほかの誰かがド・モビルを殺したがっていたということか。だがなぜ、わが家で殺そうと企んだのだろう」

「お兄様を、あるいはわたしたちを陥れるため」

「いったい誰がそんなことをしたがるのだ？」ベイカー通りの角で車が停まると、ビンキーはタクシーの窓から外を眺めた。わたしは窓越しに二二一Ｂの建物があったはずの場所を見て、ああ、本当にここにあったらよかったのに、と思った。いま、わたしが切実に必要としているのは、シャーロック・ホームズのような名探偵だった。

「警察はもう証文を発見していると思うか？」ビンキーは小声で尋ねた。

「わたしはたまたま原本を破り捨てたの。まずそれを思いついたから。ド・モビルのポケットをさぐって証文を見つけ、トイレに流したわ」

「ジョージー、おまえはなんて賢いんだ！」

「それほどでもないのよ。弁護士が写しを持っていることを忘れていたから。ほかにも写しがあるかもしれない」

「うーん、ちくしょう。それを考えていなかった。警察が写しを見つけたら、われわれは怪しまれるだろうな？」

「お兄様はとても怪しく見えるわね。だって犯行現場から逃げ出したんだもの。それにお兄様なら、ド・モビルを溺れさせる腕力もある」

「おい、おい、おまえはわたしが人を溺れさせるようなまねができる人間ではないことを知っているだろう。たとえ相手がド・モビルのようなならず者でも。この事件が起こる前にわたしが街を出たと、おまえが警察に証言するわけにはいかないだろうか？」

「だめよ、できないわ。ビンキー、わたしはたとえお兄様のためでも嘘はつかない。それに、いろいろな人が、お兄様がいつロンドンを発ったか知っている。ポーターとか、タクシーの運転手とか、改札係とか。公爵が旅をすれば、人は気づくものよ」

「そうなのか。うーん、くそっ。おまえは、どうしたらいいと思う？」

「残念ながら、お兄様がクラブからラノクハウスに戻ってきて、すぐにまたタクシーで出かけるところを人に目撃されているの。だから、ずっとクラブにいたとか、すでにロンドンを発っていたと主張することはできないわ。お昼のスコットランド行きの列車に乗るつもりだったから、三階には上がらなかった、玄関ホールに置いてあったスーツケースを取りに家に寄っただけだ、と言うのは大丈夫かも。それでうまくいくかもしれない」

「警察は信じないだろうな？」兄はため息をついた。「そして、彼らは証文を見つけ、わたしは犯人にされる」

わたしは兄の手を軽くたたいた。「なんとかなるわ。知り合いはみんな、お兄様が暴力的な人間ではないと証言してくれるでしょう」

「今日が土曜日なのが残念だ。弁護士のところへ行くのは、月曜日まで待たなければならない」

「証文の写しを警察に見せないよう弁護士を説得できると思う？」

「まったくわからない」ビンキーは両手をぼさぼさの髪に通した。「これは悪夢だよ、ジョージー。抜け出す方法が見つからない」

「真犯人をつきとめなくては。ねえ、ビンキー、思い出して。誰かに呼び出されて家を出たとき、玄関に鍵をかけた？」

「よく覚えていない。わたしはドアに鍵をかけるのをよく忘れるのだ。ふだんは使用人がまわりにいるから」

「ということは、犯人は、正面入り口の階段をのぼり、問題なく家に入れたかもしれないってことね。家を出たときに、周辺に誰かいなかった？」

「どうだったかな。いつもどおりだった。運転手がぶらぶらしていて、乳母がうば車を押していた。そうだ、角の家の年取った大佐に朝の挨拶をした」

「窓拭きはどう？　家にいたとき、窓拭きをしていた？」

「窓拭きには気づかなかったな。窓を拭いていたか、いなかったかもわからない」

「うちで頼んでいる窓拭きの会社の名前を知らない？」

「知らん。ミセス・マクレガーが勘定を支払っている。彼女が家計簿につけていると思うが、帳面はたぶんスコットランドにあるだろう」

「調べなくちゃ。重要なことかもしれない」

「窓拭きが？　彼らが何かを見たと思うのか？」

「わたしは犯人が窓拭きのふりをして家に侵入したんじゃないかと思っているの」

「なるほど。おまえは本当に頭が回るな、ジョージー。その頭脳がおまえのところへ行ってしまったのがつくづく残念だ。おまえならラノク城を立派に守っていけただろうに」

「この窮地から抜け出すためには、ありったけの知恵を振り絞らなきゃだめなのよ」

兄は暗い表情でうなずいた。

タクシーはブルックスの堂々とした入り口の前で停止した。ドア係がよろよろと階段をおりてきてビンキーの鞄を受け取った。

「いらっしゃいませ、閣下」とポーターは言った。「今回のまことに遺憾なご状況、僭越ながら心中お察し申し上げます。わたくしどもは、公爵閣下の御身の安全を心から案じておりました。警察が一度ならず、公爵閣下に会いにこちらを訪ねてきておりました」

「ありがとう、トムリンスン。心配するな。すぐにすべて解決するであろう」

兄は雄々しくわたしに微笑むと、老人のあとから建物の中に入っていった。わたしはひとり、舗道に取り残された。

18

またしてもベリンダ・ウォーバートン＝ストークの家のソファー
まだ一九三二年四月三〇日（土曜日）

　ビンキーが再びあらわれるのをしばらく待ったが、兄は出てこなかった。本当に、男ってどうしようもない。生まれたその日から自分のことしか考えない。パブリックスクールの教育のせいでもある。逮捕されたって当然の報いよと思ったが、すぐにそれを後悔した。厳しいゲイラカン校からまっすぐブルックスクラブに行った人に分別を求めても無駄だ。

　ブルックスの前の舗道に立って、タクシーやロールス・ロイスが通りを行き交い、おしゃれなかっこうをした人々が夜のパーティーに出かけていくのを見つめながら、さて、これからどうしようかと考えた。ベリンダは、今夜は出かけると言っていた。ランクハウスには警察官と記者が群がっている。見捨てられた気がして、途方に暮れる。そのとき、サイレンの音が聞こえてきて、パトカーがわたしの横に停まった。パトカーからサッグ警部補が降りてきて、わたしに向かって帽子を傾ける。

「こんばんは、お嬢さん。あなたのお兄さんがちょうどロンドンに帰ってきたそうですな」

「そうですわ、警部補さん。いま、クラブに入っていきました」

「できれば、公爵が寝る支度をする前に、話をうかがいたいものだ」と警部補は言って、正面玄関へ大股で歩いていった。

　幸運を祈るわ、とわたしは心の中で言った。前にわたしがそうされたように、門前払いを食わされるに違いない。しかし、すぐにビンキーは姿をあらわし、サッグ警部補が続いて出てきた。

「少し話をうかがいたいので、ロンドン警視庁までご同行願います」と警部補は言った。

「さあ、こちらへ、だんな《サー》」

「閣下と呼びたまえ」とビンキーは言った。

「なんですと？」

「公爵に対しては、閣下をつけるものだ」

「ほう、そうなんですか？」サッグ警部補はまったく動じていないようだった。「わたしはこれまで、そんなにたくさんの公爵を逮捕した経験がないものでね。さあ、後部座席にどうぞ」

　ビンキーはわたしをおびえた目でさっと見た。「おまえも来るだろう？」

「わたしは必要ないでしょう」わたしはまだ兄の思いやりのなさに腹を立てていた。

「もちろん必要だとも。おまえがいないと困る」

「お嬢さん、あなたにもいてもらうと助かります」サッグは言った。「いくつか事実の確認が……」

警部補はあの手紙のことを知っている、とわたしは思った。

ビンキーはわきに寄って、わたしが車に乗るのを助けた。「ああ、ところで巡査部長、念のために言っておくが、わたしの妹のことは〈公爵令嬢〉と呼ぶのだぞ」

「ほう、そうですか。で、わたしは巡査部長ではなく、警部補です」

「本当か」ビンキーはかすかに微笑した。「それはすごい」

ときどき、わたしは、兄が見た目ほど愚かではないと思う。

幸いなことに、パトカーはサイレンを鳴らさずに出発した。しかし、ロンドン警視庁の門を通り抜けるのは妙な気分だった。ここにはもう土牢も断頭台もないことは知っていたけれど、ロンドン塔に連れて行かれた先祖たちの姿が脳裏をよぎった。わたしたちは階段をのぼり、みすぼらしい小さな部屋に連れて行かれた。窓からは中庭が見えて、煙のにおいがしみついていた。警部補は椅子を引いて、わたしを机の入口から一番遠い端に座らせた。ビンキーも座った。警部補は満足げにわたしたちをしみじみと眺めた。

「われわれはあなたを捜していたのです、閣下」と警部補は最後の部分をわざと強めて言った。「あらゆるところを捜しました」

「見つけるのは、難しくない」とビンキーは言った。「わたしはスコットランドの家にいたのだ。昨日帰ったばかりだというのに、どこかの輩がうちの浴槽で勝手に溺れたからといって、またこちらに戻らなければならなくなったのは、はなはだ不都合である」

「自分で溺れたわけじゃありません。誰かが溺れるのを手助けしたようですな。それで、彼はあなたのご友人ですか？」

「なんとも言えんよ、警部補。なにしろわたしはその悪党の顔を見ていないのだ」

わたしはビンキーをちらっと見た。古き良きラノクと王族の血は、危機に際してあらわれる。兄の口調は、いかにも「われわれは迷惑している」という感じだ。

「つまりあなたは、おたくの浴槽の死体を見ていないというのですか？」

「そのとおりだ。それがまさにわたしが言っていることだ」

わたしは兄をちらっと見た。ちょっと強調しすぎているように聞こえる。

警部補も明らかにそう思ったらしい。「浴槽で死体を見ていなかったのなら、なぜ悪党だと思うのです？」

「わたしの許可なしに、わが家の浴室で死ぬような図々しい輩は悪党に決まっているのだよ、警部補」と、ビンキーは言った。「参考のために言っておくが、最初にわたしがこの件に関して知ったのは、妹がわたしに電話をしてきたときだ」

「その紳士の名前がガストン・ド・モビルだったと言われたら、何かピンとくるものはありますか？」

「ド・モビル？　うむ、その名前なら聞いたことがある」またしても、ビンキーの言い方は少し大げさすぎた。

「亡くなったお父様の知人だったんじゃないかしら？」わたしは割り込んで言った。

「ド・モビル。ふむ、一度か二度会ったことがある」

「最近ですか？」

「それほど最近ではない」

「なるほど。では、その紳士のホテルの部屋で、昨日一一時にロンドンのあなたのお宅で火急の用件で会いたいと書かれた手紙が発見されたと聞けば、驚かれるでしょうな」

「驚かされるだけでなく、わたしはそのような手紙は書いていないと断言する」ビンキーはいかにも公爵らしい口調で言った。いまもきっと曾祖母は誇らしく思っただろう。

「ここに、その手紙がありましてね」警部補はフォルダーを開いて、一枚の紙をわたしたちの前にすっと押し出した。「これは昨日の朝、クラリッジ・ホテルに誰かが持ってきて、ホテルの者がムッシュー・ド・モビルの部屋に届けたものです」

ビンキーとわたしはその手紙を見た。

「明らかに偽造だ」とビンキーは言った。

「どうしてそうだと言い切れるんですか？」

「一つには、わたしは家紋が浮き出し模様になった便箋以外は使わない。これは、ウールワースで買えるような安物だ」

「それから、これにはラノク公爵へイミッシュとサインしてあるわ」とわたしは言った。

「兄は、社会的に同等の地位の人への手紙にはただ、ラノクとだけ書くし、正式な名前を書くときにはグレンギャリーおよびラノク公爵と書くわ」

「さらに、これはわたしの筆跡ではない」とビンキーが言った。「確かに、似てはいる。誰かがわたしの筆跡を真似ようとしたのだろうが、わたしのtの横棒の引き方はこうではない」

「ではあなたは、この手紙の送り主ではないと主張されるんですな」

「まさにそのとおり」

「では、この紳士があなたの家の玄関にあらわれたとき、どうしました?」

「さあ、わたしにはわからん。家にいなかったのだ。さて、どこにいただろう」

「スコットランドに帰る予定だったでしょう、ビンキー」わたしは助け船を出した。

「そうだった。鞄に荷物を詰めて出発しようとしていたのだが、そのとき電話が鳴って、緊急の用件でクラブに来てほしいと言われたのだ。当然、わたしは、すぐにクラブに向かったが、そのような電話はかけていないと言われた。そこで二、三の友人と話してから、ラノクハウスに帰り、玄関ホールに置いておいた鞄を取ってタクシーに乗って駅へ向かったのだ」

学校劇で生徒が長台詞を一気にしゃべるときのような言い方だった。

「なんとまあ、うまくできた話ですな、だんな」

「閣下だ」

「そうおっしゃるなら、そういうことにしておきましょうか、だんな」警部補は兄からわたしに視線を移した。「わたしが何を考えているかわかりますか? わたしはあなた方ふたりが共謀してやったと思っている。何か後ろ暗いことを企んでいるのでもなければ、なぜ公爵とその妹が使用人も連れずにロンドンにやって来るんですかね？」

「すでにあなたに説明したように、メイドはスコットランドに残してきたのです。そして時間がなかったので、こちらではまだ新しいメイドを雇っていなかっただけですわ。それに兄は、所用があって二日ばかりロンドンに出てきただけです。兄は、食事はクラブでとっていました」

「しかし、誰がお兄さんに服を着せるんですかね？」警部補はいまや、にやにや笑っている。「あなた方上流階級の人間は、近侍に手伝ってもらわなくては服が着れないのでは？」

「ゲイラカンのような学校にいれば、身の回りのことはひとりでできるようになるのだ」ビンキーは冷やかに言った。

「それに、公爵とわたしが、見知らぬフランス人を殺したいと考えるような、どんな動機があるというのです？」とわたしは言った。

「それが、たくさんの動機が思い浮かぶんですな、公爵令嬢様」この最後の言葉には皮肉がこめられていた。「この男はギャンブラーであることが知られていた。今週、ロンドンの最も悪名高い賭博場のひとつにいるところを見られている。たぶん、あなたのお兄さんはギャンブルの借金がたまって、返済できなくなり……」

「いいか」ビンキーは立ちあがって早口でまくしたてた。「わたしは、スコットランドの屋敷を維持するだけでも汲々としているのだ。牛に餌をやり、使用人に給金を払うためにはわずかな収入のすべてをつぎ込まなければならん。わが家では暖房も使っていない。信じられないほどつましい生活をしているのだ。はっきり言っておくが、わたしは生まれてから一度も博打などしたことがない！」

「わかりましたよ、だんな。まだあなたは起訴されているわけじゃない。われわれはただ、パズルのピースをつなぎ合わせているだけです。では、今日のところは、これでおしまいにしましょうか。しかし、いずれまた、話をうかがうことになるでしょうな。あなたはあの家に滞在するのですか――使用人なしで？」

「わたしはクラブに泊まる。そして、レディ・ジョージアナは友人の家に滞在している」とピンキーは言った。

「またご連絡します」警部補は立ちあがった。「おふたりとも、ご足労いただき、感謝します」

事情聴取は終わった。

「かなりうまくいったと思うが、どうだった？」ロンドン警視庁を出ながら、ピンキーは言った。

かなりうまくいった、ですって？　われわれの先祖で、「いとしのチャールズ王子」と呼ばれて愛されたチャールズ・エドワード・ステュアートが、敗北したカロデンの戦いを〝かなりうまくいった〟と考えていたのと同じだ。うちの家系の男子は破天荒な楽天家なのか、ただ頭が鈍いのか、悩んでしまう。

寝違えて首の痛みを感じながら、翌朝目覚めると、ベリンダが忍び足で部屋を横切ろうとしているところだった。

「ずいぶん早起きね」わたしは眠そうに言った。

「あのね、わたしはまだベッドに入ってないの。正しくは、わ、わ、わたしのベッドには入ってないということだけど」

「ということは、昨夜の男性の品揃えは満足のいくものだったのね？」

「素晴らしかったわ」

「詳しく教えてくれる？」

「それはちょっと。とにかく夢のようだった、とだけ言えば十分よ」

「またその人に会うつもり？」

「それはわからないわ」再び夢見るように微笑んでベリンダは階段に向かって歩いていく。

「これから眠るから、たとえうちの浴槽に死体が浮かんでいても、起こさないでね」

彼女は階段の一番下の段にたどりつくと、こちらを振り返った。

「今晩、素晴らしい船上パーティーがあるの。今回はモーター付きの本物のボートよ。テムズ川を下ってグリニッジに行き、ピクニックをするの。あなたももちろん招かれているわ」

「ああ、どうしようかな——」とわたしが言いかけると、ベリンダがさえぎった。

「ジョージー、あなたはたいへんな目に遭っているんだから、少しは楽しまなくちゃ。寛ぐのよ。それに、あなたが来ないとものすごくがっかりする人たちがいるから」

「どんな人たち？」

輝くばかりの笑み。彼女は爪に赤いマニキュアを塗った指を唇につけた。

「行けばわかるわ。五時にタクシーで行くから。じゃあまたその時。おやすみ」

そして、ベリンダは行ってしまった。どんな人々がわたしに会いたがっているのか、謎を残したまま。たぶんスリルを求める人たちが、殺人事件のおぞましい詳細を聞きたがっているのだろう、と腹を立てながら考えた。行くのはやめておこう。でも、テムズ川を下って、公園でピクニックというのは、とても魅力的だ。心から楽しむのはいつ以来だろう？

これから何をするかはすでに決めてあった。たったひとりわたしが頼りにできる人――おじいちゃん――に助けを求めるつもりだ。今日は五月一日《メーデー》。素晴らしいお天気だ。太陽は輝き、木々の花が咲き、鳥たちは元気にさえずり、鳩の群れが空を旋回している。実際、生きていることがうれしくてたまらなくなるような日だ。アップミンスター・ブリッジ行きの列車に乗り、祖父の家まで歩いていく。ドアを開けた祖父は、半分喜び、半分驚いたような顔で迎えてくれた。

「おや、こりゃ、たまげた。よく来たな。おまえのことを死ぬほど心配しとった。今朝の新聞で読んだんだ。公衆電話のあるところまで行って、電話をかけようかと考えていた」

「かけてくれなくてよかったわ。いま、ラノクハウスにはいないの。警察官と記者がうじゃうじゃいるから」

「もちろん、そうだろうな。そりゃ、そうだ。そんなところに立ってないで、入った、入った。しかし、ひどいことが起こったものだ。いったいどうしたんだ？　飲みすぎか？」

「いいえ、残念ながら、殺されたのよ。でも、ビンキーもわたしも、いったい誰にそんなことができたのか皆目見当がつかない。だからここへ来たの。おじいちゃんは昔、警察官だったでしょう」

「ああ、だが、ただの巡査だ。あたりを巡回してまわる、ただのおまわり、それが昔のわしだ」

「でも、犯罪捜査にかかわったことがあるはずよ。どうやって捜査するかは知っているでしょ？」

祖父は肩をすくめた。「役に立てる自信がないな。とにかく、茶でも一杯飲まんか？」

「うん、お願い」わたしは祖父の小さなキッチンテーブルに座った。「おじいちゃん、わたしはビンキーが心配なの。明らかに容疑者だと思われているし、死体を発見したらすぐにスコットランドに逃げ帰ってしまったことで、ますます怪しく見えるでしょ」

「おまえの兄さんは、殺された人と密接な関係があるのか？」

「残念ながら、一つ密接なつながりがあるの」わたしは祖父に証文のことを話した。

「うーん、それは、まずいな。それでおまえは、兄さんが真実を言っていると確信しているのか？」

「ええ、ぜったい。わたしはビンキーを知っている。嘘をつくと、耳が赤くなるの」

祖父は噴き出したやかんを取って、ティーポットに湯を注いだ。

「その男がロンドンに来ていることを、ほかに誰が知っていたかを調べる必要があるようだな。それから男に、ほかの誰と会う予定があったか」

「どうやって調べたらいいの？」

「男はどこに滞在していたんだ？」

「クラリッジ・ホテル」

「ふむ、それなら、個人の家よりも簡単だ。上等なホテルは客についてすべてを知っている。誰が訪問したか、タクシーでどこへ行ったか。クラリッジに行って、いくつかの質問をしてみるか。うまくいけば、男が泊まっていた部屋を見ることができるかもしれない」

「そんなことをする価値がある？　警察が徹底的に捜査したんでしょう？」

「警察が重要なことをどれほどたくさん見逃しているのか知ったら、おまえは驚くだろうな」

「でも殺害されて二日も経っている。ホテルは、あの人の荷物を片づけて、部屋を清掃してしまったんじゃない？」

「そうかもしれん。だがな、わしの経験では、そう急いでやったりしないものなんだ。とくに週末のあいだはな。ホテルの連中は、どんなものも紛失しないよう気をつける。そして、警察がその男の所持品を返してきたら、それらを近親者に送る手配をするまで、保管しておかなければならないのだ」

すごく難しい試験を受ける前のような気分になって、わたしは頭を横に振った。

「所持品がまだ彼の部屋にあっても、わたしたちは入れてもらえないでしょう？　部屋に入れてほしいと頼んだら、すごく怪しまれるわ」

祖父は、ちょっぴりずる賢いロンドン子風に首を傾げてわたしを見た。

「誰が、頼むと言った？」

「部屋にこっそり侵入するっていうの？」

「あるいは、うまく入る方法を見つけるか……」

「メイドの制服ならあるけど」わたしは用心深く言った。「誰もメイドには目を留めないわよね？」

「そうとも」

「でも、おじいちゃん、それでも、やはり不法侵入だわ」

「ロープの先にぶらさがるのに比べりゃ、ずっとましだ。元警察官としては、こういうことを勧めちゃいかんのだが、なにしろおまえたち兄妹はたいへんな問題をかかえているようだから、きれいごとは言っておれん。わしもいっしょに行って、ドアマンとベルボーイをつかまえて、ちょこっと話をしてこよう。何人かは、巡査時代のわしをまだ覚えていてくれるかもしれない」

「すごいわ、おじいちゃん。それともう一つ。金曜日にベルグレイブ・スクエアで、本物の窓拭きが働いていたのかどうかを調べなきゃならないの。もしいたとすれば、誰が窓拭きにやってきたかを知りたい。自分で尋ねたいところだけど、記者たちが家のまわりにいて……」

「そのことは心配せんでいい。それくらいおまえのためにしてやれる。それから、いっしょに昼食をとりたいところなのだが、じつは、隣の未亡人のところに行く約束をしているんだ。いつも誘ってくれるのだが、断り続けていた。だがな、わしもちょっと考えた。いいんじゃないか？　ちょっとばかり親しくするのも悪くないんじゃないか、とな」

「全然、悪くないわ」わたしはテーブルの向こう側に手を伸ばして、祖父の手を取った。

「その人はお料理が上手なの？」

「おまえのおばあちゃんほどうまくないが、腕は悪くない。なかなかのものだ」

「昼食を楽しんでね、おじいちゃん」

祖父はほとんどはにかんでいるように見えた。「彼女が金目当てでないことは確かだ。わしの外見に惚れたに違いない」と、祖父はぜいぜい言いながら笑った。「では、明日会おう。わしはまず、窓拭きのことを調べてみるから、それからいっしょにクラリッジに行こう」

「わかった」と答えたものの、胃がねじれそうな気がした。メイドのふりをして、部屋に侵入するのは重大事だ。捕まったら、ビンキーを助けるよりも、かえって兄に害を及ぼすことになるだろう。

19

ベリンダの家、のちにラノクハウス
一九三二年五月一日（日曜日）

ベリンダは、五時少し前に目覚め、赤いズボンと黒い乗馬用ジャケットというものすごくかっこいいスタイルで階下におりてきた。その姿を見て、わたしには着るものが何もないことに気づいた。たとえラノクハウスに戻れても（ありえそうにないけれど）、状況はさして変わらない。ベリンダに窮状を訴えるとすぐに自分の衣装戸棚を開けて、白いスカートと白い縁取りがされた青いブレザーという、ヨット遊びにぴったりのスマートな服を貸してくれた。粋な小さい水兵帽もおまけについていた。鏡の中で見た出来栄えは、かなり満足のいくものだった。

「あなたは本当にこれを着なくていいの？」わたしはベリンダに尋ねた。

「もちろんよ。これは最新流行ってわけではないもの。あなたが着る分には大丈夫。でも、わたしがカウズ（イングランド南部ワイト島にある町。毎年ヨットレースが開催される）でそれを着ているところを見られたら、わたしの評判はがた落ちよ」

ベリンダの評判はたぶん、すでに落ちているんじゃないかと、わたしは心の中で思った。

「さ、行きましょ」ベリンダはそう言うと、わたしの腕に腕をからませた。

「ベリンダ、あなたがわたしのためにしてくれていること全部に、とても感謝しているわ」

「ジョージー、いいのよ、そんなこと。あなたが救ってくれなければ、わたしはレゾワゾで何度も退学になったことでしょうよ。それにあなたはいま、友人を必要としているもの」

まさにそのとおりだった。わたしたちはタクシーでウエストミンスター埠頭のボートドックに向かった。どちらもタクシーにお金を使う余裕はないはずだったが、ベリンダが言ったように、ふさわしいやり方で到着しなければならないのでタクシーを使わざるをえなかったのだ。

ボートと呼んでいいのか、あるいは船かヨットと言ったほうがいいのかはわからないが、埠頭に係留されている船は艶やかに光り、これまで見たことがあるどんなクルーザーよりも大型で、大西洋航路定期船のミニ版という感じだった。デッキの後ろのほう（船尾楼というのかしら？　わたしは船舶に関する言葉にはてんでうとい）には、天幕が張られている。蓄音機から音楽が流れ、すでに何組かのカップルが、跳ねるようなダンスを踊っていた。船上の眺めにすっかり心を奪われていたため、階段の一番上に置いてあったロープに足を取られそうになった。ベリンダが支えてくれなかったら、つんのめっていただろう。

「気をつけて。頭から到着するのはいやでしょう。さあ、後ろ向きにはしごをおりて、足元をしっかり見るのよ。テムズ川からあなたを釣りあげるようなことはしたくないから」

「がんばるわ。いつか、このぎこちない身のこなしが治ると思う？」

「たぶん、だめでしょうね」ベリンダはにやにや笑いながら答えた。「レゾワゾで立ち居振る舞いや体育の授業を受け、スコットランドの岩壁に登っても治らないんだから、一生あなたの動きはぎこちないままよ、きっと」

わたしは慎重にはしごをおりた。床に足をつける前に、誰かの手がわたしのウエストをかかえて、ふわりとデッキにおろした。

「やっと来たな」聞き覚えのある声がして振り返ると、そこにダーシーが立っていた。白い開襟シャツにセーラーズボンの裾を折りあげている姿はすごく魅力的だ。「ベリンダがきみを連れてきてくれてよかった」

「わ、わ、わたしも」彼がまだわたしのウエストをかかえたままなので、言葉がつかえる。しかも困ったことに、顔がほてってきた。

「ダーシー、わたしには手を貸してくれないの？」ベリンダが口をはさみ、ダーシーはわたしを放した。

「お望みならば。だが、きみはほとんどのことを素晴らしく上手にこなすと思うんだが」

ふたりが、一瞬、目配せし合っているように見えたが、わたしにはそれがどういう意味なのか理解できなかった。もしかして、昨夜ベリンダがベッドを共にした相手は彼だったのでは。激しい嫉妬を感じている自分に驚く。でも、もしもベリンダがダーシーを独り占めしたいのなら、今日の午後いっしょに行こうと、しつこく誘ったりしないだろう。

「いらっしゃい、ホストを紹介するわ」ベリンダはわたしを引っ張っていく。「エドゥアルド、こちら、わたしの親しい友人のジョージアナ・ラノクよ。ジョージー、アルゼンチンから来ているエドゥアルド・カレラを紹介するわ」

わたしは目の前のとても上品な紳士を見つめた。おそらく二〇代後半、きれいになでつけられた艶やかな黒髪、ロナルド・コールマン風の口髭、そして、センス抜群のブレザーとフラノのズボンを身につけていた。

「セニョール・カレラ」わたしが手を伸ばすと、彼はその手をとって唇に近づけた。

「わたしのちっぽけなぼろ船にようこそ、レディ・ジョージアナ」少しも外国アクセントのない完璧な英語で言った。

「ちっぽけなぼろ船ですって！」わたしは笑った。「この船でアルゼンチンからはるばる航海していらしたの？」

「いいえ、残念ながらただワイト島から来ただけです。とはいえ、大西洋横断ができるはずの船なのです。両親にイートン校に入れられて以来、わたしはアルゼンチンに帰ったことがありません。いずれは国に戻って、家業を継がなければならないのですが、それまではヨーロッパの生活を存分に楽しむつもりです」エドゥアルドはわたしに向けていた視線を、意味ありげにベリンダに移した。「シャンパンを持ってきましょう」

エドゥアルドが離れていくとベリンダはわたしをそっと突いた。「ね、わたしが魅力的な外国人と言っていた意味がわかったでしょう？　イギリス人だったら『よう、元気かい』と言うなり、クリケットの話か狩りの話を始めるに決まっている」

「彼、かなりかっこいいわね」

「母親はアルゼンチン系イギリス人なの。半分はアルゼンチンの血が流れている。結婚相手としては悪くない」

「あなたは自分で狙っているの？　それともわたしに勧めているの？」わたしはひそひそ声で言った。

ベリンダは微笑んだ。「まだ決めてないから、好きにしていいのよ。愛と戦争ではいつもフェアにというのがわたしの信条だから」またしても、わたしは、ベリンダがダーシーのことを言っているんじゃないかしらと思った。

「それで、あなたはどこでダーシーと知り合ったの？」尋ねずにはいられなかった。「昨夜のパーティー？」

「えっ？」ベリンダはうわの空で答えた。「ダーシー？　ええ、そう。彼もいたわ。あなたには、少しワルすぎるかもね、ジョージー。でも、彼がまだあなたに興味を持っていることは確かよ。質問攻めにされたわ」

「何をきかれたの？」

「まあ、あれやこれやね。もちろん、誰もが殺人についていろいろと憶測している。でも、安心して、みんなあなたの味方だから。ここにいる人の中で、ビンキーが浴槽で誰かを溺死させることができたなんて信じている人はいないわ」

「誰が犯人か、推測している人はいた？」

「いないわ、誰ひとり。でも、ド・モビルは世界一人気のある人物ではなかったと言い切れる。トランプゲームでいかさまをしたりして、紳士らしくない振る舞いをしていたとみんな言っているもの。だから、敵がいるのは当たり前なのよ」

「具体的な名前は出なかった？」

「殺したいほど憎んでいた人ってこと？　それなら、答えはノーよ。犯人はわたしたちの仲間以外の人間かもしれない。ド・モビルに犯罪者とのつながりがあるなら、内輪もめという可能性もある」

「ああ、そこまでは考えてなかったわ。でも、だとすると、犯罪者について調べる手立てはまったくないわね」

「みなさん、グラスをお持ちになりましたか？」エドゥアルドが叫んだ。「よろしい、では、席について、しっかりつかまってください。出港します」

「さあ、ここに、横の座席に座りましょう。顔に風があたって気持ちいいわ」ベリンダはチーク材の座席の上に足をのせ、船の縁から身を乗り出した。わたしも真似をした。「エドゥアルドのことだから、ものすごくスピードを出すわよ。彼はレーシングカーも運転するし、飛びもするの」

「ピーターパン？」

ベリンダは笑った。「飛行機よ。かわいらしい小さな飛行機。いつか乗せてくれるって、約束してくれたの」

まるでタイミングを計ったかのようにモーターが轟音をあげ、船全体が揺れ始めた。

「出発」とエドゥアルドが叫ぶと、誰かが走っていって、船を桟橋につないでいたロープをほどいた。いきなり船は動きだし、わたしの体は船の縁を離れて後方に投げ出された。船の滑らかな側面をつかもうとしたがそれも空しく、氷のように冷たい水の中に転落した。船のプロペラがうなりをあげ、まわりの水を激しくかき回す。喘ぎながら、なんとか水面から顔を出す。泳ぎには自信があったのでさしておびえてはいなかったが、何かに引っ張られていくのを感じて、はじめて恐怖を覚えた。何かが足首に巻きついている。しかし、引っ張られるスピードが速すぎて足首に手をやることができない。必死に水面から顔を上げて悲鳴を上げようとしたが、そんなことをすれば大量に水を飲んでしまいそうだ。きっと、わたしが落ちるところを誰かが見ていたはず。まわりには人がたくさんいたもの。ベリンダは隣に座っていたし。半狂乱で腕を振った。そのとき水しぶきが上がり、強い腕がわたしの体に回され、ありがたいことにモーターが止まった。わたしは甲板に引っ張りあげられた。みんなが大騒ぎをしている真ん中で、わたしは釣りあげられた魚のように喘ぎ、咳き込みながら座っていた。

「大丈夫か？」ダーシーが尋ねた。ずぶ濡れの彼の姿を見て、わたしを救うために川に飛び込んでくれたのだと思った。

「大丈夫だと思う」とわたしは答えた。「ただ、もうびっくりしてしまって」

「落ちたときに、船に頭をぶつけなくて本当に幸運だった」と別の声が言った。見あげると、ウィッフィー・ファンショウの背筋をぴんと伸ばした堅苦しい姿があった。「もしそうなっていたら、きみは水中に沈み、ぼくらはきみを見つけられなかっただろう」

わたしはぶるっと震えた。ウィッフィーはぎこちなくわたしの肩をたたいた。

「とにかく、親愛なるジョージー、テムズ川にはきみを餌にできるほど大きな魚はいないと事前に教えておけばよかったのだが」と彼は言った。典型的なイギリス流の同情の言葉だ。

わたしは、彼が濡れていないことに気づいた。

エドゥアルドが片手に毛布、もう一方の手にブランデーを持ってやってきた。

「本当に申し訳ない。まさかこんなことが起こるとは思ってもみなかった」

「やっぱりジョージーだわ」ベリンダはわたしの肩に毛布をかけながら言った。「彼女は事件を引き寄せるみたい。事故が起こりやすい人なの」

「では、この船旅ではこれ以上、事故がないよう気をつけよう」とエドゥアルドは言った。

「キャビンへどうぞ。乾いた服を探してこよう」

「最近のきみは、女性をキャビンに誘い込むのに、まず溺れさせなければならないのか、エドゥアルド?」と誰かが言った。

恐怖を味わったあと誰もがするように、みんなはこの出来事を深刻にとらえないようにしていた。ベリンダはいっしょに下におりて、わたしには五サイズくらい大きいエドゥアルドのストライプの釣り用ジャージーシャツとダブダブのズボンを着せてくれた。

「ジョージー、足にロープをからめて船から落ちる人なんて、あなたのほかにはいないわ」

ベリンダは笑いながら、同時にとても心配そうな顔で言った。

「どうしてこんなことになったのか想像がつかない。あの恐ろしいロープったら、足首にしっかりと結ばれていたの。外そうとしたけどできなかった」

「この船旅のあいだ、あなたをタカのように見張っているわ。さあ、デッキに戻って、着ていた服を乾かせるか、見てみましょう」

「あなたの服なのに。テムズ川の水に浸かったから、汚れてしまったと思う。いやな味がしたもの」

キャビンから出ると、ダーシーが待っていた。「本当に大丈夫か？　なんてこった、まるで溺れたネズミみたいじゃないか。家まで送っていかなくていいのかい？」

正直なところ、元気とは言えなかった。大量にテムズ川の水を飲んだに違いなく、そしてショック症状が遅れてあらわれたらしくまだ震えていた。

「あなたがかまわないというなら、そうしてもらうのが一番いいかも。でも、せっかくの夕べの楽しみを邪魔したくないわ」

「見てのとおり、ぼくもかなり濡れてしまった。だが、エドゥアルドは、ぼくにはキャビンで体を乾かせとは言ってくれなかったからな」

わたしは笑った。

「やっと笑った。そのほうがいい。ついさっきまで、いまにも気を失いそうに見えた。おいで、エドゥアルドに船をドックに戻せるかきいてみよう」

数分後、船は再び桟橋に係留された。

「今度は、ロープに気をつけてよ」ベリンダが背後から声をかけてきた。「じゃあ、また今夜」

ダーシーはタクシーを止めた。

「ベルグレイブ・スクエアだね？　番地は？」

「家には帰れないの」わたしは暗い声で言った。「警察がまだいるかもしれないし、家のまわりには記者たちと、異常に詮索好きな人たちが群がっている」

「それじゃあ、どこに行けばいいんだ？」

「いまはベリンダの家のソファーで寝ているの。そこに着替えもあるし、彼女から借りた服を洗って、テムズ川でついた汚れを染みになる前に落とせるわ」

「じゃあ、ベリンダの家に戻りたいのかい？」

「いま思いつける場所はそこだけ」声が震える。「問題は、今日はベリンダのメイドはお休みで、わたしはベークドビーンズ以外、料理ができないってこと。すてきなピクニックを楽しみにしていたのに」

「こうしたらどうかな。ぼくのところへ行こう。そんな目で見るなよ。紳士らしく振る舞うと約束するし、上等のワインが地下貯蔵室にある。ピクニックに絶好の場所もある。それにぼくは肺炎にかかりそうなんだよ。そうなってほしくはないだろう？　だって、ぼくはきみを救うために、あの汚い水の中に飛び込んだんだから」

「いやだなんて言えないわ。それにベークドビーンズよりずっと魅力的」

タクシーはチェルシー方面に向かい、小さな美しい青と白のよろい戸がある家の前に止まった。「ついたよ」

ダーシーは玄関のドアを開けて、小さな居間にわたしを招き入れた。壁には動物の頭も、盾も飾られておらず、先祖の肖像画も掛かっていなかった。すてきな現代絵画が二枚と、座り心地のよさそうなソファーがあるだけだった。これが世間一般の人々の暮らし方なんだ、と羨望の念がわいてくる。こんな家にダーシーと住んだらどんなだろう。お料理やお掃除は自分でやり、そして……。

「ちょっと待ってて。着替えをしてくるから」と、彼は言った。「その濡れた服を洗いたいなら、流しが食器洗い場にある」

ラノクハウスでひとり暮らしをしたおかげで、わたしは食器洗い場が家のどのあたりにあるか知っていたので、きれいに片づいている小さな台所を通り抜けて、食器洗い場に行った。流しに湯をたっぷり満たし、服を浸けた（お湯が出るなんて、なんたる至福。自分も服といっしょに浸かりたいくらい）。洗いあがった白いスカートは、薄いブルーになっていたけれど、布地が乾いたら色が薄くなってくれるかもしれないと希望をつなぐ。服を干す場所を探してドアを開けると、そこはテムズ川に面した小さな美しい庭だった。ちっぽけな芝生があり、芽吹き始めた木が一本だけ植えられていた。その向こうには桟橋が見える。しばらくたたずんだまま見とれていると、ダーシーがわたしを捜しにきた。

「きみもとうとう、平民がどういう暮らし方をしているか見たわけだ。それほど悪くないだろう？」

「とてもすてき。でも、あなたはここを借りていると言ってなかった？」

「そうだよ。ぼくにはこんな家を買える金はないからね。ここは遠い親戚の家だ。夏のあいだはヨットに乗って地中海ですごしている。幸い、ぼくには全ヨーロッパにいとこがいるんだよ。避妊を許さないカトリックの教えのおかげだな。ここで待ってて。ワインと、何か食べ物をかき集めて持ってくるから」

まもなく、わたしたちはその小さな庭のデッキチェアに腰を落ち着けた。テーブルの上には冷たい白ワインと、熟成したチーズ、皮が厚くて硬いパン、そしてブドウ。暖かい晩だった。夕日が壁の古い煉瓦を照らしている。わたしはしばらく黙って飲み、食べた。

「まるで天国みたい。あなたのすべてのいとこさんたちに感謝だわ」

「いとこといえば、あの気の毒なヒューバート・アンストルーサーは、もう長くないらしいね。昏睡状態だそうだ」

「彼を知っているの？」

「一度か二度、いっしょにアルプスを登ったことがある。雪崩にやられるような人には見えなかったが」

「トリストラムはひどく悲しんでいたわ。サー・ヒューバートは彼の後見人だから」

「ふーん」ダーシーはそれしか言わなかった。

「サー・ヒューバートもトリストラムもわたしの親類ではないの」わたしは言い足した。「母の何回めかの結婚相手がサー・ヒューバートだったのよ。だから一時期、トリストラムとわたしは親戚みたいなものだった。それだけ」

「なるほど」長い沈黙があり、そのあいだにダーシーはふたりのグラスにワインをもう一杯注いだ。「それできみはあの悪党のオーボワとよく会っているのか？」

「ダーシー、あなた、やきもちを焼いているのね」

「ただきみを守ろうとしているだけだ」

わたしは逆襲することにした。「あなたは昨夜ベリンダとパーティーでいっしょだったんでしょう？」

「ベリンダ？　ああ、彼女もパーティーにいたな。派手やかな人だよ。はしゃぎまくって、抑制ってものがまったくない」

「ベリンダいわく、あなたはわたしには少しワルすぎるかもしれないって」少し間をおく。「彼女はどうしてそう思ったのかしら」

「気になるかい？　脈がありそうだな」

ダーシーが笑顔を向けてきたので、わたしはどぎまぎしてしまう。すると今度は体をこちらに傾けてきた。「きみは、今夜、ぼくにキスさせるつもりかな？　ぼくがワルでも？」

「紳士らしく振る舞うと約束したじゃない、忘れたの？」

「そうだった。さあ、もう一杯注いであげる」

「酔わせて、好きにしようとしているの？」そうきいてみたけれど、わたし自身の抑制は不思議なことに最初の一杯で溶けてしまいそうになっていた。

「ぼくはそういうやり方は好きじゃない。相手の女性には自分のやっていることをはっきり意識していてもらいたい。そうすればいっしょに最高の喜びを得られるから」ワイングラスの縁の上からのぞき込むダーシーのまなざしがわたしを誘っている。抑制が本当に溶けてなくなりそう。

わたしは立ちあがることにした。「だいぶ寒くなってきたみたい。中に入ったほうがいいんじゃないかしら？」

「名案だね」ダーシーはグラスとワイン・ボトル（もう空っぽ！）を持ち、先に立って家に向かった。わたしは食べ物の残りを持ってあとに続く。食べ物をキッチンに置いていると、彼の腕がわたしのウエストに回された。

「ダーシー！」

「不意を突くのは効果があるといつも思っているんだ」そうささやきながら、わたしの首筋にキスし始める。膝の力が抜けて、立っていられなくなりそう。体を回してダーシーのほうを向くと、彼は唇を這わせてきてわたしの唇に重ねた。キスなら、これまでも何度もしたことがあった。デビューシーズンの舞踏会では、鉢植えの陰や帰りのタクシーの後部座席で。

軽く愛撫されることだってあった。でも、こんなふうに感じたことは一度もなかった。わたしは両腕を彼の首に回し、自分からキスを返していた。なぜか、わたしの体は、応じ方を知っているようだ。欲望で目がくらみそう。

「いたっ」いつのまにか後ろに下がっていて、コンロのつまみにぶつかった。

「台所ってのは、まったく居心地の悪い場所だね？」彼は笑っている。「おいで、二階に日没を見に行こう。テムズ川の最高の眺めが見られる」

ダーシーはわたしの手を取って、二階へと導いた。夢見心地でふわふわとついていく。寝室はバラ色の夕日の輝きに満たされ、下を流れるテムズ川の水は魔法のようにきらめいていた。泳いでいく白鳥の白い羽がピンク色に染まっている。

「天国みたい」とわたしは再び言った。

「それよりもっと素晴らしい経験になると約束する」とダーシーは言って、またキスし始めた。いつのまにか、わたしたちはベッドに腰掛けていた。でも、そのとき、頭の中で小さな警鐘が鳴り始めた。わたしは彼のことをほとんど知らない。そして、彼は昨夜ベリンダとすごしたのかもしれない。これがわたしの欲しかったもの？　一回限りで、ひとりの女から別の女へつぎつぎと乗り換える男？　そして、もうひとつ別の考えが不安を大きくした。わたしは母の轍《てつ》を踏むつもりなのだろうか？　母のように、家もなく安定することもなく、男から男へと渡り歩いて、長い坂道を転がり落ちていくような生き方を始めようとしているのだろうか？

わたしは背筋を伸ばし、ダーシーの手をつかんだ。「やめて、ダーシー。わたしはまだ準備ができていない。わたしはベリンダとは違う」

「大丈夫、約束するよ。きみもきっと楽しむさ」彼の目つきは、もう少しで再びわたしの決心を溶かしてしまうところだった。きっとわたしも楽しむだろう。

「あなたの言うとおりだと思う。でも、あとで必ず後悔する。そして、いろんなことがわたしの人生に押し寄せているいまは、タイミングがよくないと思うの。それに、わたしは、本当にわたしを愛してくれる男性を待ちたい」

「どうしてきみは、ぼくがきみを愛していないと思うんだ?」

「今日は、愛してくれているかもしれないけど、明日はどう? 約束できる?」

「やめてくれよ、ジョージー。その王族のしつけはこの際忘れよう。人生は、楽しむものだ。それに、これからどうなっていくかなんて、誰にもわからないだろう?」

「ごめんなさい。あなたに気を持たせたわたしが悪いの。それにあなたは紳士らしく振る舞うと約束したでしょ」

「それに関しては――」彼はものすごく皮肉たっぷりににやりと笑った。「きみの親戚のエドワード王は申し分のない紳士だったが、国中の女と寝ていたじゃないか」

ダーシーはわたしの顔を見て、ため息をつきながら立ちあがった。

「わかったよ。おいで。タクシーを呼んで、家まで送ろう」

20

再びベリンダ・ウォーバートン＝ストークの家のソファー
一九三二年五月二日（月曜日）

その夜、かなり後悔しながら、ベリンダの家に戻ると、ビンキーから手紙が届いていた。一〇時に弁護士の事務所で会おうという指示だった。あまりに長くかかるようなら、お昼に祖父と会う約束をしているのでまずいことになりそうだった。安全策として、次の日の朝早くわたしはメイドの制服を取りにラノクハウスに行った。これは賢明な作戦だった。その時間にはまだ、家の付近には警察官も記者もいなかった。浴室からすべての死体の痕跡が取り除かれたあとでも、家の中はとても異様でひどく寒々しく感じられた。復讐の天使像の用心深い目に見張られながら、忍び足で浴室のドアの前を通り抜ける。

衣装戸棚からメイドの制服を取り出そうとしたとき、ちゃりんと音がした。エプロンのポケットに手を突っ込むと、ファンショウ家で壊した小像が指に触れた。あれからあまりにもたくさんのことが起こったため、このことを完全に忘れていた。まあ、どうしましょう。なんとか修理して、こっそりファンショウ家に戻す方法を考えなければならない。彼らが、たくさんの剣や神の像などの中から、この像がなくなっていることに気づかずにいてくれることを祈るばかりだ。途中で、どこかのトイレで着替えをしなければならないだろう。鏡台の一番上の引き出しに壊れた小像をしまい、メイドの制服は買い物袋に入れた。

ちょうど家を出ようとしたときに電話が鳴った。

「ジョージー？」男性の声だった。

一瞬、ビンキーかと思ったが、わたしが答える前に相手が「トリストラムだよ」と名乗った。「こんな時間に電話をしてごめん。起こしてしまったかな？」

「起こしたですって？　トリストラム、わたしは何時間も前から起きているわ。じつはわたしは友人のところに泊まっていて、兄と弁護士の事務所で会う前に、いくつか品物を取りにラノクハウスに寄っただけなの。おそらく、あなたもニュースを聞いているでしょう？」

「新聞で読んだよ。自分の目が信じられなかった。なんて奇妙な事件だろう。きみのお兄さんは人を殺せるような人ではないんだろう？」

「ぜったいに違うわ」

「ということは、誰の仕業だろう。昨夜電話でウィッフィーと話したんだけど、ぼくらは、犯人がラノクハウスに死体を残していった理由がまったくわからなくてね。きみは、これはある種の悪い冗談だと思うかい？」

「トリストラム、わたしにもまったくわからないの」

「きみにとってはひどい災難だったね」

「ええ、不愉快きわまりないわ」

「それから、ウィッフィーから、きみが昨日、たいへんな事故に遭ったと聞いた。船から落ちて、溺れかけたって」

「ええ、現時点では、いろいろなことがすいすい泳ぐようにはいかないみたい」この会話を礼儀正しく終わらせるにはどうしたらいいかと思案する。

「ウィッフィーが言うには、きみは例のオマーラといっしょに帰ったとか」

「ええ、ダーシーは親切にわたしを家まで送ってくれたの」

「彼が紳士らしく振る舞ったことを切に願うよ」

わたしはにやっと笑った。「トリストラム、ダーシーに嫉妬しているのね」

「嫉妬？　とんでもない、違うよ。ぼくはただきみのことが心配なだけだ。そして、率直に言うけど、ぼくはオマーラを信用していない。アイルランド産のものでいいものは一つもないからね」

「ウイスキー。ギネスもあるわ」

「えっ？　ああ、それは、まあ。しかし、言いたいことはわかるだろう？」

「トリストラム、ダーシーは世襲貴族の一員で、それらしく振る舞ったわ」わたしはきっぱり言った。とはいえ、貴族がどんな奇行をするか、よく知っているんだけど。トリストラムが答える前にわたしはそっけなく言った。「ところで、わたし、とても急いでいるの。遅れてしまうわ」

「ああ、わかった。ぼくはただ、何か役に立つことはないかと思って。ぼくにできることならなんでも言ってくれ」

「ご親切にありがとう。でも、お願いしたいことは何もないわ」

「お兄さんがきみの面倒をちゃんと見てくれているんだよね」

「兄はクラブにいるの」

「そうなのか？　そちらに行って、夜間の見張りをしたほうがいいなら、喜んでやるよ」

トリストラムが見張り番をしている姿を想像すると、にやにや笑わずにはいられなかった。

「ありがとう。でも、たぶんしばらくは、友人のところにいるつもりよ」

「それがいい。誰かがきみを見守ってくれていると思うと安心だ。あとで会えないかな。食事に連れて行って、元気づけられるといいんだが」

「本当にありがとう。でも、いま、食事する気分にはなれないし、用事がいつ終わるかもわからないから」

「わかった。ではまたときどき連絡して、きみのようすをうかがうことにするよ。ウィッフィーもぼくも、できるだけきみを助けたいと思っている。元気を出して」

電話を切って、ビンキーに会うために急いで出かけた。わたしは、今日こそ、お年のほうのミスター・プレンダーガストに会えるかもしれない、どのくらい年取って見えるのだろうとちょっと楽しみにしていたが、じつは彼は一〇年前に亡くなったと知らされた。ヤング・

ミスター・プレンダーガストは、舌打ちしながらため息をつき、わたしたちをじっと見た。

「困ったことになりましたな、閣下。たいへん、不利な状況です」

「わたしは宣言する。妹とわたしはこの事件にはまったくかかわっていない」とビンキーは言った。

「わたしどもの事務所では、何代にもわたって閣下のご家族の法律関係の問題を扱わせていただいています。ですから、閣下のお言葉だけで十分でございます」

「しかし、わたしたちがどれほど苦境に立っているかわかっているだろう?」

「わかっております。たいへん不運なことでございます」

「ところで、あの証文のことだが、きみは警察に通報しなければならないのだろうか——もしもまだ警察がこのことを知らないのなら、だが。つまりだな、そうなると、騒ぎがますます大きくなるだろう」

「閣下、実際、これはたいへん倫理的に難しい決断でございます。当方の依頼人の皆様に対するわたしどもの忠誠を守るべきか、刑事事件に関係する情報を開示すべきか。もちろん、警察に問われれば、われわれはどのような質問に対しても真実を述べる義務がございます。それには、あの文書について明らかにすることも含まれます。しかしながら、わたしどもの依頼人でいらっしゃる方に——とりわけ、自分は潔白であると断言なさっているお方に——罪を着せることになるかもしれない情報を警察に進んで提供することが自分の義務であると感じるかどうかに関しましては、わたしはそのような義務は感じないと申し上げておきます」

ビンキーは立ちあがって、老人と握手した。老人の骨がきしるのが聞こえるような気がした。

「かなりうまくいったようだな」事務所をあとにしながらビンキーは語気を強めて言った。「どうだ、いっしょにどこかで軽い昼食でもとるか？　クラリッジはどうだ？」

「クラリッジ？」声がひっくり返る。「そうしたいところだけど、残念ながら、今日、祖父に会うことになっているの。祖父は昔、警察官をしていたでしょう？　何かいい助言がもらえるかと思って。それにもしかすると、まだロンドン警視庁に知り合いが何人かいるかもしれないと期待しているの」

「素晴らしい。名案だ」

「それに、最近、クラリッジの食事はあまりおいしくないって聞くわ」兄がわたしを連れずにひとりでそこに昼食を食べに行かないようにするために、そう言い足した。

「まさか！　わたしはいつもクラリッジの食事は最高だと思っていた。まあいい。またクラブで食事して、金を節約しよう。おまえに会うにはどうしたらいい？　それから、あとどれくらいわたしはロンドンにいなければならないのだろうか？　クラブに滞在するのは非常に高くつくのでな。あそこのウイスキーソーダは安くないのだ」

「いつになったら家に帰ってもいいか、警察にきいてみなければならないでしょうね。それから、わたしの居場所だけど、そろそろ家に帰ろうかと思っているの。今朝、家に行ってみたのだけど、もう警察官はいなかったわ。死体もね」

「まったくおまえは肝が据わっているな。わたしはとうてい我慢できないと思う。それにクラブはたいへん居心地がいいのだ」

そこでわたしたちは別れ、兄はタクシーに乗り、わたしは地下鉄のグッジ・ストリート駅への階段をおりた。次の駅トッテナム・コート・ロードで乗り換える。ホルボーンまでは歩いていけるから乗り換える必要はないのだけれど、雨が降り始めたので濡れたくないから地下鉄で行くことにした。

これまで地下鉄にはめったに乗ったことがなかったので、わたしはいつも一つの線から別の線に続くさまざまな通路やエスカレーターでまごついてしまう。トッテナム・コート・ロード駅は人々があらゆる方向から集まってくる活動の中心地だった。誰もがおそろしく急いでいるように思えた。エスカレーターでノーザン線に向かったが、右手からわたしを押しのけて先に行こうとする人々にもみくちゃにされた。ようやく目的のホームを見つけて、ホーム前方で電車が来るのを待つ。後ろから、どんどん人々がホームに流れ込んでくる。ようやく近づいてくる電車のがたがたいう音とともに、トンネルから突風が吹き出してきた。列車がちょうど見えたと思ったとき、わたしは背中の真ん中をどんと後ろから押された。足が滑って、地下鉄のレールに向かって投げ出されそうになった。瞬時の出来事で、悲鳴をあげる間すらなかった。誰かの両手につかまれ、ホームに引き戻される。それと同時に、列車が轟音を立ててわたしの前を通過した。

「フー、危ないところだったな、お嬢さん」大柄の労働者がわたしをまっすぐ立たせてくれてから言った。「もうだめだと思ったよ」彼の顔は真っ青だった。

「わたしもだめかと思いました。誰かに押されたんです」

まわりを見回す。まるでわたしたちが存在しないかのように、人々は横をすり抜けて電車に流れ込んでいく。

「いつもみんなひどく急いでいるからな。もっとたくさん事故が起こらないのが不思議なくらいだ」労働者の友人は言った。「近頃のロンドンは人が多すぎる。それが問題だ。しかも、自動車を持っている連中も、もう車を走らせることができないときた。ガソリンが高すぎて買う余裕がないのさ」

「あなたは命の恩人です。ありがとうございました」

「どういたしまして、お嬢さん。次に乗るときは、ホームの端に立たないよう気をつけなよ。誰かがつまずいたり、あるいは、誰かがあんたをちょっと押したりしただけで、ホームから転落して、列車の下敷きだ」

「本当ですね。今度から気をつけます」

わたしはまた地下鉄に乗って目的地に着いた。今度ばかりはベリンダがいっしょでなくてよかったと思った。彼女はぜったいに、わたしのぎこちなさが手に負えない段階に来ていると言うだろう。でも今回のことは、わたしのぎこちない動きのせいではなかった。ホームに立っていた場所と時間が悪かっただけだ。

チャリング・クロス駅の女性用トイレでメイドの制服に着替えるときには、まだ指が震えていたが、クラリッジ・ホテルに到着した頃には落ち着きを取り戻していた。雨が降っていたのは運がよかった。おかげで制服をレインコートで隠すことができた。

クラリッジの近くで、わたしを待っている祖父の見慣れた姿を見つけた。

「よお、元気か？」

「うん、後ろから押されて地下鉄に轢《ひ》かれそうになったことを別にすれば」

祖父の顔が曇った。「いつのことだ？」

「弁護士のところからここへ来る途中。混雑しているホームの最前列に立っていたの。たぶん、電車が近づいてきたので群衆が前に押し寄せたんだわ。わたしは押されて、電車の正面に落っこちそうになったの」

「もっと気をつけなきゃいかんぞ。ロンドンは危険な場所だ」

「これからはそうする」

祖父は首を傾けてしばらくわたしを見つめてから言った。

「とにかく、今日ここへ来た用事を片づけたほうがよさそうだな」

「誰かから話を聞けた？」

祖父は鼻の横をこすった。「おまえのじいさんの勘はまだ鈍っちゃいなかった。何をすればいいかちゃんと心得ている。おだててしゃべらすコツを忘れていなかった。まずわしは、おまえの家があるあのお上品な地区に行ってみた。そして、あの日、窓拭きはひとりも働いていなかったことをつきとめた」

「ということは、誰かが見た窓拭きは……」

「不届きな輩だということだ」

「やはり思ったとおりね。誰か、その人、あるいはその人たちの人相を覚えている人はいないかしら」

「誰も働いている人間のことなぞ、まともに見ちゃいないよ」

「メイドについても同じことが言えるわね。でも、メイドの制服は着ているけど、どの部屋かわからないし、そこにどうやって忍び込んだらいいかもわからない」

「ああ、部屋は三一七号室だ。さらにだ、まだ掃除されていないそうだ。あの紳士は一週間分前払いしていたので、ホテル側は指示なしで彼の私物を動かしたくないらしい」

「どうやって調べたの？」

祖父はにやりと笑った。「ドアマンのアルフはまだわしを覚えていた」

「おじいちゃんは天才だわ」

「な、おまえのじいさんもまだ役に立つことがあるのさ」祖父はにっこり笑った。

「ほかに何かわかったことはある？」

「例のムッシュー・ド・モビルはギャンブルをしに毎晩出かけていた。クロックフォーズやもう少しいかがわしい賭博場へ。それから訪問者がいた。黒髪の青年だ。上流階級の人間だったらしい」

「ほかには？」

「いまのところはそれだけだ。わしはベルボーイとしゃべってくるから、おまえはその階のほかのメイドに話を聞いておいで」

「わかったわ」とわたしは言った。いよいよ始まる。怖くてたまらない。部屋に忍び込むこと自体が由々しき犯罪だけど、もし忍び込んだところを捕まりでもしたら、サッグ警部補はわたしが殺人も犯したと確信するだろう。「人に気づかれずに階段をのぼるにはどうしたらいいかしら？　誰かがわたしだと気づくかもしれない」

「火災時避難用の非常階段を使え。ホテルに出入りするにはそれが一番安全な道だ」

「じゃあ、行ってくる。いっしょには来てくれないわよね？」

「おまえのためならたいていのことはするつもりだが、これだけはだめだ。わしは元警察官で貴族じゃない。もし捕まったら、法律は、おまえには甘くても、わしには容赦しない。残りの日々を初犯者用刑務所《ワームウッド・スクラブズ》ですごすのはごめんだ」

「わたしもごめんこうむりたいわ」と言うと祖父は笑った。

「ワームウッド・スクラブズは男の刑務所だよ。しかし、おまえは王族のひとりだし、ただ兄を助けようとしただけだから、すぐに釈放されるだろう」

わたしはうなずいた。「心からそうであることを願うわ。じゃあ、幸運を祈っていてね。ここで一時間後に会いましょう」

難なく非常階段をのぼり、レインコートは丸めて隅に置き、メイドの帽子をかぶって三階に出た。だがすぐに、部屋に入る方法をまったく考えていなかったことに気づいた。ちゃんとした計画はまったくなかった。開くかどうかドアのノブを試しながら廊下を歩いていると、背後から声が聞こえてきて、心臓が口から飛び出すほどびっくりした。

「ねえ、あんた、何をしているの?」

振り向くと、わたしのとはまったく違うメイドの制服を着た、さっぱりとした顔のアイルランド人の娘が立っていた。急遽、話をつくり変えることに決めた。

「うちの奥様が昨夜ここにお泊まりになったのですが、眠っているあいだに、ダイヤモンドのイヤリングを落としたに違いないとおっしゃるのです。ふだんは、イヤリングは外してお休みになるのですが、昨晩はとても遅かったものですから。それで、取ってくるよう命じられました。でも、ドアをノックしてもお答えがないので、どうやらだんな様もお出かけになってしまったようです」

「どの部屋なの?」

「三一七号室」

彼女は疑うような目つきでわたしを見た。「三一七号室は、殺されたあのフランス人の紳士の部屋よ」

「殺された? ここで?」

「あんた、新聞を読まないの? ここじゃないの。どこかの公爵の家の浴槽で。とにかく、警察が来て、くまなく部屋を調べていったわ」

「警察は何か見つけましたか？」

「わかるわけないでしょう。わたしに教えてくれるはずないじゃない」

「ではもう荷物はすべて片づけてしまったのですか？」

「まだよ。あの中にあるわ。わたしが知るかぎりではね。警察から、何人《なんびと》も立ち入り禁止という命令が出されているの」

「殺されてしまったなんて、なんてひどい。いい方だったんですか？」

「正反対よ。わたしが見たところでは、無礼で、いやな感じだった。机の上の書類を動かしたら、指をパチンと鳴らして、怒鳴りつけられたもの」

「どんな書類？」

「特別なものじゃないわ。ただ、あの人が読んでいた雑誌とか。あんた、わたしがこっそり盗み見ていたと思ったのね」彼女は制服を手で払った。「とにかく、わたしはここで立ち話をしているわけにはいかないの。仕事に戻らなくちゃ」

「イヤリングを見つけなければクビになってしまうかもしれない。わたしは物覚えがものすごく悪いの。もしかすると二一七だったかも？　ご主人様といっしょに滞在なさっているレディ……」わざと、最後まで言わずにおく。メイドが食いついてくれることを期待して。彼女はまんまと餌にかかった。

「レディ・ファーネス？　それなら三一三よ」

「まあ、ありがとう。手ぶらで戻ったら、おしまいだったわ。ねえ、わたしを部屋に入れてくれる？」

「できるけど、わたし、本当はそんなこと――」

「ねえ、レディ・ファーネスは下のレストランで友人と昼食をとっていらっしゃるの。あなたは、わたしに下におりていって奥様を探し、部屋に入る許可をとってこいというの？」

メイドは長いことじっとわたしを見つめてから言った。「まあ、いいわ。別に困ったことにはならないでしょう。でも、すでにシーツははずしてしまったから、そのときに見つからなかったのなら、たぶん、ないでしょうね」

「小さなダイヤモンドがベッドの後ろに落ちていても誰も気づかないわ。とにかく、探すようにと命じられているので、探したほうがいいでしょう。お怒りになったときの奥様を見せたいわ」

メイドはそれを聞いてにっこり笑った。「じゃあ、いいわ、入りなさい。入ったらしっかりドアを閉めるのよ。ドアを開けっ放しにしたと叱られたくないから」

「ええ、大丈夫。しっかり閉めておくわ。探しているあいだも、閉めたままにしておくわね」

メイドはドアを開けてくれた。わたしは中に入って、ドアを閉じた。三一三号室に入って何かの役に立つのか、わからなかったけれど、何もしないよりましだった。窓を開けると建物のまわりはぐるりと壁から突き出た水平の棚で囲まれていた。三一七号室の窓の掛け金がしっかりとおろされていなければ、棚を伝って部屋に入るのは可能かもしれない。わたしは慎重に窓から棚におりた。地面までかなりの距離がある。ストランドを赤いバスが何台か連なって走っていくのが見えた。そして、部屋の中からは広く見えた棚も、もはや広く見えなかった。立ちあがる度胸がなかったので、棚の上をそろそろと四つん這いで進み始める。首尾よく三一五号室を通過して、三一七号室に達した。この不安定な位置から、窓枠に手を届かせるのは至難の業だったが、苦闘の末、手さぐりで少し動かすことができた。

　なんとか少し窓を押しあげ、這うようにして室内に入り、はあはあと荒く息をしながら、誰もいない部屋のじゅうたんの上に立った。さっきのメイドが言っていたように、ド・モビルがいなくなって以来、部屋からは何もかもがはぎ取られていた。シーツもタオルもなかった。しかしまだ、机の上には紙類がきちんと重ねて置いてあった。それらに目を通したが、三日前の『タイムズ』紙と何冊かのスポーツ誌だけだった。くずかごは空にされている。吸い取り紙にもヒントになるような跡は残っていなかった。ベッドの下をのぞき込んだけれど、床にはごみひとつ落ちてない。タンスの中にはやや黒ずんだ下着と繕う必要があるソックスが入っているだけ。しかし、ハンカチには紋章が刺繍されていた。次に衣装戸棚を調べた。タキシードが一着、そして白い清潔なシャツがハンガーに二枚掛かっていた。タキシードのポケットをさぐったが、何も見つからなかった。けれど、タキシードをハンガーに掛けなおそうとすると、まっすぐに掛からない。紳士の服は、完璧に仕立てられているから、垂れ下がったりはしないはずだ。再びポケットをさぐってみた。すると片側のポケットの裏地《ライニング》が裂けていた。ライニングの裂け目の中に手を入れ、一巻きの紙を引っ張り出した。それが何かがわかったとき、わたしは思わず喘ぎ声をもらした。紙幣のロールだった。五ポンド紙幣が数百枚も。数百枚というのは大げさだろうけど、とにかくかなりたくさん。しばらくお金を見つめていた。これを盗んでも、誰にも知られることはないんじゃない？　それは大金だった。わたしのような、生まれてからずっと一文無しの人間にとって、その言葉が頭の中で反響した。死んだ男が不当に稼いだお金。ぜったいに誰にもばれないだろう。でも、そのとき、わたしの先祖（両方の側の）の声が勝った。名誉を汚すくらいなら死を選べ。

紙幣のロールを戻そうとして、ようやく自分が証拠をいじっているのだということに気づいた。わたしは部屋中のありとあらゆるものに、自分の指紋をべたべたと残そうとしている！　自分の愚かさにあきれた。警察が紙幣のようなものから指紋を採取できるかどうかはわからなかったけれど、危険は冒したくない。急いでエプロンで紙幣のロールを拭き、元の場所に戻した。それから部屋中を回って、自分が触れたあらゆる場所を拭いた。

電話の横にメモ帳があった。何も書いてなかったが、光を当てると一番上の紙に凹みが残っている。書いた人の筆圧が強すぎて、下の紙にまで跡が残ってしまったのだ。窓のところへ紙を持って行って光にかざした。

R——一〇時三〇分と書いてある！

警察がその上にあったメモをはがしたのだろうか。とびきり頭の鈍い警察官でも、Rは「ラノク」を意味すると推論できるだろう。この大金がどこから来たかをわたしがつきとめないかぎり、いろいろなことがビンキーにとって不利な状況を示している。

部屋からはそれ以上の手がかりは見つからなかったので、わたしはまた棚におりて慎重に窓を閉じた。再び這って進み始める。ちょうど三一五号室の窓の下に達したとき、部屋から声が聞こえてきた。わたしは凍りついた。「部屋の中がむっとしていない？」と誰かが言って、窓が開かれる音がした。わたしは立ちあがって窓の横にへばりつき、雨どいに必死にすがりついた。砂色の髪の若い男性が外を見ている。彼は「どうだい、これでいいか？」と言って、再び部屋の中にひっこんだ。いま、わたしは、開いている窓の前を通りすぎるという危険を冒すか、三一七号室に戻るか、どちらかを選択しなければならなかった。

後者を選ぶことに決めた。雨どいをつかんだまま再びひざまずこうとすると、雨どいが壁からはがれ始めた。建物の石壁に爪を立て、必死につかまろうとする。わたしは悲鳴をあげたに違いない。なぜなら後ろから「いったい何をやっているんだ？」という声が聞こえてきたからだ。先ほどの砂色の髪の青年が窓からこちらを見ている。

「すみません。羽根ばたきのほこりを払っていたら、はたきをこの棚の上に落としてしまったんです。それを拾おうと棚におりたのですが、戻ることができなくなってしまって」

「おいおい、羽根ばたきには、命をかけるほどの価値はないよ」と青年は言った。「ほら、手をかして。ここから中に入りなさい」彼はわたしを助けて部屋に入れてくれた。

「ありがとうございます。本当にご親切に」アイルランドなまりに聞こえることを願って言った。

青年はベストのポケットに手を入れて一ポンド金貨《ソヴリン》を取り出した。

「さあ、これで新しい羽根ばたきを買いなさい。そうすれば叱られないですむだろう」

「いいえ、だんなさん、お金をいただくなんてできません」

「取っておきなさい。今週ぼくはなぜか、いろいろとうまくいったんでね」青年はわたしの手に金貨を押しつけた。

「ありがとうございます、だんなさん。あなたは心の広いお方です」

わたしは浴室からあらわれた若い女性に会釈して、大急ぎで部屋を出た。アイルランド人のメイドの姿はなかった。

ハミングしながらレインコートを着て、階段をおりた。苦労した結果、一ポンド儲かった。今度はホテルで働くことを考えようかしら！

21

ラノクハウス（死体はなし）
一九三二年五月二日（月曜日）

祖父は、降りしきる雨の中、雨よけの下で待っていてくれた。残念なことに、祖父のほうからは新たな情報はほとんどなかった。わたしは、五ポンド紙幣のことを話し、祖父から警察に匿名で電話してド・モビルが賭博で不当に人から金を巻きあげていたと密告してみたらどうかしらと提案した。少なくとも昼食くらいはごちそうさせてと、祖父をライアンズ・コーナーハウスまで引きずるように連れて行った。わたしは終始元気に明るく振る舞おうとしていたが、祖父はずっと心配そうな顔をしていて、何かに気をとられているようだった。別れ際、祖父は長いあいだじっとわたしを見つめていた。「よくよく注意するんだぞ。もしも、わしのところに来て泊まる気になったら、いつでも歓迎するからな」

わたしは微笑んだ。「親切にありがとう、おじいちゃん。でも、わたしは街にいてビンキーを見守ってあげないと。それに、真相をつきとめないといけないから」

「そうだな」祖父はため息をついた。「だが、気をつけるんだぞ」

「わたしのことは心配しないで。大丈夫だから」わたしは内心の不安を隠して強がりを言った。振り返ると、祖父はそこに立ったままわたしを見ていた。

二時頃、ベリンダがマクベス夫人さながらに階段をおりてきたので、わたしはラノクハウスに戻ることにしたと話した。

「ジョージー、本気なの？」

「今朝、家に戻ってみたの。死体の痕跡はすべてなくなっていたし、自分の家にちゃんとしたベッドがあるのに、あなたの家のソファーでずっと寝ているのも愚かしい気がする」

「あなたはとても勇気があるわ」と彼女は言ったが、ほっとしてもいるようだった。

「一つ小さなお願いがあるの。今夜だけ、いっしょにいてくれないかしら。家に帰るのがどれくらいたいへんなことなのかよくわからない。だから、最初の晩だけあなたがいてくれたらすごく感謝するわ」

「わたしがラノクハウスに泊まるってこと？」ベリンダが逡巡しているのがわかった。少しの間をおいてから、こう言った。「いいんじゃないかしら。たまにはパーティーをお休みして早寝するのもいいかも。鏡を見たら、目の下にたるみができ始めているみたいなの」

というわけで、その晩、記者や野次馬が帰ったあと、わたしたちは玄関の階段をのぼって家に入った。

「この家は、ふだん、何もないときでさえも、気味悪い感じがするわ。いつも寒くて湿っぽいの」とベリンダは言った。

「ラノク城と比べたら暖炉みたいなものよ」じつはわたしも寒くて湿っぽいと感じていたので、神経質に笑った。やはりベリンダの快適な家に帰ろうかと口から出かかったけれど、ラノクの人間は危険からけっして逃げないのだと自分に言い聞かせて思いとどまった。わたしたちは服を脱いで寝る支度をした。それから、階下におりて、元気づけのスコッチを二つのグラスに注いだ。しばらくわたしのベッドの上に座り、明かりをつけたままおしゃべりする。

「ねえ、昨晩のこと、詳しく聞きたくてたまらないわ」とベリンダが言った。「家に帰ったとき、もう少しであなたを起こすところだった。でも、かわいらしく微笑んで眠っていたから、きっとミスター・オマーラが、生命と愛の神秘をあなたに教えたんだろうって結論を下したの」

「彼はそうしたがっていた」

「でも、そうしなかったの？」

「したくなかったわけじゃないの。本当のところ、したかったの。とても」

「なら、なぜしなかったの」

「ただできなかっただけ。ダーシーはよい夫になれるような人じゃないし。母のような人生を送ることになるかも、という恐ろしい未来図が頭に浮かんでしまったの」

「でも、お母さんには、たくさん夫がいたじゃない」

「わたしは、死ぬまでわたしを愛してくれて、わたしを裏切らない人を求めているの」

「なんとまあ古風な。だけど、誰かがあなたからこの恐ろしい重荷を取り除かなければならないのよ。ダーシーより望ましい人なんている？」

「あなたは彼を推薦できるのね？」

ベリンダはわたしを見てから、明るく声を上げて笑った。「なんだ、そういうこと！　あなたは、ダーシーとわたしが――それで、わたしを裏切りたくないと思ったのね。なんて優しいの」

わたしは、人のお古はいやだったからとは言いたくなかった。

そのとき、突風が煙突から吹き込んできた。今日一日、嵐が勢いを増しつつあった。わたしたちはおびえて顔を見合わせた。

「ねえ、あの男の幽霊が復讐しようとこのへんにまだ漂っているなんてことはないわよね？」ベリンダがきいた。

「ラノク城には幽霊がいっぱいいるの。わたしは慣れちゃったわ」

「本当に？　実際に見たことがある？」

「まあね。視界の隅に何かがいるのに気づくって感じかな」

「幽霊があらわれる前は、すごく寒くなるって本当なの？」

「ラノク城ではいつも寒いから、そこのところはよくわからない」

下の通りからカタカタと何かが鳴る音が聞こえてきた。

「何かしら」ベリンダが神経質に言った。

わたしは窓辺に行く。「ここからは見えないわ」

「近くから聞こえた気がする。この家の地下じゃないかしら」

「たぶん自動車か、くず入れが風で倒れた音でしょう。でも、おりていって確かめましょうか」

「頭がおかしいんじゃない？　殺人者がこの家にいたのよ」

「ベリンダ、わたしたちはふたりよ。何か武器になるようなものを持っていきましょう。この家は、武器の宝庫よ。好きなものを選んで」

「わかった」ベリンダは不安そうだったが、わたしは急にものすごく腹が立ってきた。わたしの全人生がひっくり返されてしまったのだ。兄は殺人の容疑をかけられている。すべてが終わってほしかった。一族の者がボーア戦争から持ち帰った投げ槍をつかんで、階段をおりていった。

台所に着いたが、侵入者に気づかれないように明かりはつけなかった。台所の床の真ん中あたりまで、窓の外にいる男の影が伸びていて、わたしたちはびっくりして抱き合った。

「愚かな勇気を振り絞るのはやめて、警察を呼びましょう」ベリンダはひそひそ声で言った。さすがのわたしも同意せざるをえなかった。警察に電話し、到着を待つあいだ、わたしたちは荒れた嵐の海の中を漂っているかのように、互いにしがみついていた。ようやく、叫び声と乱闘の音が聞こえてきて、正面玄関の扉がどんどんと激しくたたかれた。扉をほんの少し開けてのぞく。そこにふたりの巡査が立っているのを見てほっとした。

「お宅をのぞいていた者を捕らえました、お嬢様」巡査の一人が言った。このあいだの晩に会った巡査だった。

「ごくろうさまです。家に押し入ってフランス人を殺した男かもしれませんわ。男はどこに？」

「トム、男を光の当たるところに連れてこい」巡査はもう一人に指示した。

仲間の巡査があらわれた。レインコートの男を自分の前に引き立てている。

わたしは男を見て叫んだ。「おじいちゃん！　ここで何をしているの？」

「この男をご存じですか？」

「わたしの祖父です」

巡査は祖父を自由にした。「申し訳ありませんでした。ただ、このお嬢さんが、表で変な音を聞いたと電話してきたものですから」

「気にせんでくれ、巡査。孫娘は、わしがここにいるとは知らなかったんだ」

「いまは、おじいちゃんがいてくれてすごくうれしいわ」とわたしは言った。巡査たちは帰っていき、祖父を家に入れた。神経をなだめるためにスコッチをもう一杯ずつ注いで、居間に座った。

「ここで何をしていたの？　外にいるおじいちゃんの影を見て、わたしたちは死ぬほどおびえたのよ」

祖父は恥ずかしそうに言った。「おまえが心配だったのだ。それで、ここに来て見張りをしようと決心した。念のためにな」

「わたしが危険にさらされていると思うの？」

祖父はうなずいた。「いいかい、ジョージー。わしは生まれてからずっとロンドンに住んでいる。だが、地下鉄の事故など一度か二度しか聞いたことがない。人はそれほど簡単にホームから落ちたりしないものなのだ」

「どういう意味？」

「誰かがおまえを殺そうとしているのかもしれない」

「わたしを殺す？　なぜ？」

「まったくわからん。だが、あのフランス人を殺した犯人は、もしかするとおまえの兄さんを殺そうとしていたのではないか、とふと思ったのだ」

「まさか、そんなはずないわ」とは言いながら、ふたりが同じような体格であることに気づいた。

「とにかく、わたしはあなたのおじいさんがここにいてくれて、個人的にはうれしく思うわ」ベリンダはそう言いながらあくびをして立ち上がった。「おじいさんのベッドを用意して、みんな、少し眠りましょうよ」

*

わたしは荒れ狂う嵐の音を聞きながらベッドに横たわっていた。窓にばらばらと雨があたり、風がうなりながら煙突から吹き込んでくる。いつも強風にさらされているラノク城のことを思えば、穏やかなロンドンの嵐などへいちゃらなはずなのに、この夜はすごく神経が張りつめていたので、音がするたびにびくっとした。自分に言い聞かせる。いま、ベリンダはわたしの横で眠っているし、おじいちゃんもここにいてくれる。心配しなくて大丈夫、と。でも、おじいちゃんはこの悪夢に驚くべき新しい側面を与えた。誰かがわたしを殺そうとしているかもしれないのだ。それから、誰かがド・モビルをビンキーと間違えたという可能性もある。頭を搾っても、犯人は誰か、そしてなぜそんなことをしようとしたのか、まったくわからなかった。わたしたちは、人から恨みを買うような種類の人間ではない。王位に就くには、いくらなんでも順位が下すぎる。素行だって、退屈だと思われるほど良い。

地下鉄のホームでのことをもう一度思い出してみる。群衆の中に、どこかで見たことがある人物がいただろうか。でも、すべてがぼんやりとしていて、はっきりとは場面を思い浮かべることができない。ただ、たった一つとても明確なことがあった。横に立っていた大柄な労働者がいなければ、わたしはいま頃死んでいただろう。

それから、別のことが頭に浮かんだ。その前日の夕方の船での事故。ベッドの上で体を起こす。体中の筋肉がこわばっていた。あれは事故ではなかった。わたしは、動きがぎこちないかもしれないけれど、ロープが勝手に、結び目がほどけないほどしっかりとわたしの足首に巻きつくはずがない。誰かが故意にロープを結びつけたのでなければ。ボートの側面に座っていたわたしのまわりには、いろいろな人がいて、ひどく混み合っていた。みんな浮かれていたので、足にロープを巻きつけられて、ちょうどいいタイミングで突き落とされたとしても、きっとわたしは気づかなかっただろう。ということは、犯人はわたしを知っている誰かだ。仲間内の人。全身に寒気が走った。

「ベリンダ」横で眠っている彼女をそっと突いて、小声で呼んだ。

彼女はすでに熟睡していたので、「うーん」とうめいた。

「ベリンダ、起きて。誰があの船に乗っていたか教えて」

「はぁ？……船？」

「わたしが落ちた船。ねえ、ベリンダ、起きて、お願い。あの船に誰が乗っていたか正確に知りたいの。あなたはあの船にずっと乗っていたんだから」

ベリンダはぶつぶつ言いながら、寝返りを打って、半ば目を開けた。「いつもの連中よ。エドゥアルドの友人たちわたしは全員の顔を知っているわけじゃない」

「あなたが知っている人のことを教えて。中でも、わたしを知っている人たち」

「誰があなたを知っているかなんてわからないわよ。ウィッフィー・ファンショウ。でしょ、ダッフィー・ポッツ、それから結婚式で酔っぱらっていたマリサ。ウィッフィー・ファンショウそれ以外は、本当にわからない。ねえ、もう寝てもいい」と言って彼女はまた眠ってしまった。

ベリンダの寝息を聞きながら横たわる。ウィッフィー・ファンショウ。彼は、エドゥアルドを手伝ってロープを扱っていなかった？　ロープを手に持って、最後に船に乗ってきたのは彼ではなかったかしら？　だけど、いったい彼が、ビンキーかわたしに対してどんな恨みを持っているというのだろう。でもウィッフィーがわたしに話しかけてきたとき、濡れていなかったのは覚えていた。わたしを救うために川に飛び込んでいなかったのだ。

22

ラノクハウス
一九三二年五月三日（火曜日）

誰かの手に揺り起こされ、わたしはびくっとして目覚めた。

「大丈夫だ、安心しなさい。わしだ」おじいちゃんの声だった。「おまえに電話だぞ」

太陽の光が窓からふんだんに差し込んでいた。嵐は夜のうちにおさまったようだ。わたしは起きて、ガウンをはおり、階下の玄関ホールにそっとおりていった。

「もしもし？」

「ジョージー、わたしだ、ビンキーだ。いまロンドン警視庁にいる。わたしは逮捕された」

「逮捕された？　警察は頭がどうかしている。証拠なんて一つもないのに。警察はただわらにもすがろうとしているだけよ。どうしたらいい？」

「とにかく、プレンダーガストに連絡をとってくれ。電話をしてみたが、まだ事務所に来ていない」

「ビンキー、心配しないで。すぐにロンドン警視庁に行って、いろいろなことを片づけるから。あのまぬけなサッグ警部補の仕業よ。目先のことしか見えていないんだから。すぐにそこから出してあげる」

「そう願うよ」ビンキーは絶望的な声を出した。「心からそう願う。まったくいまいましいったらないよ、ジョージー。こんなことが起こるべきではない。屈辱だ。屈辱以外の何物でもない。前科者のように引きずられてきたのだ。二一歳の誕生日にもらった、金のペン先がついたコンウェイ・スチュワートの万年筆まで取り上げられた。どうやらわたしがそれで自分を突き刺そうとするかもしれないと思ったようだ。それから、フィグにこのことが知られたら、何を言われるかと思うとぞっとする。実際、絞首刑のほうが、あれと顔を合わせるよりもましに感じられるよ」

状況の深刻さにもかかわらず、わたしは微笑まずにいられなかった。

「ビンキー、がんばって。それから、うちの弁護士が行くまで、何もしゃべっちゃだめよ。わたしは、すぐにそちらに行くわ」

階段を駆けあがり、ぱりっとしたタウン・スーツに急いで着替えた。バザーを開くときなどに着ていた服だった。今日はそれらしく見えなければならない。次に、ヤング・ミスター・プレンダーガストにメッセージを書き、九時三〇分ぴったりに弁護士事務所に電話をするように祖父に頼んだ。それから祖父がむりやり押しつけてきた紅茶を何口か飲んで、近くのタクシーを呼んでロンドン警視庁に向かった。そして全速力で庁舎に突入した。

「わたしは、レディ・ジョージアナ・ラノクです。兄に会いに来ました」

ところが「残念ながら、面会はできません」と無骨な巡査部長に阻まれてしまった。「現在取り調べ中です。座って、待ちますか」

「いますぐ、サッグ警部補の上司の方に取り次いでください。これはきわめて重要なことなのです」

「わかりました、きいてみましょう」と巡査部長は言った。

わたしは陰気な廊下に座って、何時間にも思えるほど長いあいだ待たされた。ようやくかつかつと廊下を鳴らす靴音が聞こえてきた。男性がわたしのほうに向かって歩いてくる。仕立てのいいスーツに、糊のきいた白いシャツ、そしてストライプのネクタイといういでたちだった。すぐには出身校を言い当てることはできなかったけれど、偏見を持つのはやめようと思った。

「レディ・ジョージアナですね？」と彼は言った。良い学校の出身という話し方だった。

わたしは立ちあがった。「そうです」

「バーナル警部です」彼は手を差し出した。「お待たせして、申し訳ありません。どうぞこちらへ」わたしは警部について階段をのぼり、質素なオフィスに入った。

「どうぞお座りください」

「警部さん、兄が逮捕されたと聞きましたが、これはぜったいに不当です。どうかあなたの部下に至急兄を釈放するよう命じてください」

「残念ながら、それはできません」

「なぜです?」

「われわれは、あなたのお兄さんがミスター・ド・モビルを殺害したことを示す十分な証拠を入手しているからです」

「ひとこと言わせていただきますが、そんなのたわごとですわ、警部さん。あなた方が持っている証拠は、兄が書いたとされる手紙だけです。あれは明らかに偽造されたもの。指紋がついていなければならないはずです。筆跡も鑑定できる」

「われわれはすでに鑑定を行いました。ド・モビル以外の指紋はまったくついていませんでしたが、筆跡が偽造されたものだという確証はありません。確かに、お兄さんの筆跡とは、いくつか大きな違いがあるようですが、それすら、偽造に見せかける方策だった可能性があります」

「すでに兄があなた方に言ったように、兄は紋章のついた便箋以外では、人に手紙は書きません。クラブに滞在しているときは別ですが、その場合、クラブの紋章つきの便箋を使うはずです」

「この場合も、お兄さんはそう言い張るために、故意に安手のメモ用紙を使ったのかもしれません」

「『メモ用紙』という言葉を使ったことで、警部に対するわたしの評価は落ちた。良い学校の出身のはずがない。「いいですか、警部さん。兄は、機転をきかせたり、策略を用いたりする人間ではありません。そのような込み入ったトリックは考えつかないでしょう。それに、よく知りもしない人を殺すどんな動機が兄にあるというのですか？　動機がなければ、逮捕などできません」

警部は長いあいだじっとわたしを見つめた。その人を射貫くような青い目に見つめられると、思わず目をそらしてしまいそうになる。「われわれはお兄さんには非常に強い動機があったと考えています。家を守るために戦っていたのですね」

警部はわたしの顔に失望の色が浮かんだことに気づいたに違いない。

「それについては、あなたもよくご存じだったと、確信しております。もしかすると、あなたも加担していたのかもしれない。われわれはそれについても調べますが、あなたには事件当日のアリバイがおありのようだ。もしあなたのご友人の言葉を信じることができるなら、ですが」

「家を守るために戦っていたという情報をどこから手に入れたか、教えていただけませんか？」

「まったくの偶然によるのです。われわれが依頼した筆跡鑑定人は、たまたまあなたのお父上の筆跡鑑定も頼まれていた。もちろん、鑑定人はド・モビルの証文の写しを喜んでわれわれに見せてくれましたよ。おそらく、あなたのお兄さんは、王族の一員ということで、法をすり抜けられると考えたのでしょう。しかし、公爵にも貧しい者にも、同じ法律が適用される。われわれは、彼がガストン・ド・モビルを殺したと考えており、そして、もしそのとおりなら、絞首刑になるでしょう」

「警察は、まだほかの線も捜査していると信じていいのですか？　それとも兄を都合よく犯人に仕立てあげるおつもりですか？」口の中が乾いてうまく単語を発音することも難しかったけれど、わたしは落ち着いて話すよう努力した。

「ほかに確かな手がかりがあれば、われわれもちろんそれを調べます」と警部は冷静に言った。

「あちこちきいて回って、このド・モビルという人物が有名なギャンブラーで、恐喝もしていたということを知りました。彼にゆすられていた誰かが、ついに我慢しきれなくなって犯行におよんだとは考えなかったのですか？」

警部はうなずいた。「それはわれわれも考えました。ド・モビルのスーツのポケットから巻いた五ポンド紙幣も見つかっています。それでわれわれは、ド・モビルがあなたのお兄さんをゆすっていたかもしれないと考えたのです」

わたしは笑わずにいられなかった。「ごめんなさい、警部さん。世の中にゆすりがきかない人間がたったひとりいるとしたら、それはわたしの兄です。ヘイミッシュは、退屈きわまりないほど生真面目に暮らしてきました。問題を起こしたことも、借金も、悪い習慣もありません。だから、もっと面白おかしく暮らしている人を探してください。それが犯人ですわ」

「レディ・ジョージアナ、あなたの忠誠心には敬服いたします。われわれはすべての可能性を調べること、そして、お兄さんが公正な裁判を受けるだろうということを確約します」

「兄を縛り首にする前にお願いしますわ」と捨て台詞を残して、わたしは部屋を出た。

暗澹たる気分でロンドン警視庁をあとにした。どうやったらビンキーを救えるだろう？どうしたらいいのかよくわからない。そして、頼りにできるのは、何年も前に引退してワージングかボーンマスに引っ込むべきだった弁護士しかいないのだ。

郵便局を通りすぎたとき、自分の始めた新しい事業のことをすっかり忘れていたことに気づいた。いまは、人の家を掃除する気分にはなれなかったけれど、ビンキーのためにロンドン中をタクシーで回らなければならないとしたら、お金が必要になるだろう。そこで郵便局に入り、二通の手紙を受け取った。一通目はダルウィッチのミセス・バクスターからの手紙で、娘の二一歳の誕生日パーティーにスタッフを派遣してほしいという依頼だった。わが社ではひとりしか従業員を派遣できないので、この依頼は受けられそうもない。

次の手紙はグローブナー・ハウスで行われた結婚式の花嫁の母親、ミセス・アスキーダスキーからだった。彼女の娘（現在のプリムローズ・ローリー・ポリー）が七日にイタリアでのハネムーンから帰ってくるので、新しい家を開けてすっかり掃除をすませ、いたるところに生花を飾って歓迎の雰囲気をつくり、娘を驚かせたいという内容だった。わたしはこの仕事を受ける誘惑にかられた。喉から手が出るほどお金が必要だったけれど、リスクが高すぎた。わたしの想像が正しければ、プリムローズの母親は、両腕に生花をいっぱいかかえて家にやってきて、家具を並べ直したりするだろう。誰もが興奮状態にあった結婚式ではわたしに気づかなかったかもしれないけれど、プリムローズの寝室にはたきをかけていたら、ぜったいにミセス・アスキーダスキーはわたしが誰か気づくだろう。残念ながら、今週はほかの仕事が入っているので、ご依頼を受けられず申し訳ありませんと断らざるをえなかった。

家に帰ると、すごくおいしそうなにおいが迎えてくれた。祖父がステーキとキドニープディングを作ってくれていたのだ。その上、ボイラーも作動していて、家はうれしいことに、まったくラノクハウスらしくなく、とても暖かかった。ベリンダはあんなスリルは一晩でたくさんと宣言して、すでに居心地のいい自分の家に引き揚げていた。だからわたしは祖父とふたりきりで座り、ビンキーのために何ができるかを話し合った。どちらも良い案を思いつくことができなかった。

四時にフィグから電話がかかってきた。明日、ロンドンに来て、夫の支えになるつもりだと言う。わたくしの寝室と化粧室の準備をしておいてくださる？　旅行で疲れているでしょうから、火を焚いておいてくれればうれしいわ。それからわたしを非難し始めた。ビンキーをこんな状況に追い込むなんていったいどういうつもりなの？　よろしいわ、わたくしがなんとかします。ちょっとだけ、わたしはロンドン警視庁の警察官たちが気の毒になった。フィグとサッグ警部補が対面するのが待ちきれないほどだ。事態がこれほど深刻でなかったなら、くすくす笑ったことだろう。

翌朝、フィグの化粧室にはたきをかけていると、玄関をノックする音が聞こえた。いまや執事兼料理人になってくれている祖父が、警察官がわたしに会いに来ていると告げた。バーナル警部だった。

「居間にお通しして」わたしはため息をつきながら言うと、急いで、掃除用にかぶっていたスカーフを外した。

警部は申し分ないいでたちで、非常に気品があった。一方、わたしときたら、着古してよれよれになったツイードのスカートをはいている。警部はわたしを迎えるために立ちあがり、礼儀正しくお辞儀をした。

「再びお騒がせして申し訳ありません。いまは、執事がいるようですね」

そのしたり顔から、わたしたちがド・モビルを殺すあいだだけ、家に使用人をおかなかったのだろうと考えているのがわかった。

「執事ではありません。わたしの祖父です。祖父は、わたしの命が危険にさらされているかもしれないと考えて、見守ってくれているのです」

「あなたのおじい様。いや、これは失礼しました」

「それで、今朝は、どんなご用件で？　いい知らせであるといいのですが。真犯人を見つけたのですか？」

「それに関しては、遺憾ながらご期待に沿うことができません。じつは、今日うかがったのはまったく違う用件です。非常に慎重に対処すべきことでして」

「そうなんですか？」警部が何を話すつもりなのか、まったく見当がつかなかった。「では、座ったほうがよろしいですわね」

わたしたちは座った。

「あなたはイートンプレースのウィリアム・ファンショウ卿のお屋敷のことはよくご存じですね」

「もちろんですわ。わたしが社交界デビューしたとき、ロデリック・ファンショウはわたしのダンスの相手のひとりでした」

「申し上げにくいことなのですが、レディ・ファンショウが先週末に家に到着したとき、かなりの価値のある品物がいくつか家からなくなっていることが判明したのです」

「まあ、なんてひどい」心臓がどきんどきんと激しく打ち始めた。バーナル警部にその音が聞こえていないといいのだけれど。

「レディ・ファンショウは家を開けるために、家事奉仕人紹介所にメイドの派遣を依頼しました。名前はコロネット・ドメスティックスだったと思います。そして、『タイムズ』紙の広告をたどっていくと、コロネット・ドメスティックスはほかでもないあなたが所有している会社であるようなのです。そのとおりですね、レディ・ジョージアナ」

「そうです」

「なるほど。このサービスの日常業務について教えていただけますでしょうか。それともあなたは単に名義上のオーナーなのですか？」

「いいえ、わたしもかかわっています」

「そうですか。それでは、当日レディ・ファンショウのお宅で働いていたスタッフの名前を教えていただけるならありがたいのですが。あなたは、従業員を雇うとき、身元を徹底的に確認なさっておられるのでしょうね？」

わたしはゴクリと唾を呑んでもっともらしい嘘を考えようとしたが、まったく思いつかなかった。

「どうか、ここだけの話にしてください、警部さん。この話が、必要以上に広まらないようにしていただけるなら、本当に感謝いたします」

「どうぞ、お話しください」

「じつは、コロネット・ドメスティックスには、まだ、わたし以外のスタッフはひとりもいないのです」

警部は、わたしが公衆の面前で裸で踊ったと言ったとしても、これほどのショックは受けなかっただろうという顔をした。「あなたが他人の家を掃除しているのですか？　あなた自ら？」

「確かに、たいへん奇妙に聞こえるかもしれませんが、必要に迫られてそうしているのです。お小遣いは切られてしまい、わたしはひとりで生きていく必要があるのです。手始めとしては、いい方法に思えました」

「あなたには敬服いたします。そうだったのですか。では、話はもっと簡単になります。品物の特徴を言いますから、あなたが家事仕事をしていたときに、それらを見た覚えがあったかどうか教えてください。ジョージ王朝時代の銀のコーヒーポット。大きな銀の盆。インドのムガール朝の細密画が二枚。慈悲の女神という名前の中国製の小像」

「最後の品についてはお答えできます。わたしはうっかり、その像の腕を折ってしまったのです。それで、修理してから戻しておこうと思って、持ってきてしまいました。あんなにたくさん装飾品があるので気づかれないと思ったのです」

「どうやら八世紀のものだそうです」

「まあ、そうなんですか」わたしはごくりと唾を呑み込んだ。「ほかのものについては、細密画でいっぱいのガラス張りのテーブルにはたきをかけたことは覚えていますが、なくなっていたものはなかったと思います。隙間もなかった気がします。それから、銀のコーヒーポットとお盆は見た記憶がありません」

　警部は室内をぐるりと見回している。コーヒーポットが金メッキの時計の後ろに隠されていないか探しているかのようだ。

「資金が不足しているとおっしゃいましたね。誘惑に負けてしまったということはありませんか」

　偉大な曾祖母が乗り移ってきたのを感じた。「警部さん、あなたはいままでに何か物を盗んだことがおありですか？」

　彼は微笑んだ。「小さい頃、近くの果樹園からリンゴを盗んだことがありますね」

「わたしは三歳のとき、料理人がラックにのせて冷ましていたバタークッキーを、一個盗んで食べたことがありました。オーブンから出したばかりで、まだ熱かったのです。口をやけどしました。それ以来、一度も盗みをしたことがありません。でも、どうぞ、お望みなら、家の中を調べてくださってけっこうです」

「あなたの言葉を信じましょう。それに、質屋や宝石商は、あなたのような方が店に来れば覚えているでしょう」

「警部さんは、品物は質屋か宝石商に流れると確信しているのですか？」

「泥棒がプロでないなら。プロならば、首尾よく盗品の買い付け人に渡しているでしょう。しかし、われわれはその方面も調べています。それらの品物のうちの一つがまもなくどこからかあらわれるでしょう」

「盗んだのはプロではないとお考えですか？」

「プロならもっとうまくやりますよ。せっかく家に侵入できたというのに、もっと貴重な品々に手をつけず、なぜたった数個の品物しか盗まなかったのか。これは、たまたまいくつか持ち去るチャンスを得た者の仕業です。それでお尋ねしますが、あなたはずっとあの家にひとりでいましたか？」

口を開けたけれど、声が出てこなかった。ダーシーが来たことを話せば、わたし自身が厄介なことになる。なぜならダーシーはわたしに会うために家に入ったと言うだろう。そうすればファンショウ家の人々はわたしが掃除していたことを知り、二秒後にはロンドン中が、三秒後には宮殿がそれを知ることになる。

「ずっとひとりだったわけではありません」完全な嘘は避けようと慎重に言った。「ファンショウ家の息子が途中で友人をひとり連れて家に来ました」

「そして、あなたを見ましたか？」

「わたしだとは気づきませんでした。わたしはそのとき四つん這いになって掃除をしていましたし、上を向かないようにしていました。それに、誰も使用人のことなどよく見ませんわ」

「家を出るとき、玄関に鍵をかけましたか？」

これについてよく考えた。「はい、掛け金がかちゃりと音を立てるのを聞いたと思います。わたしが家を出たとき、ロデリック・ファンショウがまだ家にいたかどうかはわかりません。彼がドアを開けたままにしたのかもしれません。兄が言っていましたけれど、家に使用人がいることに慣れてしまうと、ドアに鍵をかけるのをつい忘れてしまうのです」

バーナルは立ちあがった。「お手間をとらせて申し訳ありませんでした。それらの品物を見たことを思い出したら、どうかご連絡ください。それから、中国の小像のことですが、急いで修理させてくだされば、わたしがレディ・ファンショウに返しておきましょう。どこで見つかったかについてはうまくごまかしておきます」

「ありがとうございます、警部さん」

「わたしにはこれくらいのことしかできませんが。ではごきげんよう、お嬢様」

祖父は玄関ホールで警部の帽子を持って待っていた。警部はわたしに会釈してから、家を出て行った。わたしはフィグの部屋の掃除を終わらせるために、また二階にあがった。でも、どうしても、ほこりをかぶって掃除をする気分にはなれなかった。実際、頭がおかしくなってしまいそうなほど、気が立っていた。なによりも、自分の無知かげんに猛然と腹が立った。ダーシーにずっと利用されていたのだ。そもそも、わたしが彼と同じく一文無しだとわかったあとも、かかわろうとしたのは、そういう理由からだったのだ。わたしは彼好みの、愉快なことが大好きでナイトクラブで遊ぶような娘じゃない。階段を駆けおりて、コートを羽織った。

「出かけてくる」祖父に声をかけて、タクシーでチェルシーに向かった。

ダーシーはたったいま起きてきたばかりのように見えた。裸足で、バスローブを着ている。髭も剃っておらず髪はぼさぼさだ。それがすごく魅力的に見えると思わないよう努力した。

踏段に立っているわたしを見て、彼は目を輝かせた。

「これは驚いたな。おはよう、かわいい人。このあいだの晩の続きをしにきたのか？」

「あなたが恥知らずの卑劣漢だと言いにきたのよ。もう二度と会いたくない。わたしがあなたの名前を警察に言わなかったことを感謝しなさい」

危険な魅力をはらむ青い目が大きく見開かれた。「まいったな。その上品な唇から、これほどの激しい非難の言葉が飛び出すとは。いったいぼくは何をしたんだろう？」

「自分のしたことですもの、よくわかっているでしょう？　あなたがわたしに興味を持っているかもしれないと考えたなんて、正真正銘の馬鹿だったわ。わたしを利用してたんでしょう？　わたしに会いに来たふりをしてファンショウ家にやってきたけど、本当は貴重品を盗むために家に入る口実が欲しかっただけなのよね」

ダーシーは顔をしかめた。「貴重品？」

「ああ、ダーシー、やめて。わたしはそんなに馬鹿じゃない。あなたはわたしといちゃつくためというふりをして、家に忍び込んだ。そしたら、あら不思議、数個の貴重な品物が消えてしまった」

「それできみはぼくが盗ったと思うか？」

「だってあなたは、自分は無一文で、知恵を使って暮らしていると言ったじゃない。ナイトクラブで女性たちと楽しくすごすライフスタイルを維持するにはかなりお金がかかるでしょう。それに、あの家からあやしげなジョージ王朝時代の銀器が消えたって誰が気づくというの？　わたしが警察に密告しなかったからあなたは幸運だったけど、いまやわたしは第一容疑者よ。ビンキーとわたしがド・モビルを殺害したと警察に疑われているだけでも最悪なのに、今度は窃盗までしたと思われている。だから、もしあなたに紳士の部分が残っているなら、すぐに盗んだ物を返して罪を認めてちょうだい」

「そうか、きみはぼくのことをそんなふうに思っているわけだね――ぼくが泥棒だと？」

「とぼけないで。わたしは自分があまりにも世間知らずだったと身に染みているんだから。わたしにはまったくお金がないとわかったあとで、あなたがわたしに興味があるふりをする理由がほかにあるわけないでしょう？　それにわたしはベリンダ・ウォーバートン＝ストークみたいには喜びを提供できなかったし」

それだけ言うと、わたしは泣き始める前にその場を去った。でも、ダーシーは追いかけてこようとはしなかった。

23

ラノクハウス
一九三二年五月四日（水曜日）

気分はどん底だった。フィグが到着し、祖父にこの家にいてもらうのはありがたくないと明言した。さらに、すべてのことにけちをつけ、家が暖かすぎる、たったひとりのためにボイラーを点けるのは法外な出費だと文句を言った。祖父は、わしのうちに来るつもりなら歓迎するぞと言って、早々に引き揚げてしまったので、わたしはフィグとメイドと共に取り残された。これほど惨めな気分になったことはいままでなかったと思う。これ以上悪いことが起こりうるだろうか、と自問した。

その答えを知るのに長く待つ必要はなかった。宮殿からたったいま使者によって届けられた手紙をフィグのメイドが持ってきた。王妃様がすぐにわたしに会いたいとおっしゃっている、ということだった。なぜかフィグはそのことでかなり気分を害した。「王妃様はなぜあなたにお会いになりたがるの？」と彼女は詰問した。

「わたしが親類だからよ」フィグがそうではないということをほのめかして、彼女をいらだたせる。

「わたくしも、あなたといっしょに行くべきだわ。陛下は昔気質《むかしかたぎ》の方だから、付き添い人なしで未婚の女性が歩き回るのは感心なさらないでしょう」

「ご親切に、どうも。でも、ご心配なく。コンスティテューション・ヒルを歩いていて物乞いにお金をせびられることもないでしょう」

「王妃様はどんなご用事がおありなのかしら?」フィグは続けた。「かわいそうなビンキーの現在の状況に関して誰かと話をされたいのなら、当然わたくしをお呼びになるでしょうし」

「さあ、わからないわ」とわたしはとぼけたが、実際には思い当たることがあった。

王妃様はコロネット・ドメスティックスのことをお聞きになったのだ。わたしは即刻、暗いグロスターシャーに送られ、毛糸を持ったり、チンを散歩させたりすることになるだろう。

モダンな白と黒のスーツを着て、今回は前庭の左手にある正式な訪問者用入り口に出向き、警備の近衛兵に謁見を申し出た。上の階にあがって、宮殿の後方の翼にある、庭を見下ろす王妃様の書斎に案内された。陛下の人柄をよく反映した、簡素で落ち着いた部屋だった。装飾品は、いくつかのウェッジウッドの美しい壺や皿と小さい象嵌《ぞうがん》のテーブルだけだった。それらがどこでどのようないきさつで手に入れられたかはわからない。

陛下は鼻先にメガネをのせて、ライティングデスクに背筋をぴんと伸ばして座っていた。

わたしの到着が告げられると顔をあげた。

「ああ、ジョージアナ。さあ、お座りなさい。困ったことになりましたね」陛下は頭を振ってから顔を傾けて、儀礼的な頬のキスとお辞儀を受けた。「ニュースを聞いたとき、わたくしは非常に動揺しました」

「申し訳ありません」わたしは陛下の向かい側の摂政時代風の椅子にちょこんと腰かけた。

「あなたのせいではありません」陛下はそっけなく言った。「いつも兄が馬鹿なことをしないか見張っているわけにはいきませんよ。ビンキーは潔白だと考えていいのですね？」

わたしは大きく安堵のため息をついた。では、王妃様はわたしの家事奉仕活動についてはお聞きになっていないのだ。「もちろん、兄は潔白です。陛下はビンキーのことはご存じでいらっしゃいますもの。兄が浴槽で誰かを溺れさせるなど、想像できますでしょうか？」

「率直に言って、できませんね。偶然に誰かを撃ってしまうというのなら、ありえるでしょうけど」陛下は再び頭を横に振った。「それで、ビンキーのためにどんなことがなされているの？　わたくしはそれが知りたいのです」

「兄の弁護士に連絡しました。それから義姉がロンドンに到着して、現在、警察に話をしにいっています」

「弁護団がそれだけならば、満足な結果は期待できそうにありませんね」と王妃様は言った。

「助けたいと思うけれど、国王陛下は、介入してはならないとおっしゃっています。わたくしたちはわが国の法律制度に絶対的な信頼をおいており、親族のためであっても特権を振りかざさないことを、国民に示さなければならないのです」

「よく理解しております」

陛下は眼鏡の縁の上からわたしをじっと見た。「ジョージアナ、わたくしはあなたを頼りにしています。あなたのお兄さんはきちんとした人間だけれど、とりたててすぐれた頭脳に恵まれているとは言えません。ところが、あなたのほうは、女性に生まれたのがもったいないほどの機知と知性がある。お兄さんの代わりに頭を使いなさい。さもないと、彼はやってもいない罪を犯したと自供してしまうでしょう」

本当にその通りだった。「わたしもできるかぎりのことをしているのですが、一筋縄ではいかないのです」

「ええ、そうでしょうとも。その、溺れ死んだフランス人ですが、あなたの家の浴槽でその男を殺したいと考えるような人に、心当たりはないのですか？」

「彼は有名なギャンブラーで、恐喝もしていたようです。誰かがこの機会を利用して借金から逃れようとしたのだと思うのですが、それが誰なのか調べる手立てを思いつきません。賭博場のことはまったくわからないので」

「もちろん、そうでしょう。でも、あなたの家族の知人、つまり、わたくしたちと同じ階級の者であるに違いないわ。労働者や銀行員が、貴族の館の浴槽で誰かを溺れさせるような危険は冒さないでしょう」

わたしはうなずいた。「ということは、わたしたちの知り合いの誰かですね？」

「少なくともラノクハウスの内情をある程度知っている者だったはず。かなりお兄さんのことを知っている人物でしょう。彼の友人で、定期的に家を訪問していた人を知っていますか？」

「残念ながら、わかりません。わたしは、社交シーズンのときは別として、ロンドンにはめったに来たことがないのです。父が亡くなって以来、ラノクハウスにほとんど滞在していません。でも、わたしが知るかぎりでは、兄も用事がなければロンドンには来ません。兄は地所の中をぶらぶら歩いているのが好きなのです」

「祖父の一代目ラノク公爵とそっくり」と王妃様は言った。「お亡くなりになったヴィクトリア女王は、娘婿である公爵に、妻を伴って宮廷に出向くよう勅命を発しなければならなかったのよ。そうでもしなければ娘に会えなかったから。ではあなたは、お兄さんの友人のうちの誰が現在ロンドンにいるのか知らないのね？」

「残念ながら、わたしは兄の友人にどんな人がいるかさえ知りません。友人と会うとしたら、クラブでだと思います」

「クラブで慎重に調査をしたらいいかもしれませんね。ブルックス、だったかしら？」

「それが、言うは易く、行うは難しなのです。陛下は、クラブにいま誰が滞在しているか、聞き出そうとなさったことはおありでしょうか？」

「国王陛下はどこかを放浪するタイプではないので、わたしにはその経験があるとは言えないけれど、わたくしの前のアレクサンドラ王妃は、頻繁にそうしなければならなかったらしいわ。けれど、これは宮廷が手助けできる領域であるかもしれません。国王陛下にお願いして、陛下の個人秘書にわたくしたちに代わってブルックスを訪問させましょう。彼もブルックスのメンバーだったと思うわ。クラブも秘書にならば情報の提供を拒まないでしょう。それに、もし拒んだとしても、秘書なら会員名簿を見ることができるでしょう？」

「素晴らしい案です、陛下」

「そして、しばらくのあいだは、目を光らせておくのですよ。殺人者は、捜査の進み具合を知りたがっているかもしれません。あるいはお兄さんがいま味わっている屈辱をほくそえんで見ていることでしょう。殺人者は自惚れが強いとよく言われます」

「最善を尽くします」

陛下はうなずいた。「では、ジュリアン卿がどんな事実を掘り起こしてくれるか、待つことにしましょう。あなたが月曜日にサセックスから戻る頃には何かわかっていることでしょう」

サセックス？　サセックスに王族の親類はいただろうか。頭を捻った。

陛下は顔をしかめた。「わたくしがあなたに与えたささやかな任務を忘れたとは言わないでちょうだい。レディ・マウントジョイが催すハウスパーティーよ」

「ああ、そうでした、ハウスパーティーですね。皇太子様の件。この数日、あまりにもたくさんの出来事があって、失念していました」

「でも、あなたはまだ出席する気はあるのですよね？　いまの不運な状況にもかかわらず」

「陛下がお望みなら、喜んで出席させていただきます」

「もちろん、望んでいます。それに数日間田舎ですごすのは、あなたにとっていいことよ。俗悪な新聞記者たちから逃れることもできるし。あの女に関して聞く話はすべてが不快です。わたくしは真実を知らなければならないのですよ、ジョージアナ。国王陛下とわたくしが、ロマンスの小さな芽を未然に摘み取る前に」

「じつは、わたしはすでに彼女に会ったのです」

王妃様は眼鏡を外して、体を前に傾けてきた。「そうなのですか？」

「はい、友人の衣装デザインのサロンに彼女がやってきたのです」

「それで？」

「ものすごく感じが悪かったです。我慢できないほど」

「ああ、やはりね。では、ハウスパーティーの終わりまでに、彼女が自分の首を吊ることができるほど長くロープを伸ばしてくれることを願うばかりね。あら、ビンキーの状況からして、このたとえはよくなかったわ。月曜日のお茶の時間にいらっしゃい。イースト・エンドにできた母親と赤ん坊のための診療所のオープニングセレモニーがあるけれど、三時までには戻っているはずです。四時にしましょうか？　そうすれば、知りえた情報を交換できるわ」

「かしこまりました」わたしは立ちあがった。

「ヘスロップを呼んで、あなたを見送らせましょう。では月曜日に。そして、いいですか、あなたはわたくしの目と耳だということを忘れないで。スパイとして、あなたを頼りにしていますよ」

＊

帰るとすぐに、フィグはわたしに質問を浴びせた。

「王妃様には、ビンキーを救う計画がおありになるのでしょう？」

「ええ、王妃様は国王陛下をロビン・フッドに変装させて、ビッグ・ベンからロンドン警視庁にロープで突入させるおつもりよ」

「ジョージアナ、ふざけないで。正直なところ、あなたのマナーは最近、ひどくなる一方よ。わたくしは、あのおそろしく高価な学校にあなたを送るのはお金の無駄だとビンキーに言ったのです」

「フィグ、あなたが知りたければ言うけれど、ご用件はビンキーに関係することではなかったの。陛下はわたしに、金曜日に催されるハウスパーティーに出席することをご所望なの」

これがフィグをものすごく動揺させたことはすぐわかった。

「ハウスパーティー？　陛下は最近、あなたをハウスパーティーに招待しているの？」

「わたしを招待しているわけじゃないの。陛下は自分の代わりにわたしをパーティーに出席させたがっていらっしゃるのよ」わたしは、この場面を最後の一秒まで楽しんでいた。

フィグの顔は明らかに暗褐色に変わっていた。「あなたは現在、正式行事で陛下の代理を務めているの？　コーラスガールにすぎなかった母親から生まれたあなたが？」

「コーラスガールではないわ、フィグ。女優よ。たぶん陛下は、わたしが母の才能を受け継ぎ、人々の集まりで上品に魅力的に振る舞えるとお考えになっているのね。どの人にもそういうことが備わっているというわけではないでしょう？」

「わたくしにはまったく理解できないわ」とフィグはつぶやいた。「あなたの気の毒なお兄様が絞首刑になるかもしれないというときに、陛下はあなたを楽しませるために田舎に送るなんて。かわいそうなビンキーに忠実に付き添う人間はどうやらわたくしだけのようね」彼女は顔にレースのハンカチを押しつけて、憤慨しながらすたすたと部屋から出て行った。久しぶりに愉快な気分を味わえた瞬間だった。

けれど、フィグは正しかった。わたしは本当にビンキーを助けるのに役立つことをするべきだ。誰かド・モビルが通っていた賭博場を訪ねてくれる人がいたらいいんだけど。きっと、そこで何かたいへんなことが起こったに違いない。ド・モビルが誰かをだましたとか、ゆすってお金を巻きあげたとか。祖父はクロックフォーズの名前を挙げていたけれど、わたしにはそんな場所に行くことはできないわよね？　社交的で頭がよくて、そういう人たちの仲間だったら……そうだっ！

すぐにベリンダの家に向かった。彼女は起きて着替えをすませ、ノートと鉛筆を前にしてキッチンのテーブルに座っていた。

「邪魔しないでよ。新しいドレスのデザインを考えているんだから」とベリンダは言った。

「今回は実際に依頼を受けたの。さる自動車工場のオーナーが爵位を受けることになって、その妻が、貴族が着るようなドレスを欲しがっているの。それ相応の支払いをしてもらえるらしいわ」

「よかったわねえ。ところで、あなたは今夜、出かける予定があるの？」

「今夜？　なぜ？」

「いっしょにクロックフォーズに行ってほしいの」

「クロックフォーズに？　今度はギャンブルを始めるつもり？　あなたの手には負えないわよ。あそこは賭博場の常連しか相手にしない。賭け金がものすごく高いの」

「ギャンブルなんかしないわ。ただ、クラリッジ・ホテルのドアマンから、ド・モビルがそこによく行っていたと聞いたの。わたしはド・モビルがそこで誰と会っていたか知りたいだけ。それから何か重要な出来事が、たとえば言い争いとかがなかったか」

「力になりたいけど、残念ながら、今夜は別の予定が入っているの」

わたしは深く息を吸い込んだ。「だったら、妖婦風のドレスを貸してもらえないかしら。わたし、ひとりで行ってくる」

「ジョージー、あなたはメンバーじゃないから、入れてもらえないわ」

「何か口実を考えるつもりよ。たとえば、そこで人と会うことになっているとか。ただし、わたしだとばれないことが重要なの。お願い、ベリンダ。誰かがやらなきゃならないの。義理の姉にはぜったいにできないことだし」

ベリンダはわたしを見上げてため息をついてから、立ちあがった。「しかたがない、わかったわ。うまくいくとは思えないけど、とにかく、あなたに貸せる服があるか見てみましょう」

ベリンダは上の階にわたしを連れて行き、いろいろな服を試着させ、最終的に体の線をあらわにする黒いロングドレスと、襟にひだ飾りのついた赤いケープを選んだ。

「このドレスをデザインしたのは誰かときかれたら、わたしのカードを渡してね」

それから、手に負えないわたしの髪を隠すために羽根飾りのついた黒い帽子を見つけて、鏡台の前にある化粧品でメイクアップの仕方を教えてくれた。出来栄えは驚くべきものだった。鮮やかな赤い唇と長く黒いまつげのセクシーな若い女性の正体に気づく人はいないんじゃないかしら?

夕食はベリンダととり、フィグにはひとりで食事をしてもらった。そして、九時になってから苦労して稼いだお金を払ってタクシーに乗り、びくびくしながら《クウェイク・イン・マイ・ブーツ》賭博場に向かった。でもじつは、履いていたのはブーツではなくて、ベリンダに借りた、わたしにはワンサイズ大きいハイヒールだったんだけど。

セントジェイムズ・ストリートにあるクロックフォーズは、ロンドンで最も古くて最も気取った賭博場の一つで、ブルックスのすぐ近くにあった。タクシーはクロックフォーズの前に停まった。運転手たちがロールス・ロイスやベントレーから降りてくる客たちを助けている。客たちは陽気に挨拶を交わし合い、制服姿のドアマンの前を通りすぎて中に入っていった。しかし、わたしはそのままその場に立っていた。

「何か御用ですか、お嬢さん？」ドアマンがわたしのところにやってきた。

「ここでいとこと待ち合わせているんです。でも姿が見えないわ」わたしは、あたりを見回すふりをした。「九時と言っていたのに、もう九時をすぎている。わたしを待たずに中に入ってしまったのかしら」

「いとこ様のお名前は？」

わたしの本物のいとこの名前は使えなかった。「ローランド・アストン＝ポリーですわ」自分の機転にほれぼれする。彼がハネムーンでいまイタリアにいるのは確かだもの。

「今夜はまだアストン＝ポリー様をお見かけしていないと思います。中にお入りになってください。店の者にきいてまいりましょう」

ドアマンはドアを通り抜けてわたしを上品なロビーに導いた。アーチ道を通して、輝くばかりに優雅な世界がちらっと見えた。シャンデリアとダイヤモンドのきらめき、チップのじゃらじゃら鳴る音、ルーレットが回る音、興奮した声、笑い、拍手。ほんの一瞬、このような場所に頻繁に出かけられる資産家のひとりだったらよかったのにと思った。それから、わたしの父はそういう種類の人間だったこと、そして最後には自殺したのだということを思い出した。

タキシードを着た浅黒い小柄な男がわたしたちに近づいてきた。彼とドアマンのあいだで言葉が交わされた。小柄な男はわたしのほうを横目でちらっと見た。あまり感じがよくない。

「ミスター・アストン＝ポリー、とおっしゃいましたか」小柄な男はドアから中をのぞいた。「まだお見えになっていらっしゃらないようですな。ミス……」彼は、わたしが名前を告げるのを待ったが、わたしは何も言わなかった。「もしよろしかったら、お座りになってくだささい。探してまいりましょう」

わたしは縁が金色のサテンの椅子に座った。ドアマンは持ち場に戻った。さらに新たなメンバーが到着した。彼らはサイドテーブルの上の台帳にサインしている。ひとりになったときを見計らって、サイドテーブルに近づき、台帳のページをめくった。ド・モビルが殺されたのは先週の金曜日だから、その日のページを見ればいい。けれど、毎晩、これほどたくさんの客が来ているとは予想外だった。ここで賭け事ができるくらい収入のある人がこんなにたくさんいるとは驚くばかりだ。一つ見覚えのある名前を見つけた。ロデリック・ファンショウはときどきここに来ているようだ。さらに、予想していなかった名前が目に入った。ジ・オナラブル・ダーシー・オマーラもここに来ていた。

ふたりの男性が葉巻を吸いながら横を通りすぎた。「このあいだの晩は、五万ポンドすってしまったよ。しかし、石油が売れ続けてくれれば、文句など言えないな」とアメリカなまりの男が言い、ふたりはいっしょに笑った。

心臓がどきんどきんとやかましく打っていたので、その音がロビーに鳴り響いているんじゃないかと心配になる。

「お待たせしました」後ろから声をかけられて、わたしはびくっとした。あの浅黒い顔の小柄な男が戻ってきたのだった。「どうやら、あなたのいとこ様は、今夜はまだお見えになっていないようでございます。個室も調べましたが、いらっしゃいません。お約束は本当に今日でございましたか？」

「まあ、いやだわ、もしかすると、日にちを間違えたかもしれません。昨夜、いとこはここに来ました？」

男は台帳のページをめくり、わたしも後ろからのぞき込んだ。

「昨夜はいらっしゃっていません。その前の晩も。今週はずっとおいでになっていないようですな。先週の土曜日以降」

「先週の土曜日？」思わず声が出てしまった。

男はうなずいた。ということは、プリムローズ・アスキーダスキー（現在のローリー＝ポリー）はひとりで新婚旅行に行っているってこと？　少なくとも最初の何日間かは。プリムローズの母親が娘を元気づける必要があると感じたのも当然だ。

「お役に立てず、申し訳ありません」小柄な男はわたしを玄関のほうに導こうとしていた。

「もしも、遅れてお越しになるようでしたら、どなたがお待ちになっていたと申し上げましょうか？」名前を浮かべようとして頭を搾っていたとき、ぱっとひらめいて、カードを取り出した。「ベリンダ・ウォーバートン＝ストークですわ」

男の顔に敵意と疑惑が浮かんだ。「これは、女子学生のいたずらか何かか？」彼は怒って言った。

「何をおっしゃっているの?」

「あなたは、ミス・ウォーバートン＝ストークではない。あのご令嬢はここでは良く知られた顔だ。どうぞお引き取りください」

外に出されたわたしの頬は燃えるように熱かった。ベリンダはなぜ、クロックフォーズにはよく行くと言わなかったのか? クロックフォーズに頻繁に行けるような余裕がどうしてあるの? ベリンダがわたしに言っていないことは、このほかにもあるのだろうか?

24

ラノクハウス
一九三二年五月五日（木曜日）

幸い、ドレスをベリンダに返しに行ったときには、彼女はまだ帰ってきていなかった。ラノクハウスに戻ると、フィグは先に寝ていて、わたしは心底惨めな気分で体を丸めてベッドに横たわった。信じられる人は誰ひとりいないように思えた。暗闇の中で、疑惑がとどまることなく膨れあがってくる。わたしを船の側面の席に座らせたのはベリンダだった。彼女は腰を屈めてストッキングを直していたような気がする。ベリンダがわたしの足首にあのロープを結びつけたなんてことがあるだろうか？　そうだとしたら、なぜ？

翌朝、フィグはボイラーの設定温度を下げさせたらしく、蛇口からはぬるま湯しか出なくなっていた。ゆっくりお風呂に浸りたいと思っていたわけではないけれど。これからの数日間のぜいたくが楽しみだった。豪華な食事、暖かい家、面白い客たち、そしてわたしはひとりのアメリカ人女性を観察する以外何もしなくていいのだ。マントルピースの上にあった招待状を手に取り、仮装舞踏会があることを思い出した。高価な衣装を借りるお金も時間もないので、これまで着ていたメイドの制服の裾を膝が見えるところで切って、白いフリルのついたエプロンを探し出し、フランス人のメイドの仮装をすることに決めた。キャッホー！

衣装を試着して、出来映えにかなり満足していたとき、玄関の呼び鈴が鳴った。何も考えずに扉を開けると、トリストラムが立っていた。彼は驚いて口をあんぐりと開けた。

「わあ、なんと。きみだったのか、ジョージー。新しいメイドを雇ったのかと思った」

「こんなに短いスカートをはいたメイドはぜったいに雇わないわ。仮装舞踏会があるの。わたしはフランス人のメイドよ。どうかしら？」

「すごく魅惑的だ。だけど、完璧を期するなら、網目のストッキングとハイヒールが要るね」

「名案だわ。今日、買っておくことにする」

「マウントジョイのパーティーだね」

「マウントジョイのハウスパーティーのことを知っているの？」

「ああ、ぼくも招待されているから」

「あなたがマウントジョイ家と知り合いだとは知らなかった」

「だって、いかにもじゃないか。サー・ヒューバートの屋敷、アインスレーとは目と鼻の先だよ。昔はマウントジョイの息子とよく遊んだものさ」

「マウントジョイ家には、息子さんがいるの？」あらまあ、この週末は、なかなか面白いことになりそうじゃない？

「ふたりの息子はどちらも遠くにいると聞いている。ロバートはインド、リチャードはダートマスにいる（トリストラムは〈ウォバート〉と〈ウィチャード〉と発音した）。海軍一家なんだよ。ここに来たのは、ぼくといっしょに明日、車で行かないかと誘おうと思って。車を借りることができたんだ」

「まあ、ご親切にありがとう。どうやって行こうか、考えていたの」

まるでわたしがプレゼントをあげたかのように、トリストラムはにっこり笑った。

「よかった。一〇時頃でどう？　ただの小型車だよ。ロールス・ロイスは借りられなかった」（これももちろん、〈ウォールス・ウォイス〉に聞こえた）。

「完璧よ。重ねてありがとう」

「アインスレーでいっしょに散歩して、昔話でもできるといいな」

「噴水の中を走ろうって言わなければね」

トリストラムは笑った。「まさか、そんなこと。恥ずかしいな」それから真面目な顔になった。「ところで、ぼくが今日訪問したのは、お兄さんのことできみがひどく動揺しているに違いないと思ったからだ。なんてひどいことになってしまったんだろう」

「ええ、すごくショック。もちろんビンキーは潔白だけど、それを証明するのは難しくて。警察は、兄が有罪だと確信しているみたい」

「警察は馬鹿だ。まともなことをしたためしがない。ねえ、ぼくは一時間ほど職場に戻らなくていいんだ。前に約束したこと、ほら、ロンドンを案内するという話だけど、いまからどうかな。きみを元気づけるために」

「トリストラム、親切にありがとう。でも、正直に言って、今日は何もする気になれないの。いろいろ考えることがあって。もっと気分のいいときにでも、また」

「よくわかるよ。本当に、ひどい不運に見舞われたものだ。しかし、コーヒーでも一杯どうかな？　近くにカフェがあったはずだ。それに、仕事に戻る前に、ぼくはどうしても一杯飲みたいし」

「ナイツブリッジにはライアンズをはじめ、たくさんのカフェがあるわ」

「ライアンズまで行く必要はないと思うよ。ね、行ってみようよ。まず着替えをしてから」

「ええ、そうね」自分の服装を見おろして微笑んだ。「入って居間で待ってて。いま、お客様を通せる部屋はそこだけなの」わたしは彼を二階に案内した。「座って。長くはかからないわ。そうそう、義理の姉が家にいるので、見たことのない女性に尋問されても驚かないでね」

素早く着替えて戻ると、トリストラムがとても緊張した顔で座っていた。フィグと遭遇したようだ。

「義理のお姉さんはかなりうるさい人だね」家を出てからトリストラムが言った。「きみが付き添い人なしに、男性の訪問者を接待するというのは感心しない、だいたい、居候の身にあるまじき振る舞いだと言っていた。まるでぼくが漁色家《ドン・ファン》であるかのようににらみつけるんだ。このぼくがドン・ファンに見えるかな？」

「ああ、困ったわ。さらなる問題が発生。明日ここから逃げ出して、平和で静かで陽気な場所に行くのが待ちきれない」

「ぼくもだよ。あの事務所で働くのが、どれだけ憂鬱かは言葉に表せないほどだ。書類をファイルして、目録を書き写し、さらにもっと多くの書類をファイルする。もしサー・ヒューバートが、これがどんな仕事か知っていたら、あそこで年季奉公させようとは思わなかっただろう。彼だったら二分と我慢できないよ。退屈で頭がおかしくなっていたはずだ」

「サー・ヒューバートの具合はいかが？　何か変わりはあった？」

トリストラムは幼い少年のように唇をかんだ。「変化はない。まだ昏睡状態にある。あちらへ行って付き添いたいけれど、たとえ旅費の工面ができたとしても、ぼくには何もできることはないし。すごく無力だと感じる」

「本当にお気の毒だわ」

「この世界で親類はサー・ヒューバートだけだ。だけど、奇跡が起こらないとも限らない。ねえ、もっと愉快なことを話そう。仮装舞踏会はきっと楽しいよ。ぼくと踊ってくれるかい？」

「もちろん、あなたがわたしのダンスの下手さに堪えられるなら」

「ご同様さ。きっと、ぼくらはいっしょに『痛いっ！』と叫ぶね」

「あなたは何に仮装するつもり？」

「レディ・マウントジョイが、何か衣装を貸してくれると言っていた。親切に甘えようと思うんだ。ウエスト・エンドの貸衣装店に足を運ぶ時間も金もないから。追いはぎ《ハイウェイマン》の衣装があるという話なので、それもいいかなと。冒険活劇みたいだろう？」

笑いながらしゃべっているうちに、人通りの激しいナイツブリッジに着いた。すぐに、静かな小さいカフェを見つけてコーヒーを注文した。大柄な女性が隣のテーブルに座っていた。お化粧が厚すぎる。首に巻かれたキツネの毛皮の顔がこちらを見てにやりと笑う。わたしたちが席に着くと、彼女はこちらに微笑みかけて会釈した。

「すてきな日ね？　あなたたちみたいな若い方には、公園を散歩するのに絶好の日だわ。わたしもハロッズに行くところなの。でも、最近あそこも昔とは違うと思いませんこと？　大衆向けになったというか」ウェイトレスがやって来て、カップを置いたので、女性は言葉を切った。ウェイトレスはわたしたちのテーブルにもコーヒーを置いた。「ありがと」と女性は言った。「それから、アイスクリームケーキ《クリームスライス》もね。クリームスライスを食べないと元気が出ないのよ」

「いまお持ちします」とウェイトレスは言った。

トリストラムはわたしをさっと見て、にやりと笑った。

「砂糖は？」トリストラムは自分のコーヒーに角砂糖を落としてから、砂糖入れをこちらに回そうとした。

「いらないわ。砂糖は入れないの」

するとと、背中をとんとんとたたかれた。「ごめんなさい、お嬢さん。お砂糖を貸していただけるかしら？　わたしのテーブルには見当たらないみたいなの。本当に、だんだんサービスの質が落ちてくるわね、この頃」

トリストラムから砂糖入れを受け取って女性に渡す。ずんぐりしたその手にはたくさんの指輪がはまっていた。彼女は何個か角砂糖をコーヒーカップに落として、砂糖入れをわたしに返し、クリームスライスが早くこないか心待ちにするように顔を上げた。

わたしは体を自分のテーブルのほうに戻してコーヒーを飲み始めようとした。そのとき、後ろから喉を詰まらせたような声が聞こえてきた。はっとして振り返る。太った女性の顔はほとんど紫色に変わり、苦しそうに手を空中に泳がせている。

「窒息している」トリストラムはさっと立ちあがり、女性の背中をたたき始めた。ウェイトレスが、騒ぎを聞いて駆けつけてきた。しかし、状況は良くなかった。息を詰まらせていた女性は、今度は喉をごぼごぼ鳴らして、皿の上に顔を突っ伏した。

「早く助けを呼んで！」トリストラムは叫んだ。狂乱状態でウェイトレスは悲鳴をあげ、わたしは呆然とただそこに立っていた。

「なんとかできないの？」わたしは叫んだ。「喉に詰まっているものを取り除けない？」

「飲み込んだものは下に行きすぎている。でなければいま頃、出てきているだろう。下手なことをすると、かえって喉の奥に詰まってしまうような気がする」トリストラムの顔は蒼白だった。「なんてひどいことだ。家まで送ろうか？」

「助けが来るまでここにいるべきだわ。何の役にも立たないけれど」

「自分で招いたことだよ。彼女がケーキを口に詰め込むようすを見ただろう？」

助けが到着した。警察官と、たまたま通りかかったお医者さんだった。医師はすぐに診察を始め、脈を取った。

「残念ながら、手遅れです。亡くなっている」

わたしたちは警察官に事情を話し、静かに歩いて家に帰った。トリストラムは仕事に戻らなければならなかったし、わたしはハウスパーティーのために荷造りをすることにした。フィグはどこかに出かけていた。たぶんまたロンドン警視庁を煩わしにいったのだろう。どうしても心から離れない恐怖心を払いのけようと、人気のない家の中を歩き回った。もしこれが死との初めての遭遇だったら、こんな気持ちにはならなかっただろう。けれど家の浴槽で死体を発見して一週間もしないうちに、船に引きずられそうになり、押されて列車の下敷きになりそうになった身としては、今回の死が偶然の一致とはとても思えないのだった。同じ殺人者がまたわたしを狙ったのではないかという、忌まわしい考えが頭に忍び込んできた。

あの砂糖入れは、太った女性に貸してと頼まれ、わたしが手渡したものだ。誰かが砂糖に毒を入れたということはありえるだろうか？　それができた可能性がある唯一の人物はトリストラムだった。わたしは頭を横に振った。それは不可能だ。トリストラムは角砂糖を自分のコーヒーに入れるときまで砂糖入れに手を触れていなかったし、それからすぐにわたしのほうに回してきた。彼があらかじめ、どこのカフェに行くか決めておくことはできなかった。

なぜならナイツブリッジを提案して、コーヒー店を選んだのはわたしだったからだ。それにわたしが知っているかぎりでは、トリストラムは先週の日曜日に船に乗っていなかった。そのときあることを思い出してぞっとした。ライアンズでダーシーと最初に会ったときのこと。彼は、紅茶に毒を盛られた客が店の裏口から運び出されるという冗談を言っていた。そして、ダーシーは先週の日曜日に船に乗っていた。わたしは、こうしたすべてから逃げ出して、安全な田舎に行けることがすごくうれしかった。早く明日になってほしい。

25

ファーロウズ
サセックス州メイフィールドの近く
一九三二年五月六日（金曜日）

もう何も信じられなくなっていた。昨日の事件は、貪欲にがっつきすぎた女性が窒息死したにすぎないのかもしれないが、それでもあれは、わたしが彼女に砂糖入れを手渡した直後に起こったことだった。わたしはいま、自分と兄を陥れるために、狡猾な陰謀が張り巡らされていると確信するようになっていた。おそらくダーシーとベリンダ、そしてたぶんウィッフィー・ファンショウも共謀しているのだろう。トリストラムが関係している可能性も捨てきれない。ただトリストラムは日曜日に船に乗っていなかったように思うのだけれど。どうしてもわからないのは動機だった。なぜ、誰かがわたしを殺したがるのか？

そんな不安を抱きながら、小さなふたり乗り自動車の助手席に乗り込み、トリストラムがわたしのスーツケースをトランクに縛りつけるのを見ていた。彼はこちらの視線を捕らえて、快活に微笑み返してきた。トリストラムを疑うなんて馬鹿げている。でも、ベリンダやウィッフィーを疑うのだって同じくらい馬鹿げている。ダーシーのことも疑いたくなかったけれど、彼については確信が持てなかった。いずれにせよ、トリストラムがマウントジョイ家まで、ずっとハンドルを握っていくのだ。

フィグは、わたしが青年と(とくに彼女がいままで一度も名前を聞いたことがない青年と)ふたりきりで旅をすることは非常に不適切だと考えた。実際、フィグはわたしをヴィクトリア駅まで送っていくと言い張って、電話でタクシーを呼ぼうとしたので、もみ合って受話器をもぎ取らなければならなかった。

「フィグ、わたしは二一歳なの。それにあなたとビンキーは、わたしがもうあなたたちの責任下にはないとはっきりと宣言したじゃないの」とわたしはきっぱり言った。「もしまたお小遣いをくれることにして、召使の賃金も払ってくれるというのなら、命令してもかまわない。でもそうでないなら、わたしが何をしようと、わたしが誰とつきあおうとあなたには関係ないことなのよ」

「わたくしはこれまで、誰からもこのような口のきき方をされたことはありません」フィグは興奮してまくしたてた。

「これからはそうなると覚悟して」

「母方の育ちの悪さがとうとう表に出てきたのね」とフィグは鼻であしらうように言った。「まともとは言えない若い男をとっかえひっかえするようになるのが目に見えるようだわ。

母親そっくりに」

わたしは冷静に微笑んだ。「そうね、でも、母がどんなに人生を楽しんでいるか、考えてみて」

フィグは答えに窮してしまった。

こうして、いま、わたしたちは陽気にドライブを楽しんでいた。都市の街並みは木々の多い郊外の風景に変わり、やがてポーツマス・ロードに入ると、本物の田舎の景色が目の前に広がった。野原に栗とオークの木が枝を広げて、馬たちがゲートから首を外に伸ばしている。この数日間の重荷が取り払われていくのを感じた。トリストラムははしゃいでおしゃべりしている。途中でベーカリーに寄って、ソーセージロールとチェルシーバン（レモン皮やシナモンが練りこまれた渦巻き状の甘いパン）を買い、なだらかな丘陵の側面をゆっくりのぼって頂上で車を停めて、美しい眺めを満喫する。道路の横の草地に座って、にわかピクニックランチを食べながら、わたしは満足のため息を漏らした。

「また田舎に来るのはいいものね」

「本当にね。きみも、ぼくと同じく都会が嫌いなのかな？」

「嫌いではないし、実際、お金さえあれば、かなり面白いかもしれないと思うけど、わたしは根っからの田舎娘よ。馬に乗ったり、湖のまわりを散歩したり、顔にかかる風を感じてないとだめなの」

トリストラムは長いあいだわたしを見つめてから言った。

「ジョージー、ぼくは先日、冗談を言ったわけじゃなかったんだ。ぼくでよかったら、いつでも喜んできみと結婚する。確かに、いまのぼくにはあまり金がないが、いまに裕福になる。アインスレーに住んで、噴水を甦らせよう」

「本当に優しいのね、トリストラム」わたしは彼の手を軽くたたいた。「でも、わたしは愛する人と結婚したいと思っているって、前にも言ったわよね。あなたには、きょうだいに対するような気持ちしかないの。都合がいいからという理由で結婚するつもりはないのよ」

「うん、よくわかった。だけど、きみの心が変わるのを期待して待つのはかまわないだろう?」

わたしは立ち上がった。「ここは美しい場所ね。森の中からの眺めはどうかしら」

小道を歩き始めると、すぐに車と道路が見えなくなり、いつのまにか森の真ん中に立っていた。鳥は木の上でさえずり、リスが足元を横切っていく。生まれてからずっと、わたしは野山の中ですごしてきたんだ、と思う。すると突然、森が静まり返った。森全体が聞き耳を立て、監視しているような気がして、体がこわばってくる。不安になって周囲を見回した。車からほんの数メートルしか離れていない。危険が振りかかるはずはない。そうよね? そのとき、混雑した地下鉄のホームのことを思い出した。踵を返して、急いで道路に戻った。

「ああ、ここにいた」元気のいい声が聞こえた。「どこへ行ったのかと心配していたんだよ」

別の車がわたしたちの車の横に停まっていた。運転していたのはウィッフィー・ファンショウで、マリサ・ポーンスフット゠ヤングとベリンダを乗せていた。彼らも草の上にピクニックマットを広げていた。

「あなたたち、どこに行くの？」とわたしが尋ねると、どっと笑いが起こった。

「あなたと同じところよ、馬鹿ね。わたしたちもハウスパーティーに呼ばれているの」

「ほら、ここに座れよ」ウィッフィーは自分の横のマットを軽くたたいた。「マリサのママが、フォートナムでおいしい食べ物を買ってきてくれたんだ」

わたしは座って、彼らに加わった。わたしたちのピクニックランチよりもはるかに上等な食べ物ばかりだったけれど、冷製のキジや、メルトンモーブレーパイやスティルトンチーズを心から楽しむことはできなかった。避けたいと思っていた人たちといっしょに田舎に滞在するのだ思うと、心がざわついてくるからだ。

わたしたちは再び出発した。前を走るアームストロング・シドレー（二〇世紀前半にイギリスの会社が製造した車）をじっと見つめる。彼らがやって来た瞬間に感じた不安は、わたしに備わっているケルト族の第六感によるものだったのだろうか？

こんなこと考えるなんて馬鹿げている。だって、みんな子どもの頃からずっと知っている人たち。過剰反応しているのよ、と自分に言い聞かせる。この一週間の一連の事故は、やはり本物の事故で、とても不吉なものだったというだけなのだ。浴槽の死体のせいで、そして、ひとりぼっちでロンドンでは勝手がわからないせいで、深読みしすぎるのだ。これからの数日間は気楽に愉快にすごそう。かわいそうなビンキーと自分に起こったことはしばし忘れて。

馬力のあるアームストロング・シドレーは先に行ってしまった。わたしたちはゆっくりと木々の多いわき道を走っていく。トリストラムは速度を落として指さした。「ほら、そこの林のあいだからアインスレーが見える。覚えてる？」

プラタナスが立ち並ぶ長い優雅なドライブウェイを眺める。道の向こうには、赤と白の煉瓦造りの壮大なチューダー様式の邸宅が見えた。楽しかった思い出がよみがえってきた。そのドライブウェイでスクイブスという名前の太った小さなポニーに乗ったことがあった。サー・ヒューバートは樹上の小屋を造ってくれたっけ。

「あなたがあそこを愛する気持ち、よくわかるわ。わたしもとても幸福な場所として覚えているもの」

さらに進むと、すぐに別の美しい家が見えてきた。マウントジョイ家の屋敷、ファーロウズだった。優雅なジョージ王朝様式の家で、手すりにはたくさんのギリシア・ローマ風大理石像が並んでいる。ドライブウェイの横にもたくさんの像が並んでいた。

「壮観だと思わないか？」トリストラムは言った。「明らかに軍隊は金になる。戦争はいつもどこかで起こっているからね。石像でさえ勇ましい感じじゃないか？　きみの家のあのおっかない天使よりも、もっと恐ろしい」

わたしたちは、噴水がしぶきをあげる人工の湖を通りすぎ、正面玄関に通じる大理石の階段の横に車を停めた。仕着せをまとった召使たちがすぐに出てきて「いらっしゃいませ、お嬢様」と言って、わたしの荷物をさっさと運んでいった。階段の一番上まであがると執事が待っていた。

「ようこそ、いらっしゃいませ、お嬢様。公爵閣下の現在のご苦境、たいへんお気の毒に存じます。レディ・マウントジョイが、もしよろしければお茶でもごいっしょにいかがかと、ロング・ギャラリーでお待ちです」

わたしは作法を心得ている世界に戻っていた。執事についてロング・ギャラリーに行くと、ウィッフィーたち一行がイモジェン・マウントジョイといっしょにクランペットを食べていた。もっと年長の人々も何人かいっしょに着席していた。その中にはウィッフィーの両親もいた。レディ・マウントジョイが立ちあがり、こちらに来て挨拶した。

「このような心配事をかかえているときに来てくださってありがとう。わたしたちはみな、あなたのお気の毒なお兄様に同情していますのよ。ひどい言いがかりですわ。警察が迅速に真相を明らかにすることを望みます。さ、こちらにいらして、イモジェンとアメリカからのお客様にお会いになって」

イモジェンは喜んでいるふりをしている。「ジョージー、会えてうれしいわ」わたしたちは互いの頬の近くで音だけのキスをした。ミセス・シンプソンがいるはずだと、あたりを見回したが、アメリカ人の客は、ウィルトン・J・ワインバーガー夫妻だった。

「新聞で読んだ公爵とはあなたのお兄様なのですね」とミスター・ワインバーガーはわたしと握手しながら言った。

「それから、こちらはわたしたちの隣人のバントリー＝ビング大佐ご夫妻よ」レディ・マウントジョイは兄の件で質問攻めに合う前にわたしを連れ去った。その女性にはなんとなく見覚えがある気がしたけれど、なぜなのかはわかった。かっと顔が熱くなる。もうおしまいだ。バントリー＝ビング大佐はわたしと握手して、「はじめまして」と朗らかに言った。

ミセス・バントリー＝ビングもわたしの手を取った。

「お目にかかれて光栄です、公爵令嬢様」と言うと、小さくお辞儀をした。彼女は視線を下げていたので、わたしがあのメイドだと気づいているかどうかまったくわからなかった。もし気づいていたとしても、わたしに秘密を知られているので、そしらぬふりを決め込むつもりのようだった。わたしはそのグループに仲間入りして、「ここのイギリスの田園風景は美しいが、狩りができなくて残念だ」などと軽口を言い合うのにつきあった。ありがたいことにイモジェンが最近旅をしてきたフィレンツェの写真を見せると言ってわたしをみんなの輪から引っ張り出してくれた。

「ダンスのパートナーはウィッフィーとトリストラムだけ？」わたしは彼女にささやいた。

イモジェンは顔をしかめた。「そうなの。いやになるわね。でも、ママが言うには、今回は若い人のための週末ではなく、すべて皇太子様と彼の友人たちのためのものなんですって。でも、ママは明日のダンスパーティーに間に合うように、あとふたりばかり、若い男性も呼ぼうとしているみたい。ウィッフィーはダンスの相手としてまずまずだけど、トリストラムは足を踏むに決まっているわ。どうしようもない人よね？　子どもの頃、トリストラムがうちに来ていっしょに遊ぶのがとってもいやだった。いつもおもちゃを壊したり、木から落ちたりして、わたしたちを困らせたから」

「イモジェン、あなたのお友だちをお部屋に案内してさしあげたら？」とレディ・マウントジョイが声をかけた。「若い人たちは話すことがたくさんあるでしょう」

「そうしましょう。さあ、来て」イモジェンはわたしたちを引き連れて、淑女らしくなくさっさと階段をのぼっていった。階段の折り返しで後ろを振り返る。「あのつまらない人たちからは逃げるが勝ちよ。狩猟期でなくてよかったわ。でなければ、あのウィルトンという人が、うちの馬をだめにしたはず。これまでのところ全然面白くないわよね？　皇太子様がいらっしゃるのが楽しみだけど、皇太子様には別のご関心があるみたいだから」

「ご主人と到着するご婦人ね」とベリンダが言った。

「本当に？」マリサは興味津々という顔できいた。

「ええ、そうなの。かわいそうなだんなさんは、革ひもにつながれた犬みたいに引き回されているのよ」

マリサは顔をしかめた。「わたしにあまり飲ませないでね。皇太子様の前で恥をかきたくないから。酔うとわたしがどうなるか知っているでしょう？」

わたしたちは最初の踊り場に着いた。いくつもの壁龕《へきがん》には大理石の胸像が鎮座し、両側に立派な階段がある壮麗な場所だ。「ジョージーはこの階よ」とイモジェンが言った。「あなたは皇太子様とともに、王族として最良の寝室が用意されているの。残りのわたしたちは、もう一つ上の階のふつうの寝室」

「特定のお客さまたちは、この階に泊まることになっているといいけど」とベリンダがささやいた。「でないと、夜中に、階段をこっそりあがったりおりたりして、たいへんじゃない」

「こっそり階段を行き来する段階までいっているかどうかは、確かじゃないけど」イモジェンが答えた。「この階に、あるご夫婦が泊まることになっているのは本当よ。ただし大階段の反対側の部屋。だから、やはり長い道のりね。大理石の床を歩くと足が冷たい《コールドフィート》でしょうね」イモジェンはくすくす笑った。「ジョージー、もしきゃっと悲鳴が聞こえたら、そういうことよ——怖気づいた《コールドフィート》の」

わたしの部屋は、廊下の一番奥にあった。出窓から湖と公園が見えて、とてもすてきな部屋だった。すでに荷ほどきされて、衣服は片づけられていた。

「メイドを連れてきた？　それとも着替えのために、メイドを寄こしたほうがいい？」とイモジェンは尋ねた。

「メイドはまだスコットランドにいるので、わたし、自分で服を着られるようになったの」

「そうなの？　えらいわ」

「わたしのメイドは列車で到着する予定よ。よかったら彼女を使って」とベリンダが言った。ベリンダとわたしのあいだには緊張が感じられた。それがすべて、わたしの気のせいなのか、よくわからなかった。彼女はいつもよりよそよそしい感じがした。

「それじゃあ、あなたはここで着替えをしてね。わたしは、ベリンダとマリサを上の階の質素な寝室に連れて行くから。カクテルは七時から。まずは一休みしてね」と、イモジェンは言い、ドアのところで振り返った。「そうそう、部屋の横に、小さな階段がついているの。

その階段でロング・ギャラリーにおりられるわ。カクテルはそこに用意されるから」

ひとりになって、ベッドの上に横たわったが、リラックスすることはできなかった。起きあがって、部屋を歩き回る。窓から、ウィッフィー・ファンショウが家から大股で遠ざかっていくのが見えた。途中で一度家のほうをさっと見上げたが、また足早に歩き去った。ウィッフィーの姿を見つめながら、さまざまな考えが頭の中で交錯した。子どもの頃から知っている人――近衛将校、少し堅苦しくて退屈だけど、人を殺すとは思えない。しかし、ド・モビルがクロックフォーズに通っていた頃、彼も頻繁にそこに顔を出していた。そして……わたしはもうひとつの事実を思い出した……ド・モビルの部屋の電話の横にあったメモ用紙に残っていた文字の凹み。R――一〇時三〇分。ウィッフィーの名前はロデリックだ。とにかく、この週末に彼と話をしなければならない。真相をさぐり出すのだ。危険にさらされながら暮らすのにはもううんざりだ。

とりあえずそのような考えはわきに置いて、夕食ための着替えに専念した。今回だけは、品よく見せなくてはならない。わたしの肌の色をひきたたせるワイン色の袖のついたクリーム色のシルクのドレスは、豆づるの支柱みたいにのっぽに見せないようなデザインになっている。少し頰紅をはたいて、唇にはさっとルージュを塗り、二一歳の誕生日にもらった真珠の首飾りをつけた。メイドの助けを借りずにひとりで全部できたので、ちょっと誇らしい気分になる。支度が整うと、みんなに合流するために部屋を出た。わたしの部屋がある廊下の奥は明かりがついていなかったので、小さな螺旋階段を慎重におりていく。一段、二段。突然、何かに足をとられ、前方に投げ出された。階段を転落していく。手すりはなく、手は滑らかな壁を滑った。ほんの一瞬の出来事だったはずだが、スローモーションで下へと舞いおりていくように思えた。目の前に鎧兜が不気味に迫ってくるのが見えたと思った瞬間、それに激突した。斧が振りかざされているのに気づいて、両腕を上げて自分の身を守った。ガシャンという衝突音、それからばらばらと崩れる音。気がつくとわたしはばらばらになった鎧兜との部品が上から降ってくる中に座っていた。

即座に人々が下から駆けあがってきた。

「ジョージー、大丈夫か？」

わたしは助け起こされた。人々の心配そうな顔がわたしを見つめている。ドレスを払う。どうやら、腕のかすり傷と伝線したストッキングは別として、大きな被害はなかったようだ。

「この階段のことをあなたに注意しておくべきだったわ」と、レディ・マウントジョイが言っている。「照明が暗いの。このことはウィリアムに言っておいたのだけど」

「本当に、ジョージーったら」ベリンダが場を明るくしようとして言った。「広いぴかぴかの床の上でも何かつまずくものを見つけるんだから。まあ、腕をすりむいちゃって、かわいそうに。でも長手袋をはめてなくてよかったわ。だめになってしまうところだった。部屋に戻って、傷をきれいにしましょう。ストッキングも伝線しているし。もう一足、必要かしら？」

みんなはとても親切にしてくれた。人々に注意深く支えられながら階段をおりる。

「さあ、着いた。ここなら安全ね」レディ・マウントジョイはほっとしているようだった。

「こちらへ来て、皇太子殿下にご挨拶なさいな」わたしはデイヴィッドがマウントジョイ卿と殿下の侍従らしきふたりの堅苦しい青年といっしょに立っているところに連れて行かれた。

「やあ、ジョージー」レディ・マウントジョイが口を開く前にデイヴィッドが言った。「鎧兜と戦っていたそうだな」

「ただ、運悪く転倒しただけですわ」レディ・マウントジョイがわたしより先に答えた。

「でも、もう大丈夫です。ジョージアナ、シャンパンにする？　それともカクテルのほうがいいかしら？」

「怖い思いをしたあとだ、ブランデーが要るだろう」とマウントジョイ卿が言い、ブランデーが運ばれてきた。ブランデーは好きではないと言うのははばかられたし、何かちびちび飲めるお酒を手にすることができてありがたかった。いまのわたしの神経をなだめるにはかなり長くかかりそうだったから。それから上の階へ連れて行ってもらった。そのとき、スカートに何かついているのに気づいた。つまみあげてみると、それは一本の太くて黒い糸だった。最初はどこでそんなものがスカートにくっついたのかわからなかったが、しばらくしてはっと気づいた。誰かが階段の上のほうにこの糸を張っておいたのではないか。この階段を今夜使うのはおそらくわたしだけだということを知っていた誰かが。わたしを狙っている者は、この家の中にいる。

26

ファーロウズ
一九三二年五月六日（金曜日）

しかし、考えている暇はなかった。女性たちに紹介されるために連れて行かれたからだ。即座にミセス・シンプソンを見つけた。わたしがモデルになって大失敗をしたときの服と似たようなパンツルックで、座り心地のよさそうなソファーに腰かけていた。人々からちやほやされ、ヨーク公の吃音を思わせるような話し方でしゃべっている。わたしたちは正式に紹介された。

「以前、どこかでお会いしたことがあるような気がしますわね？」彼女はじろじろとわたしを見ながら、ものうげに言った。

「かもしれませんわね」わたしは関心のないふりをして答えた。心の中に彼女が言った数々の失礼な言葉がよみがえってくる。

「ああ、わかったわ。あなた、公爵を引っかけた〈女優〉の娘でしょう？」彼女は〈女優〉

という言葉を、何か評判がよくないものの婉曲表現であるかのように言った。

「ええ、そうよ。あなたも母に会う機会があったら、王女のように演じるにはどうすればいいかコツを教えてもらえるかもしれないわね」わたしは甘ったるく微笑んだ。まわりから忍び笑いが聞こえてきて、ミセス・シンプソンはわたしをにらみつけた。彼女に背を向けて歩き始めると、後ろから大きな声が聞こえてきた。「かわいそうに、あんなに背が高くて、動きがぎこちないとは。結婚できたとしても、相手はせいぜい無骨な農夫くらいのものでしょうよ」

「あの子ほど、ベッドで望ましいものを持っている女性がほかにいるかしら？」わたしの耳に飛び込んできたのは、ほかならぬ母の声だった。襟のまわりにクジャクの羽根をあしらった、クジャクのようなブルーのドレスを着て輝くばかりに美しい。「ところで、ビンキーに関するこのたわごとはいったいなんなの？　ビンキーが誰かを殺すとしたら、相手はフィグしかいないと思ったのだけど」

「お母様、笑いごとじゃないのよ。絞首刑にされてしまうかもしれないんだから」

「ジョージー、公爵は死刑になんてならないわ。狂気を理由に起訴が取り下げられるでしょう。上流階級の人の頭がおかしいことは、周知の事実だから」

「でも、ビンキーはやってないのよ」

「もちろん、そうでしょうとも。あの人には暴力的なところはないもの。昔、猟犬がキツネに嚙みつくところを見て、吐いていたわ」

は尋ねた。

「ところで、ここで何をしているの？」このときばかりは母に会えたのがうれしくてわたし

「マックスは、マウントジョイ卿と仕事上のつながりがあるの。どちらも兵器関連事業に携わっているのよ。それにマックスは皇太子殿下とは狩り仲間。それで今日、招待されたというわけ。さあマックスに紹介するわ。残念ながら、彼の英語は絶望的よ」

「そして、お母様はドイツ語を話せないんでしょう？　どうやって会話するの？」

母は明るく人を惹きつける声で笑った。その笑い声がかつては劇場に響きわたっていたのだ。「いやね、あなたったら。男と女はいつも話をする必要があるわけじゃないの」

母は腕をわたしの腕にからめて、少々ずんぐりした堂々たる体格のブロンドの男性のところに連れて行った。彼は皇太子とマウントジョイ卿と話し込んでいた。

「そう、イノシシだ。バン、バン」マックスがひどいドイツ語なまりで話すのが聞こえた。

「わたしが言っていることがわかったでしょう？」と母が耳元で言った。「言葉に関しては問題ありだけど、セックスは極上よ」

セックスの話が出たので、火急の問題を思い出した。「ところで、今夜の夕食に誰がわたしをエスコートしてくれるのかしら？　マウントジョイ卿でないといいけど。年配の人たちと礼儀正しく会話をするのはいやだわ」

「マウントジョイ卿はあの最低なアメリカ女をエスコートすると思うわ」と母はささやいた。

「まるで彼女が正式に誰かの伴侶であるかのように。かわいそうなミスター・シンプソンは

――ほら、目立たないところでこそこそ歩き回っているわ――入室の列の後ろのほうに回されちゃうでしょうね。まったく礼儀にかなっていないったらないわ」

「ということは、わたしのエスコートは、ウィッフィー・ファンショウかトリストラムのどちらかということね。会話が弾むとは言い難いわ」

「気の毒なトリストラム。最近あの子はどうしているの？」

「元気にしているみたいよ。彼に結婚を申し込まれたわ」

母は笑った。「それはありえない。近親相姦みたいじゃない。同じ乳母に育てられたのよ。とはいえ、悪い相手じゃないかもね。もしも気の毒なヒュービーが亡くなったとしたら」

「お母様、トリストラムはとても優しい人だけど、彼と結婚するなんて想像できる？」

「率直に言って、できないわね。でも、たしか、レディ・マウントジョイはあなたのパートナーを招待したと言っていたと思う」

その瞬間、両開きの扉が開き、執事が部屋の中に入ってきて一同に知らせた。

「ルーマニアのジークフリート殿下のご到着にございます」

薄い色の金髪をぴたりとなでつけ、夜会用の軍服にどんな将軍よりもたくさんの勲章やメダルを飾ったジークフリートが、大股で部屋に入ってきた。レディ・マウントジョイの前まで進むと、気をつけの姿勢をとってからお辞儀した。「ご招待いただき光栄です」と彼は言った。次に皇太子の前に行き、再び気をつけの姿勢をとった。二人はドイツ語でなにやら会話し、それからジークフリートはわたしのところに連れてこられた。

「レディ・ジョージアナのことはご存じでいらっしゃいますわよね、殿下?」

「もちろんです。ようやく再会できましたね」ジークフリートは体を屈めて、大きな冷たい唇でわたしの手にキスした。「お元気でいらっしゃいましたか?」

わたしは憤慨していた。あの悪賢い古狸め。王妃様は、わたしにデイヴィッドを見張らせる気なんてまったくなかったんだ。ジークフリートとわたしを再び会わせるために、これを計画したのだ。ジークフリートと会うのを避けたくてわたしがスコットランドから逃げ出したのを王妃様はご存じだった。そして、そう簡単に逃がすつもりはなかったのだ。でも、水場に馬を引いていくことはできても、大嫌いな相手と結婚させることはできないのよ。

とはいえ、わたしはよくしつけられていた。ジークフリートが自分のことを話し始めると、礼儀正しくじっと耳を傾けた。「今年の冬のスキーは素晴らしかった。あなたは最近、どこでスキーをなさいますか? わたしはスキーが得意なのですよ。わたしには恐怖心というものがない」

夕食を知らせる鐘が鳴り、わたしたちは列をつくってダイニングルームへ向かった。もちろんわたしは、ジークフリートとペアを組んで、皇太子とレディ・マウントジョイの後ろに並んだ。席に着いてからテーブルのまわりを見回す。階段に黒い糸を張るほど心のねじくれた人間は、この中の誰なのだろう? わたしがまだ生きていられるのは奇跡としか言いようがない。落ち方が悪かったら、あの斧がわたしに振りおろされるか、首の骨が折れるかしていただろう。まずウィッフィーを、それからトリストラムを見つめた。どちらも頭が切れるというタイプじゃない。でも、ベリンダは――彼女は学校で最も賢い生徒のひとりだった。わたしはどうしても信じられなくてかぶりを振った。ベリンダがわたしを殺したいと思う理由などあるだろうか？

テーブルにはまだ空席が一つあった。それに気づくとすぐに、再び扉が開いた。

「ジ・オナラブル・ダーシー・オマーラのご到着にございます」という執事の声とともに、タキシード姿がよく似合うダーシーが入ってきた。

ダーシーがレディ・マウントジョイに挨拶して、遅れたことを詫びると、彼女は言った。

「ミスター・オマーラ。来てくださったのね。とてもうれしく思いますわ。さあ、どうぞお座りになって。まだ、スープをお出ししているところですの」

ダーシーはわたしをちらっと見てから、向かい側の席に着き、すぐに左隣のマリサと話し始めた。頬がかっとほてってくるのを感じた。ダーシーはいったいここで何をしているの？誰が彼を招待したの？　そしてそれはなぜ？

礼儀正しい静かな会話越しに、ミセス・シンプソンの耳障りな声が聞こえてきた。

「では、はっきりさせていただきたいわ。現在、あなたをなんとお呼びしたらいいのかしら？　ドイツ語でフラウ？　それとも貴族の方々に使う奥方様？　あるいはただのミセス？」

ミセス・シンプソンはもちろんわたしの母に話しかけていた。母はまずいことに彼女の射程圏内の席を割りあてられていた。

「ただミセスでけっこうよ」母はにこやかに言った。「ところで、あなたは？　まだどなたかと結婚していらっしゃるの？」

一瞬冷やかな沈黙がテーブルを覆ったが、すぐに天気や翌日のゴルフの話が始まった。

「明日、遠乗りに行きましょう、どうですか？」ジークフリートがわたしに尋ねた。「馬術は得意なのです。わたしは素晴らしい乗り手ですよ。恐怖心というものをまったく知らない」

これは悪夢だ。わたしは母とミセス・シンプソン、冷たい唇のジークフリート、そしてわたしを殺そうとしているかもしれないダーシーと同じ部屋に放り込まれてしまった。これ以上、事態が悪くなることってありえるかしら？

どうにか、わたしは夕食を乗り切った。いろいろなことを埋め合わせてくれたのは素晴らしい食事だった。ベークドビーンズで空腹を満たしてきた身としては、次から次へと運ばれてくるごちそうに目がくらみそうだった。カメ肉のスープのあとは種なし白ブドウを添えた料理、ひな鳥、ローストビーフ、シャルロットルース、そしてトーストにのせたアンチョビーと続く。不安な精神状態にありながら、あまりにたくさん食べられるのでわれながら驚いてしまう。そして、料理といっしょに運ばれてくるワインも楽しんだ。

ミセス・シンプソンは皇太子のほうをちらちら見ながら、食事をつついていた。皇太子も彼女のほうをしょっちゅうじっと見つめている。

「残念ながら、最近は、雀のように少ししか食べられないの。さもなければ、太ってしまうから」ミセス・シンプソンはまわりの人々に言った。「あなたはとても幸運ね。ドイツ人は太った女性が好きだから」この最後の言葉は、もちろんわたしの母に向けられていた。

「わたしがあなたの立場なら、たくさん食べるわ」母は皇太子をちらっと見て言った。皇太子はドイツ系のハノーバー選挙侯や、ザクセン＝コーブルク＝ゴータ家のアルバート公の血を引いている。母は明らかに楽しんでいるようだった。レディ・マウントジョイが、女性たちを居間に誘ったので、わたしはほっとした。居間にはコーヒーが用意されていた。いまや不倶戴天の敵となった母とミセス・シンプソンはそこでもまだ、愛想よく振る舞いながらも、厭味の応酬を続けていた。ふたりのやりとりを楽しみたいところだったが、ベリンダが隣に座って、コーヒーにミルクと砂糖はどうかときいた。わたしは両方とも断った。

「あら、いつも夜ブラックコーヒーを飲むと眠れないって言ってたじゃない」とベリンダは言った。

母のほうを見る。母を味方として頼りにしてもいいのだろうか？　母親としての役目を果たしてきたとは言えないけれど、一人娘を守りたいはずだ。そうこうしているうちに男性陣もやって来た。

「デイヴィッド、ここにお座りなさいな」ミセス・シンプソンはソファーの自分の横を軽くたたいた。人々の喘ぐ声が聞こえるようだった。親友ですら、公の場では、皇太子を名前で呼ぶことはなく、殿下と言う。しかし皇太子はただ微笑み、そそくさと彼女の隣に座った。ミスター・シンプソンの姿は見あたらない。ビリヤードをしにいったと聞いた。ダーシーは、マリサとイモジェンのあいだに座り、一度もわたしのほうを見なかった。

「階段で転倒してたいへんな目に遭ったそうだね」とウィッフィーが言った。「廊下の照明がひどく暗かっただろう？　トリストラムのやつも、うちの階の鎧兜を倒してしまったんだ。ま、彼にはよくあることだけどね。雄牛みたいに、へまなんだ。ところで、彼を見かけたかい？」

そのとき、トリストラムはジークフリート王子と熱心に話しながらあらわれた。二人はわたしのほうに向かって歩いてくる。もう一分たりとも耐えられなかった。できるかぎり速やかに「今夜はこれで失礼します」と挨拶して席を立つと、自分の部屋に向かった。小さい階段をのぼり、慎重に手がかりを探した。暗くてよく見えなかったけれど、ひざまずいて上から三番目の段を調べた。そこで転倒したのだ。糸を結べるような釘はなかったが、壁に釘を打ったあとらしき穴はあった。敵は証拠を取り除いたつもりだろうが穴までは取り除けなかったのだ。

部屋に入ってドアに鍵をかけたが、眠ることはできなかった。どの家にも合鍵が一セットある。殺人者はそれを手に入れることができるかもしれないけれど、少なくともわたしは迎え撃つ準備をするつもりだ。適当な武器を探してまわりを見る。壁に掛かっていた金属製のあんかを取って、自分の横に置いた。誰かがわたしの部屋のドアに近づく気配を感じたら、待ち構えて、それで敵の頭をたたき、大きな悲鳴をあげるつもりだ。

時間がゆっくりすぎていく。フクロウの声がして、庭園のどこかで動物の鋭い鳴き声がした。たぶんキツネがウサギを捕まえたのだろう。そのとき、ドアの外の床板がきしむ音が聞こえた。それはほんのかすかな音だったが、すぐさま起きて、手にあんかを持ち、ドアの横で身構えた。息を殺してじっと待ったけれど何も起こらない。ついに耐えきれなくなった。できるだけ静かにドアの錠を外して、外を見る。黒っぽいガウンを着た人影が人々を起こさないようにそっと廊下の奥へと歩いていく。最初は、皇太子がミセス・シンプソンの部屋を訪問して戻ってきた、あるいはその逆かと思った。でも、その人影は皇太子よりもアメリカ人の女性よりも背が高かった。人影は、皇太子のスイートを通りすぎて、さらに進んでいく。やがてその人物は軽くドアをたたき、中に入っていった。

わたしはそっと廊下に出て、ドアを数え、これはどういうことかと考えた。皇太子のスイートを通りすぎる。人影が消えた部屋はジークフリート王子の部屋のはずだ。そして、踊り場からの光で見たシルエットは、ほかならぬトリストラムの姿に見えた。わたしは、トリストラムが王子と知り合いだということすら知らなかった。彼はなぜこんな夜中に王子の部屋にやってきたのか？　わたしは世間知らずだけれど、一つの結論に達することができた。これが、昨日わたしに結婚を申し込んだ人がしていることだなんて。いま起こっているほかのいろいろなことと同様、わたしにはまったくわけがわからない。

27

ファーロウズ
一九三二年五月七日（土曜日）

ドアノブの下に椅子をひっかけて、わたしはようやく眠りにつくことができた。翌朝、がちゃがちゃとドアノブを回そうとする音と、激しいノックの音で目覚めた。日は高く昇っていた。椅子を元の場所に戻してドアを開けると、朝の紅茶を持ったメイドが立っていた。おはようございます、紳士のみなさまはゴルフにお出かけです、とメイドは言った。アメリカのご婦人方はゴルフに加わるおつもりです。もしお嬢様もいらっしゃるなら、お急ぎになってください。

わたしは、母やレディ・マウントジョイやマリサから離れるつもりは毛頭なかった。大勢でいたほうが安全だろう。着替えて朝食を食べにおりていくと、ベリンダが腎臓料理を食べていた。「おいしいジャムよ。こういうのがときどきすごく食べたくなるのよね」

わたしは微笑んでサイドボードに行き、自分の分を取った。

「あなた、ものすごく静かだったわね」とベリンダは言った。「お兄さんのことを心配しているの?」

「ううん、わたしは自分のことを心配しているの」まっすぐ彼女の目を見る。「誰かがわたしを殺そうとしている」

「ああ、ジョージー、ぜったいにあなたの思いすごしよ。あなたは事故を引き寄せるタイプだもの。そうでしょう?」

「でも、一週間で事故が何度もよ。いくらわたしでも、そんなにへまじゃない」

「恐ろしいことだわ、本当に。でも、やっぱり事故じゃないかしら」

「昨夜のはぜったいに違う。誰かが階段の上のほうの段に黒い糸を張っておいたの。スカートに糸の切れ端がついていたのよ」

「そして、壁に釘が?」

「いいえ、でも、釘が打たれていたらしい穴はあった。犯人は釘を取り除いたに違いないわ。彼または彼女は明らかに頭がいい」

「彼または彼女? あなたは、誰が犯人だと考えているの?」

わたしはベリンダを見つめたまま「わからない」と言った。「ド・モビルの死にも関係しているかも。ねえ、日曜日の船にトリストラム・オーボワは乗っていた?」

「トリストラム? ううん、乗っていなかった」

「それじゃあ、そっちの線は違うのね」

ベリンダは立ちあがった。「想像をめぐらせすぎだと本気で思うわ。わたしたちはみんな、あなたの友だちよ。昔からあなたのことを知っている」

「だけど、全部正直に話してくれているわけじゃなかった」

「どういう意味？」

「あなたは、自分がクロックフォーズの常連だなんて言わなかったじゃない。あそこのスタッフに、あなたの顔はよく知られていたわ」

ベリンダはわたしを見て笑った。「だって、きかれなかったもの。わかりました、わたしはギャンブルが好きだと告白します。実際、かなり上手なのよ。金銭的に、なんとか破産せずにすんでいるのは、あれのおかげ。それにわたしは、自分のお金は賭けなくていいの。年配の男性は、無力でチャーミングな若い女性を助けたがるのよ」彼女はナプキンで口を軽く拭いた。「あそこでほかに何かわかった？」

「知人の何人かが必要以上にギャンブルをしているってことだけ」

「人間っていうのは、生活にちょっとした興奮を必要とするんじゃない？」とベリンダは言って、部屋を出て行った。わたしは朝食のテーブルにひとり残された。ベリンダが容疑者なのか、そうでないのかはまだわからないままだった。

食べ終わった頃に母が入ってきた。わたしは母にくっついていることにした。マックスはゴルフに出かけてしまったので、母は娘とすごすのも悪くないと思ったようだった。わたしを自分の部屋に連れて行き、母いわく「女同士の時間」をすごした。いろいろな化粧品や香水をわたしに試させる。関心のあるふりをしながら、わたしの命が危険にさらされていることをどうやって母に話そうかと考えていた。母のことだから、ただ、馬鹿なことを言わないの、と諭すだけで、あとは何事もなかったかのように振る舞うだろう。

「生活はどうしているの？」と母は尋ねた。「まだハロッズで、あのみっともないピンクのスモックを着て働いているの？」

「いいえ、お母様のおかげでクビになったわ」

「クビになった？　わたしのせいで？」

「わたしがお客に失礼な態度を取ったからですって。でも、そのお客が自分の母親だとは言えなくて」

母はけらけら笑った。「ダーリン、それはあまりにおかしすぎるわ」

「食べ物を買うお金にも困っていなければね。わたしはビンキーからお小遣いをもらってないから」

「かわいそうなビンキー。あの人は再び誰かに何かを与える立場にはなれないかもしれないわ。まったくたいへんな災難ね。あの最低な男ド・モビルは、そもそもなぜあなたの家に来たのかしら」

「ド・モビルを知っているのね？」

「もちろん。リビエラの人はみんな知っているわ。憎むべき男よ。あの男を溺れさせた人が誰であれ、世の中のためになったわ」

「でも、犯人を見つけないと、ビンキーはやってもいない罪で絞首刑にされてしまうかもしれない」

「そういうことは警察にまかせなさい。うまく捜査してくれるに違いないわ。だから、心配しないで。それよりも、あなたには人生を楽しんでほしい。自分の殻から抜け出して、少し恋愛ごっこをするのよ。そろそろ自分で夫を引っかけないと」

「お母様、時がきたら、わたしは自分で夫を見つけるわ」

「昨夜の夕食で隣の席に座っていた学生王子はどう？　あんなにたくさんの勲章やメダルをつけている人はほかでは見つからないわよ」

「彼よりふにゃふにゃの唇の人もね。お母様、彼はタラに似ていると思わない？」

母は笑った。「ええ、確かに。そして、死ぬほど退屈な人みたい。でも、将来の王妃というのは、捨てがたい魅力ね」

「お母様は公爵夫人になってはみたものの、長続きしなかったじゃない」

「あなたの言うとおりね」母はしげしげとわたしを見つめた。「あなたも社会に出たのだから、もっと上等の服が必要ね。マックスにちょっとおねだりして、出してもらえるか試してみるわ。あなたがわたしと同じサイズでないのが残念ね。いつも、昨年の服だというだけで、とてもすてきな服を捨ててしまっているんですもの。もちろん、かわいそうなヒュービーが本当に亡くなったら、あなたは立派な衣装を買えるし、それに見合った家も持てるでしょうけど」

わたしは母を見つめた。「つまり、サー・ヒューバートの遺書にわたしのことが書いてあるというの？　でも――」

「ヒュービーはクロイソスと肩を並べられるほどお金持ちなのよ、ダーリン。そして、いったいあなた以外の誰に、財産を残すというの？　トリストラムもたぶん少しはもらえると思うけど、わたしはヒュービーがあなたの面倒を見たがっているという印象を受けたわ」

「本当に？」

「ヒュービーはあなたのことがとても好きだった。わたしはあなたのために彼のところに留まるべきだったかもしれないけれど、あの人がアマゾンまでいかだに乗りに行ったり、山に登ったりしている長い長い数カ月間、セックスなしでいるのに我慢できなかったの」母はわたしを立ちあがらせた。「散歩に行きましょう。まだこのあたりを探検してないの」

「いいわ」散歩は、母にわたしの事故について話すのに好都合かもしれない。

わたしたちは腕を組んで階段をおりた。家の中は驚くほど静かだった。客の大半がゴルフに出かけたようだった。外は風が強かったので、母は部屋に戻ってスカーフを取ってくると言った。でないと髪がぼさぼさになって、みっともないから、と。わたしは家の外で待ちながら、いろいろなことを考えた。わたしがサー・ヒューバートの遺言によって財産を相続することになっているのなら、トリストラムには、わたしと結婚したがる理由があった。でも、わたしを殺そうとする？　それは理に適っていない。トリストラムも遺産の一部を受け取ることになっている。それに、あの船に乗っていなかったし、地下鉄のホームでも見かけなかった。さらに、トリストラムは血を見て卒倒するたぐいの人間に思われる。カフェであの女の人が窒息死したとき、気が遠くなりかけているように見えたもの。

上のほうで音がした。はっとして、音のするほうを見上げた。同時に「危ないっ！」という母の叫び声が聞こえた。驚いて飛びのいた瞬間、手すりから大理石像の一つが落ちてきてわたしの横の地面にぶつかり、粉々に砕けた。母は死人のような真っ白な顔で、階段を駆けおりてきた。

「大丈夫？　なんて恐ろしいことでしょう。もちろん今日は風が強いけれど。きっとこの像は以前からぐらついていたのね。無事で本当によかった。わたしもあなたの横に立っていなくてよかったわ」

使用人たちが走ってきた。みんなが介抱してくれようとしたが、わたしは身を振りほどいて、家の中に駆け込んだ。犠牲者でいるのは飽き飽きだ。もう我慢などしない。階段を駆けあがる。一つめの階段、そしてもう一つ。すると駆けおりてきたウィッフィー・ファンショウに出くわした。

「ちょっと！」彼の進路を妨げて、わたしは叫んだ。「わたしが船から落ちたとき、あなたが川に飛び込まなかったときに気づくべきだった。ド・モビルを殺したのは納得できる。でも、ビンキーとわたしにどんな恨みがあるの、えっ？　さあ、白状しなさいよ！」

ウィッフィーはごくりと唾を呑み込んだ。喉仏が上下に動き、不安げな視線を投げかける。

「残念ながら、きみが何を言っているのか、ぼくにはさっぱりわからない」

「あなたはさっきまで屋根の上にいたでしょう？　違うとは言わせないわよ」

「屋根？　違うよ。ぼくが屋根で何をしていたというんだ？　ほかの連中にいい仮装の衣装を取られてしまったので、レディ・マウントジョイにきいたら、屋根裏に別の衣装トランクがあると言われて、見に行ったんだ。だが見つけられなかったんだよ」

「うまい口実ね」とわたしは言った。「頭がよく回ること。どうやらあなたは見た目よりずっと賢いようね。わたしたちの家にド・モビルを誘い出して殺したのは、あなたに違いないわ。でも、なぜうちを選んだの？　わたしはそれが知りたいの」

ウィッフィーはわたしを新種の危険な動物を見るような目で見た。

「ねえ、ジョージー。ぼくはきみが何を言っているかわからない。ぼくはド・モビルを殺していない。彼の死とは無関係なんだ」

「あなたは、あの男にゆすられていなかったと言うの？」

ウィッフィーは大きく口を開けた。「いったいどうしてそれを知っているんだ？」

たまたま推測が当たっただけとは言いたくなかった。そのとき、はたと気づいた。ウィッフィーは背が高く、黒髪で気品がある。「クラリッジにド・モビルを訪ねてきた男の人相があなたとそっくりなの。そしてわたしはクロックフォーズの台帳にあなたの名前が書かれてあるのを見たし、ド・モビルはメモに、〈R〉と会う約束があると書き残していた」

「ああ、ちくしょう。ということは、警察も知っているんだな」

わたしはいま、たぶん殺人者とともに階段の上に立っている。警察が何も知らないと認めるほど、わたしは愚かではない。「おそらくそうでしょう。あなたは、ゆすられるのに我慢できなくなって殺すことにしたの？」

「いや、ぼくは殺していない」ウィッフィーはいまや必死に見えた。「あいつが死んでくれてうれしくないとは言わないが、神にかけて誓うが殺したのはぼくじゃない」

「ギャンブルの負け？　あなたはお金をド・モビルから借りていたの？」

「そうじゃない」ウィッフィーは目をそらした。「あいつはあるクラブにぼくが訪問しているのをかぎつけたんだ」

「クロックフォーズ？」

「いや違う。クロックフォーズは許容範囲だ。近衛兵の半数がそこでギャンブルをする」

「では、どこのクラブ？」

ウィッフィーは捕らえられた動物のように周囲を見回した。「ぼくの口からは言いたくない」

「ストリップクラブなの？」

「そうじゃない」きみはすごく鈍いなとでも言いたげにわたしを見ている。「なあ、ジョージー、きみには本当に関係のないことなんだ」

「ものすごく関係があるわ。わたしの兄は殺してもいないのに殺人の容疑で逮捕された。わたしの命も危険にさらされている。そして、いまのところ、ド・モビルを殺す動機を持っているのはあなただけ。これから下におりて警察に電話をするわ。警察が真相をつきとめてくれるでしょう」

「だめだ、やめてくれ。頼むから。誓って言うが、ぼくは殺していない。とにかく、ジョージー、家族に知られるのは困るんだ」

突然、ひらめいた。わたしがウィッフィーの家で聞いた会話……そして昨夜、トリストラムが廊下の先のジークフリート王子の部屋に忍んで行ったこと。「青年が青年に会いに行くクラブのことを言っているのね？　あなたとトリストラムはふたりともそちらの傾向があるのね？」

ウィッフィーは真っ赤になった。「だから、わかるだろう、誰かに知られたらどんなことになるか。ぼくは近衛隊を辞めさせられ、ぼくの家族は――家族は、けっして許さないだろう。ウェリントン以来の軍人一家だから」

別の考えが頭に浮かんできた。「では、どうやって、ド・モビルにお金を払ったの？　近衛将校の給料では無理よね？」

「それが問題だった。金をどこから調達するか」

「だから、あなたはロンドンの自宅から品物を盗み出したのね？」

「おいおい、ジョージー、きみは人の心を読めるのか？　そうだ、あちらこちらから、品物を拝借した。ロンドンの外で質入れしていたんだ。いつもあとで取り戻すつもりではいた」

「それで、ド・モビル殺しの犯人に心当たりは？」

「ない。だが、殺してくれて、すごくうれしいよ。犯人に幸あれ、だ」

「屋根裏に向かうとき、上の階で誰かを見なかった？」

「いや。見てないな。しかし、よければ、いっしょに見に行こうか？」

わたしはためらった。殺人者と相対するなら、強い近衛兵を連れて行くのは悪い考えではないだろうが、同時に、屋根の上で彼とふたりきりになることにもなる。

「使用人に探させるわ」とわたしは言って、彼といっしょに階段をおりた。

捜索がなされたが、屋根に隠れている人はいなかった。でも、犯人には、わたしがウィッフィーを尋問しているあいだにこっそり逃げる時間がたっぷりあったのだ。わたし以外の誰もが、これはたいへんな事故だったと思っているようだった。わたしはもうどこにいても安全だと思えなかったし、それにどうしても知りたいことがあった。そこで、誰にも見られていないときに、マウントジョイの屋敷をそっと抜け出し、ドライブウェイを通って一キロほど歩き、それからヒューバート家の長いドライブウェイに入って、チューダー様式の邸宅へと向かった。

ドアを開けたメイドに、執事を呼び出してもらった。

執事は出てきてこう言った。「たいへん申し訳ありませんが、ご主人様は現在、ご不在です。わたしはサー・ヒューバートの執事、ロジャースでございます」

「ロジャース、あなたのことは覚えているわ。わたしはレディ・ジョージアナです。一時期、この家に滞在したことがあります」

執事の顔が明るくなった。「小さなジョージアナお嬢様。まあ、なんと。すっかり大人におなりあそばして。もちろん、わたしどもは新聞でお嬢様のごようすは読ませていただいております。あなた様が宮廷で王妃陛下に謁見されたときのお写真を料理人は切り抜いておりました。このような悲しみのさなか、ご訪問くださるとはなんとご親切なことでしょうか!」

「サー・ヒューバートのことは聞きました。本当にお気の毒なことです。でも、じつは今日ここに来たのは、とても厄介な問題をかかえているからなのです。あなたに助けてもらいたいの」

「どうぞ、客間にお入りください。コーヒーかシェリー酒でもお持ちしましょうか」

「けっこうよ、ありがとう。サー・ヒューバートの遺書に関することなのです。わたしの母の話によると、遺書にはわたしの名前も入っているそうなのです。ただ、言っておきますが、わたしはサー・ヒューバートのお金をあてにしてはいません。わたしはあの方に生きていてほしいのです。でも、わたしの家族に奇妙なことが起こっていて、もしかすると、それはその遺書と関係があるかもしれないと思いついたのです。それで、ひょっとするとこのお屋敷に、遺書の写しがあるのではないかと」

「写しは金庫の中にあると思います」

「通常の状況なら、それを見せてくれなどとはぜったいに言いません。ですが、わたしの命が危険にさらされているという確信があるのです。もしかして、金庫の番号を知っていませんか?」

「残念ながら、わたしは存じあげません、お嬢様。だんな様以外には知る者はおりません」

「そうなの、ではしかたないわね」わたしはため息をついた。「でも、きく価値はあったわ。あなたは、サー・ヒューバートの弁護士が誰か知っていますか？」

「事務所はタンブリッジ・ウェルズのヘンリー＆フィフです」

「ありがとう。でも、月曜日までは連絡がとれないのでしょう？」驚くことにわたしはほとんど泣きそうになっていた。「手遅れにならないといいけど」

ロジャースは咳払いをした。「じつは、お嬢様、わたしは遺書の内容を知っております。証人になるよう頼まれましたので」

わたしは彼を見上げた。

「使用人たちに少額の遺産が、そして王立地理学協会へは多額の遺産がいくことになっています。地所の残りは三つに分割されました。トリストラム様が三分の一、あなた様に三分の一、そして、トリストラム様のいとこで、サー・ヒューバートのフランス人の親類のひとりに三分の一。ガストン・ド・モビルという方です」

28

アインスレーとファーロウズ
サセックス州メイフィールドの近く
一九三二年五月七日（土曜日）

わたしは執事をじっと見つめながら、この言葉の意味を理解しようとした。

「わたしに地所の三分の一を残すことになっているですって？　な、何かの、ま、間違いに決まっているわ」うまく口が回らない。「サー・ヒューバートはわたしのことをほとんどご存じないのよ。もう何年もお会いしてないし……」

「ええ、ですが、だんな様は、ずっとお嬢様のことをたいへん好いていらっしゃいました」執事はわたしにやさしく微笑んだ。「だんな様はあなたを養子にしたがっておられたこともあるのですよ」

「わたしが、五歳のかわいい子どもで、木に登るのが好きだったときに？」

「だんな様はお嬢様にずっと関心をお持ちでした。あなたのお母様が去ってしまわれたあとも――」執事は咳払いでその言葉を終えた。「そして、あなたのお父様がお亡くなりになったとき、だんな様はとても心配なさっておいでした。『あの子が大人になって一文無しになるのが気がかりだ』とわたしにおっしゃっていました。あなたのお母様はけっしてあなたを養うことはないだろうとだんな様はほのめかしておられたのです」

「なんてお優しいのでしょう」感動して、涙がこぼれそうだった。「でも、ミスター・オーボワに地所の大部分が残されるべきだったのではないかしら。だって、彼はサー・ヒューバートの被後見人なのだし」

「だんな様は、トリストラム様にあまりたくさんのお金を残すと、あの方のためにならないとお考えでした」執事はそっけなく言った。「ムッシュー・ド・モビルも同じでございます。だんな様のお妹様のたったひとりのお子様ではありますが。どうやらギャンブルに溺れていたようで、いかがわしい仲間とつきあっておいででした」

執事は、どうか料理人にお会いになって、お嬢様がお小さかったときに大好物でいらした料理人自慢のヴィクトリアスポンジを召しあがってください、と言ってわたしを階下に案内した。でも、わたしはそのあいだも冷静さを保つのに必死だった。頭の中にはずっとさまざまな思いが渦巻いていた。遺書はトリストラムに、ド・モビルとわたしの両方を殺す動機を与えたけれど、彼が犯人だという証拠はまったくなかった。それどころか、トリストラムのような細身の男性が、大男のド・モビルを殺せるとはとても思えない。共犯がいなかったら、だが。ファンショウ家でわたしが床を掃除していたときに聞いたトリストラムとウィッフィーの会話を思い出す。彼らはわたしがフランス語を理解できることを知らずに話していた。もしかすると、トリストラムとウィッフィーは共謀しているのかもしれない。わたしとド・モビルを殺せば、どちらにとっても益がある。だとしたら、ファーロウズでわたしを待っている危険の源は、一つではなく、二つということになる。

一番いいのは警察に通報することだ。ロンドン警視庁のバーナル警部を呼び出したほうがいいかもしれない。でも、わたしが話せることはすべて、単なる憶測にすぎない。わたしを狙っている犯人はなんて賢かったことか！　どの殺人の試みも事故に見せかけることができた。そして、ド・モビル殺害に関しては、トリストラムをそれに結びつけるものは何一つない。

道に出たときに、また別の考えが心に浮かんだ。トリストラムは殺人とはまったく関係ないのかもしれない。もしトリストラムとわたしの両方が死んだら、誰がサー・ヒューバートの地所を相続するのか？　それについてはまだ調べがついていない。ウィッフィーは、昨晩、トリストラムが鎧兜にぶつかったようなことを言っていた。こっそりと誰かが、わたしとトリストラムを葬り去る機会を狙っているとしたらどうだろう？

ファーロウズに通じる堂々とした石の門に着いたとき、わたしはためらった。あそこへ戻るのは賢明な行動だろうか？　でも、わたしは逃げ出さないと心に決めた。真実をつきとめなければならない。歩きながら立ち並ぶ石像を見上げる。何かひっかかるものがあった……。顔をしかめて考えてみたが、それが何かははっきりと見えてこない。湖に着くと、散歩に出ていたマリサとベリンダとイモジェンに会った。

「ああ、ここにいたのね」マリサが呼びかけてきた。「みんな、あなたがどこへ行ったのかと心配していたわ。かわいそうにトリストラムなんか、必死な感じだったわよ。ね、ベリンダ? ジョージーはどこへ行ったのかと、みんなにきいて回って」

「以前に滞在したことがある家まで散歩に行っていたの。トリストラムはいまどこにいる?」

「知らないわ」とマリサが答えた。「でも、彼、あなたにとてもお熱みたいね、ジョージー。彼ってとてもかわいいわ。迷子になった男の子みたい。そう思わない、ベリンダ?」

ベリンダは肩をすくめた。「そういうのがあなたの趣味ならね、マリサ」

「それで、みんなはどこに?」わたしは何気なく尋ねた。

「ゴルフに行った人たちのほとんどはまだ戻っていない。ミセス・シンプソンはタンブリッジ・ウェルズに買い物に行きたがっていたみたいだけど。土曜日の午後に開いている店は少ないでしょうに」イモジェンが言った。

「それはただ、皇太子様とふたりきりになる口実よ。わかってるでしょ」マリサが口をはさんだ。

「居所がはっきりしているのは、あなたの親愛なる魚顔の王子だけよ」ベリンダはにやにや笑いながら言った。「馬にゲートを跳び越えさせようとして落馬したの。自分はゲートを跳び越したけど、馬は跳び越さなかったというわけ。王子は今夜のダンスをわたしたちといっしょに楽しめないわね」

いろいろなことが押し寄せているにもかかわらず、わたしは笑ってしまった。

「だから、あなたは結局トリストラムに足を踏まれることになるのね、隣人が何人か来ないとしたら――」イモジェンがわたしの腕に腕をからめてきた。「わたしの兄たちがいれば、便利なんだけど」

わたしたちは家に向かって歩き始め、長くずらりと並んだ彫像の最後の一つを通りすぎた。

「今日、うちの石像の一つがもう少しであなたの上に落ちるところだったんですって？」イモジェンが言った。「あなたは本当に運が悪いわね、ジョージー」

突然、何がひっかかっていたのかがわかった。トリストラムはしっぽを出していたのだ。彼はここの彫像と、ラノクハウスの復讐の天使を比べていた。しかし、天使像を見るには、浴室のある三階に行かなければならなかったはずだ。

ようやくわたしは少なくとも誰が敵なのかを確信することができた。物思いにふけりながら家に着くと、レディ・マウントジョイがあらわれて、お茶の用意ができているわ、一〇時までは夕食が出ないのでたくさん食べてちょうだいと言った。彼女のあとについてギャラリーに行くと、母がすでに食べていた。母は小柄でスリムな体型に似合わず食欲旺盛だった。ミセス・バントリー＝ビングは母とおしゃべりしようとしていたが、あまりうまくいっていないようだった。母は自分も庶民の生まれのくせに、自分が庶民とみなす相手を無視するのがかなり上手かった。

「仮装の衣装にアイロンをかける必要がある人は、わたしにお知らせくださいね」とレディ・マウントジョイは言った。「みなさんは、衣装をお持ちになっていますわよね。若い男性たちときたら、まったくあてにならないの。何一つ持ってこないのですから。わたしは、今朝、若い方たちに衣装を見せたのですけど、ロデリックったら、古代ブリトン人のかっこうはいやだと文句を言うんですの。あら、お気の毒に、それしかないのよと、言ってやりました。トリストラムとミスター・オマーラにはハイウェイマンと死刑執行人の衣装を貸してしまったので、残りは動物の毛皮と槍だけだったのです。そこでロデリックには、屋根裏に探しに行ってもらいましたよ。あそこなら、きっと何か見つかるでしょうから」

なるほど、少なくともウィッフィーの話のその部分だけは本当だったのだ。そして、ダーシーが死刑執行人の扮装をすることもわかった。死刑執行人の衣装ならダーシーを見つけるのは簡単だろう。わたしはギャラリーでぐずぐずとお茶を飲んでいたが、ダーシーもトリストラムも姿をあらわさなかった。そろそろ着替える時間になったので、友人たちに、わたしの部屋は広くて立派な鏡があるから、そこでいっしょに着替えましょうよ、と提案した。彼女たちは賛成してくれた。これで舞踏場におりてくる時間までは安心だ。

友人たちは興奮しておしゃべりしていたけれど、わたしは神経過敏になっていた。トリストラムが殺人者だと立証するには、自分を餌にしなければならない。ただし、誰かにわたしを見張っていてもらって、あとから証人になってもらう必要がある。

「ねえ、みんな、聞いて。みんなは信じてないかもしれないけど、この家にいる誰かがわたしを殺そうとしていると確信しているの。わたしが男性と舞踏場を抜け出すところを見かけたら、あとをつけて、わたしから目を離さないでいてくれる？　お願い」

「そして、あなたがその男性の腕に情熱的に抱かれていたら？　わたしたち、そのまま見ていたほうがいい？」ベリンダがきいた。彼女はまだこれを冗談だと思っているんだわ。そこでわたしは最後の望みをダーシーに託すことにした。彼ならトリストラムと取っ組み合いができるくらい腕力がありそうだった。でも、あんなことを言ったあとで、助けてもらえると期待するのは甘いかしら？　でも、とにかく、ダーシーとふたりきりになれたら、慈悲にすがるしかない。

ベリンダ、マリサとともに大階段をおりて行ったときには、まだとても不安だった。楽隊が賑やかなツーステップを奏でていて、玄関には次々に客たちが到着していた。ひとりの従僕が階段ののぼり口でトレーを持って立ち、客たちに仮面を配っていた。マリサが、いくつか仮面を取って、わたしたちに手渡した。

「違うのがいい」とベリンダが言った。「口が隠れちゃうから、夕食が食べられない。その細い、ハイウェイマンタイプのがいいわ」

「ハイウェイマンがあそこにいる」マリサがささやいた。「きっとトリストラムね。あんなにかっこいい脚をしているとは知らなかった」

「わたしは死刑執行人を探しているの。見つけたら教えて」とわたしは言った。

「先祖にならって、断頭台に連れて行かれたりしないでね」とマリサ。

「お目当てはダーシー・オマーラよ、馬鹿ね」ベリンダは〈わかっているわよ〉という顔でわたしを見た。

わたしは微笑んで、秘密よといわんばかりに指を唇につけた。舞踏場は急速に混み始めた。わたしたちは、テーブルを見つけて座った。ベリンダは座るとほぼ同時にダンスに誘われて行ってしまった。ハーレムのダンサーのかっこうをした彼女は、ダンスフロアに出たとたん、魅惑的に腰をくねらせて踊りだした。ウィッフィー・ファンショウがわたしたちのほうにやってきた。動物の毛皮を肩からたらした古代ブリトン人の仮装をしていて、いかにも居心地悪そうに見える。「踊らないか？」とわたしにきいた。

「いまは、やめておくわ、ありがとう。マリサと踊ったらいかが？」とわたしは答えた。

「そうだね。足を踏まないように気をつけるよ」ウィッフィーはマリサの手をとって、ダンスフロアに連れて行った。わたしは座ったままグラスからピムズをちびちび飲んでいた。みんなは、まるで世界には心配事がひとつもないかのように踊って、笑って、楽しんでいた。舞踏場の向こう側からわたしを見ているハイウェイマンが気になるけれど、少なくとも、こうしてたくさんの人の中にいれば安全だ。なんとかダーシーを見つけることさえできれば。

ついに、部屋の一番遠いところで、死刑執行人の黒いフードと斧が群衆の中を移動しているのを見つけた。わたしは立ちあがって、彼のほうに歩いていった。

「ダーシー？」彼の袖をつかんで声をかける。「話があるの。お詫びを言いたいし、どうしてもあなたに助けてもらわなければならないことがあるの。とても重要なことよ」

バンドが『ポストホルン・ギャロップ』を演奏し始め、カップルたちは「タリホー！」と歓声をあげて賑やかに踊り始めた。

わたしはダーシーの腕を取った。「外に出ましょう。お願い」

「わかった」と彼はようやくつぶやいた。

わたしは舞踏場を出て、彼をテラスに連れて行った。

「それで？」彼は尋ねた。

「ダーシー、あなたのことを疑ったりして本当にごめんなさい。わたしは――わたしは、あなたを信じられなくなってしまったの。どう考えたらいいかわからなくなってしまったの。あなたはあの日、ウィッフィーの家にやってきた。どうしてもわたしに会うためだけに来たとは思えなかった……それに、いろいろと奇妙なことが起こっていて、身の危険を感じていたし。でも、いまやっと、すべて誰の仕業かわかったの。ただ、あなたの助けが必要なのよ。彼を捕まえなければならない。証拠が必要なの」

「誰を捕まえるんだい？」ふたりきりなのに、ダーシーはささやいた。

わたしは彼のほうに体を寄せた。「トリストラムよ。彼がド・モビルを殺したの。そして今度は、わたしを殺そうとしている」

「本当に？」彼はすぐ近くに立っていた。そして、何が起こっているか気づく前に、わたしは黒い手袋をはめた手に口を押さえられ、陰になっているテラスの縁まで引きずられていった。

もがきながら、黒いフードの中の顔を見上げる。笑っていたのはダーシーではなかった。

そして、彼が「本当に？《リアリー》」はなく、ウィアリーと発音したのに気づいたときにはもう遅かった。

「オマーラのやつ、ハイウェイマンの衣装を先に取りやがった」とトリストラムは言った。わたしはなんとかその手から逃れようともがく。「しかし、これはなかなかうまくいったな。あいつのスカーフを盗んでおいたのさ」

スカーフを首に回され、わたしは彼の指に嚙みつこうと暴れた。たたいたり、蹴ったり、手をひっかいたりしようとしても、相手は後ろから羽交い締めにしているので、こちらは分が悪い。しかもトリストラムは、予想していたよりはるかに力が強かった。ゆっくりと確実に、安全な場所から、後方の光の届かない場所へ引きずられていく。片方の手でわたしの口はまだしっかりと押さえられていた。

「湖に浮いているきみが発見されたとき、このスカーフがオマーラを犯人に仕立ててくれるだろう」彼はわたしの耳元でささやいた。「そして、誰もぼくを疑わない」

トリストラムはぐいっと容赦なくスカーフを締めつけた。わたしは後方にひきずられながら、息をしようと必死で戦った。

どくんどくんと脈を打つ音が耳の中で聞こえて、目の前に火花が散った。いますぐどうにかしなければ、手遅れになるだろう。不意を突かなければならない。トリストラムはきっと、わたしがなんとか体を彼から引き離そうとすると予想しているだろう。だからわたしは逆手を取って、弱りつつある力のすべてを振り絞り、後ろ向きに彼の顔めがけて頭突きをくらわした。わたしの頭ものすごく痛かったから、敵にも大きな衝撃を与えたに違いない。トリストラムは痛さのあまり叫び声をあげた。わたしの予想より腕力は強かったかもしれないが、体重はそれほどでもなかった。彼は背中から倒れ、わたしはその上に落ちた。

「ちくしょう」とトリストラムは喘いで、スカーフを締めつける力を強めた。

立ちあがろうとするわたしを引き戻し、野獣のようにうなりながらスカーフを引き絞った。わたしは最後の力を振り絞って、自分の体を持ちあげ、どすんと彼の上に体を落とした。この作戦は功を奏したようだ。トリストラムは苦しげにうめき、一瞬、スカーフがゆるんだ。その隙に、逃れて立ちあがろうとしたが、彼につかまれた。悲鳴をあげて助けを呼ぼうとしたが、喉から声が出てこない。

「うーん、きみは、無垢な処女のふりをしていたんだな」上から、声が聞こえた。「こんな激しいセックスはここ数年、見たことがない。今度、ぼくにも、この技のいくつかを伝授してもらいたいものだ」仮面をつけたハイウェイマンが、わたしに手を差し伸べている。わたしは喘ぎながら彼に支えられてよろよろと立ちあがり、咳き込んだ。

「トリストラムが」わたしはかすれた声で言った。「わたしを殺そうとしたの。彼を逃がさないで」

トリストラムもなんとか立ちあがり、走りだした。ダーシーはラグビーのフライングタックルで組み伏せた。「おまえはラグビーはからっきしだったよな、オーボワ？」ダーシーは、トリストラムの背中の上に膝をついて、彼の腕を後ろにねじりあげながら言った。「おまえのことは、いつも腐ったやつだと思っていた。学校では嘘をつき、だまし、物を盗んで、ほかの生徒を陥れていた。な、それがおまえってやつだ、そうだろう、オーボワ?」

ダーシーが愉快そうにトリストラムの顔を砂利に押しつけると、トリストラムは悲鳴をあげた。「しかし、人殺しまで? なぜこいつはきみを殺そうとしたんだ?」

「わたしの分の遺産を手に入れるためよ。同じ理由でド・モビルを殺したの」喉はまだ燃えるように痛かったが、わたしはなんとか答えた。

「ぼくは、きみが船から落ちてから、何か不穏なことが起こっていると感じていたんだ」とダーシーは言った。

「起こしてくれ。痛いじゃないか」トリストラムは哀れっぽく言った。「ジョージーに危害を加えるつもりはまったくなかった。大げさなんだよ。ただふざけていただけだ」

「ぼくは全部見ていた。ふざけてなどいなかったぞ」背後から砂利を踏む足音が聞こえてきたので、ダーシーは顔を上げた。

「いったいなんの騒ぎだ?」マウントジョイ卿が言った。

「警察を呼んでください」ダーシーがマウントジョイ卿に向かって叫んだ。「こいつがジョージーを殺そうとしているところを捕らえたんです」

「トリストラム?」ウィッフィーが叫んだ。「これはいったい……」

「ウィッフィー、オマーラをどかしてくれ。すべて誤解なんだ」トリストラムはわめいた。「ただのゲームだったんだ。本気じゃなかった」

「たいしたゲームだわ」とわたしは言った。「あなたはわたしの兄を絞首刑にしようとしたのよ」

「いや、ぼくじゃない。ぼくはド・モビルを殺していない。誰も殺してなどいない」

「いいえ、あなたはやった。そして、わたしはそれを立証できるの」

トリストラムは引っぱりあげられて立たされると、泣きわめき始めた。

トリストラムが連れて行かれるのを見ながら、ダーシーはわたしの体に腕を回した。

「大丈夫か？」

「だいぶましになったわ。助けに来てくれてありがとう」

「ぼくがいなくても、きみひとりで十分だったみたいだけどね。見物するのはかなり楽しかったよ」

「あれを見ていながら突っ立ったまま、助けようとしなかったというの？」わたしは憤然として言った。

「あいつが本当にきみを殺そうとしていたとちゃんと証言できるまで待っていたんだ。いやあ、きみはなかなか強いね、感心した」ダーシーはわたしの肩を両手でつかんだ。「そんなふうに見ないでくれ。きみが部屋からこっそり抜け出すのを見ていたら、もっと早く助けられたんだ。だけど、ベリンダがハーレムダンスをしていたもので、一瞬、そちらに気を取られた。ちょっと、待てよ、ジョージー。行かないでくれ……」手を振り払ってずんずん歩きだすと、ダーシーは走って追いかけてきた。

わたしは湖を見下ろせる手すりのところまで暗闇を大股で歩いていった。

「ジョージー！」ダーシーが再び呼んだ。

「あなたとベリンダが何をしても、わたしには関係ないわ」

「信じてもらえないかもしれないけど、ぼくとベリンダにはルーレットで隣に座る以上の関係はない。ぼくのタイプじゃない。簡単すぎる。ぼくって男はね、挑戦するのが好きなんだ」彼はわたしの肩に腕を回した。

「ダーシー、もう少し早く来ていたら、わたしがあなたに謝っているのが聞こえたはずよ。あなたが死刑執行人の扮装をしているとばかり思っていたの。あなたにあんなことを言ってしまって、ものすごく後悔している」

「まあ、あれは当然の推測だったと思うよ」

わたしは肩を温かく包むダーシーの腕を強く意識していた。

「あなたはどうしてあのとき、ウィッフィーの家の中までわたしをつけてきたの？」

「理由は単なる好奇心と、きみとふたりきりになるチャンス、かな」彼は深く息を吸い込んだ。「じつはね、ジョージー。きみに告白しなければならないことがある。あの結婚披露宴の後、ぼくはかなり酔っぱらってしまった。それで、一週間以内にきみをものにできるかどうか、賭けをしてしまった」

「ということは、船の事故の後であなたの家に連れて行ったとき、本当はわたしのことなどまったく心配していなかったのね？　あなたは馬鹿げた賭けに勝とうとしていただけ」

ダーシーはぎゅっとわたしの肩をつかんだ。「違うよ、そんなことはまったく心に浮かばなかった。川からきみを引きあげたとき、ぼくはきみのことを本当に好きだと気づいたんだ」

「それでも、あなたはわたしをベッドに連れ込もうとした」

「だって、ぼくはただの人間だし、きみはぼくに魅かれているような顔でぼくを見ていた。きみはぼくに魅かれているだろう？」

「かもしれない」わたしは目をそらして言った。「もしも、確信が持てれば……」

「賭けはもうやめた」彼はわたしを自分のほうに向かせて、唇を強く押しつけて芳醇なキスをした。わたしをぎゅっと抱きしめる。彼の中に溶け込んでしまいそう。このまま時が止まればいいのに。テラスではまだ騒ぎが続いていたけれど、すべてがぼやけてこの世界にふたりだけしかいないような気がした。

しばらくして、互いの体に腕を回して家に戻りながら、わたしは尋ねた。「それで、賭けをした相手は誰だったの？」

「きみの友だちのベリンダだよ。きみのためになることだから、と彼女は言っていた」

29

ラノクハウス
一九三二年五月八日（日曜日）

ついにベッドに倒れ込んだときには、夜明け近くになっていた。一晩中、警察に事情聴取されていたからだ。バーナル警部がその夜のうちにロンドン警視庁から到着し、すべてを繰り返して話さなければならなかった。トリストラムは、みっともなくも泣き叫びながら連行されていった。サー・ヒューバートが見たら、その振る舞いを恥ずかしく思ったことだろう。ダーシーによると、トリストラムは学校でも性根の悪い生徒だったそうで、テストでカンニングしたり、自分が働いた盗みをダーシーのせいにしたりしていたらしい。

わたしは、ウィッフィーとベリンダとマリサといっしょに、翌日の午後、車で家に帰った。ラノクハウスに着くと、ちょうどビンキーが意気揚々と凱旋してきたところに出くわした。最新のニュースを聞いた人々が大勢家のまわりに群がり、パトカーから降りてくるビンキーを、大歓声で迎えた。ビンキーは顔を紅潮させ、うれしそうに見えた。

「おまえには、いくら感謝してもしきれないよ」無事に家に入ってから、兄はそう言って、わたしたちふたりのために スコッチを注いだ。「文字通り、わたしの命を救ってくれた。一生恩に着るよ」

ちょっとしたお礼のしるしに、お小遣いを再開してくれてもいいのよ、と言いたくてたまらなかったが、やめておいた。

「それで、警察はどうやって、ド・モビルを殺した犯人があの悪党のオーボワだということをつきとめたのだね? 自白したのか? わたしは、おおざっぱな話しか聞かされていないのだ」

「トリストラムはわたしを絞め殺そうとしているところを、ダーシーに取り押さえられたの。警察はド・モビルの死と彼を結びつける手がかりを何も得ていなかったから、とても運が良かったのよ。それから、事故に見せかけて何度もわたしを殺そうとしたのも彼だったの」

「おまえを殺そうとした?」

「ええ、トリストラムは、わたしを地下鉄のホームから突き落とそうとしたり、毒殺しようとしたり、階段から転落させたり。さらには、石像でぺしゃんこにするつもりだったの。全部失敗に終わって本当によかったわ」どうやら、船からわたしを突き落とすことだけはしなかったようだ。あれは、たまたま起きた事故だったのだけれど、そのことを知ったトリストラムは、わたしを亡き者にするのは案外たやすいことかもしれないと考えるようになったのだ。「わたしが事故を引き寄せるたちだということはよく知られていたから、誰も疑わなかったんでしょうね」わたしは思わずぶるっと身震いした。

「ということは、トリストラムが殺人者だという証拠はなかったのだな？」

「ところがね、いまはあるのよ。検死の結果、ド・モビルの体内から青酸カリが検出されたの。そして、偶然彼に殺されてしまった気の毒な女性の体からも」

「偶然殺された？」

「トリストラムは青酸カリをしみ込ませた角砂糖でわたしを毒殺しようとしたのだけど、別の女性がわたしから砂糖入れを借りて、代わりに亡くなったのよ」

ビンキーは驚愕しているようだった。「毒入りの角砂糖だって？　おまえが、どの角砂糖をとるかどうしてわかったんだ？　砂糖入れの角砂糖全部に毒を入れたのか？」

「いいえ、トリストラムは運が強い上に、機会に便乗するタイプなのよ。ポケットに青酸カリを忍ばせて、チャンスを狙っていたの。たまたま隣のテーブルの女性が話しかけてきたので、わたしがそちらを向いた隙に、角砂糖の一つに毒をしみ込ませた。それから、毒入りの角砂糖を一番上に残したまま、自分が先に角砂糖を取るところをわたしに見せたわけ」

「まったく、いまいましい。なんてずる賢いやつだ」

「本当にずる賢いのよ。感じのいい薄のろのふりをしていたから、誰もそれまで彼を疑わなかったの」

「すべて金のためか」ビンキーは腹立たしげに言った。

「お金はあればとても便利よ。貧しくなってはじめて、どれくらいお金が役に立つか実感するのよね」

「確かにそのとおりだ。そうそう、それで思い出した。わたしは留置所に入れられていたあいだ、考える時間がふんだんにあった。そこで、素晴らしい案がひらめいた。ラノク城を一般に公開するのだ。金持ちのアメリカ人を呼んで、ハイランドでの狩りを体験させる。フィグが午後のお茶会《クリームティー》を催して、客をもてなす」

わたしは笑わずにいられなかった。「フィグが？　フィグが観光バスでやってきた一般人に自らお茶を出したりするところを想像できる？」

「フィグ自らやらなくてもいいんだ。お茶会を仕切るだけで。公爵夫人に会えるのだぞ……」

けれど、わたしはまだ笑っていた。笑いすぎて、馬鹿みたいに涙があふれてきた。

30

バッキンガム宮殿
ウエストミンスター
ロンドン
一九三二年五月後半

「まれにみる奇妙な事件ですね」王妃様は言った。「新聞によれば、この青年はヒューバート・アンストルーサー卿の親類であるとか」

「遠縁にあたります。サー・ヒューバートは、彼をフランスから連れてきて育てたのです」

「ではフランス人？　たしか、彼が殺した男性もフランス人でしたね。それですべてすっきりするわ」陛下はウェッジウッドの茶碗越しにわたしを見た。「ひとつわからないのは、その青年が犯行に及ぶ場所としてラノクハウスを選んだ理由です」

「トリストラムはド・モビルがロンドンに来た理由を知り、わたしたち兄妹にはド・モビルを殺す強い動機があると考えたのです」

「頭のいい青年ね」陛下は差し出されたプレートからブラウンブレッドの薄いスライスを取った。「わたくしはいつも、すぐれた頭脳が無駄遣いされるのは、残念なことだと感じています」陛下はわたしを上目づかいに見て、満足そうにうなずいた。「あなたは、自分の頭脳を立派に使ったようね、ジョージアナ。よくやりました。ビンキーはスコットランドに帰ったとき、英雄として迎えられたのでしょうね」

わたしはうなずいた。なぜか、胸に熱いものがこみあげてくる。わたしはいままで、ビンキーをどれくらい好きか、気づいていなかったのだ。

「それから、この騒ぎのせいで、あのハウスパーティーについて、これまであなたに尋ねる機会がありませんでした。息子とあの女はどちらも出席していたのですね？」

「はい」

「それで？」

「皇太子殿下はすっかり夢中になっておいでのごようすでした。あの女性から片時も目を離すことができないようでした」

「そして、あの女も同じく息子に夢中なのですか？」

少し考えてからわたしは答えた。「わたしが見たところでは、彼女は殿下を思いのままにするという考えが気に入っているのではないでしょうか。殿下はすでに彼女の言いなりでした」

「ああ、なんということでしょう。わたくしが恐れていたとおりです。これが彼のいつもの一時ののぼせあがりにすぎず、すぐあの女に飽きることを願うばかりだわ。国王陛下に相談しなくては。デイヴィッドを長期間植民地に送るいいタイミングかもしれません」陛下はパンをもう一口軽くかじった。わたしは二枚目のパンをちょうど取ったところだった。陛下が数を数えていないといいけど。

「そして、あなたのほうは、ジョージアナ？　この騒ぎがおさまったいま、これからどうするつもりなのです？」

「ちょうど、サー・ヒューバートが昏睡から覚めたというとてもうれしい知らせを受け取ったところです。わたしはアインスレーに行って、彼としばらくすごそうと思っています。トリストラムのことを知ったら、サー・ヒューバートはたいへんなショックを受けられるでしょうから」

「しかも、起こる必要のなかった事件です」と、王妃様は言った。「サー・ヒューバートは頑強な体質で知られています。これからまだ何年も生きるでしょう」

「そうであることを願っています」とわたしは答えた。結局、わたしは家を掃除する仕事に戻らなければならないんだわと考えながら。

「サー・ヒューバートのところから戻ったらわたくしに知らせてください。あなたにやってほしいちょっとした任務がもう一つ……」

訳者あとがき

英国王室ウィンザー家の親戚にして、スコットランドのラノク公爵令嬢ジョージー、二一歳。王位継承順位は三四番目。

ときは一九三〇年代、素晴らしい家柄と、すらりと背の高い見栄えのよい容姿、そして機知に富んだ快活な性格の彼女にとって、未来はバラ色のはず……ところが、現実はそうではなかったのです。

社交界デビューを果たしたものの、望ましい結婚相手に出会えず、オールドミスになるのではと家族はやきもきしています。そして、ジョージーの父親である先代公爵がギャンブルと投資で財産を失ってしまったため、公爵家は火の車。父の死後、異母兄のビンキーが跡を継ぎましたが、一家は貧窮生活を余儀なくされています。お嫁に行かない妹を持てあました兄夫婦は、とうとう妹のお小遣いもカットしてしまいました。荒涼としたスコットランドの城で、自然と親しみながらのんびり暮らしていたジョージーですが、遠縁にあたるメアリ英国王妃が兄夫婦と結託してルーマニアの王子と自分を結婚させようとしているのを知り、スコットランドの城から逃げ出してロンドンで自活する決心をします。

勇んでロンドンに出てきたものの、お金もなく、召使もいない生活は困難の連続でした。自分で食事を用意し、火をおこすだけでも、たいへんなことだと思い知ります。でも、われらがヒロイン、ジョージーはそんなことではへこたれません。そんな窮乏生活をちょっぴり楽しみさえし、不況のさなかの一般庶民の生活苦を思いやり、使用人の仕事のたいへんさに気づき、自分がこれまでいかに守られてきたかを悟るのです。

ロンドンで再会した学生時代の親友ベリンダの知恵を借りて、ジョージーが生活のために始めたのはお掃除ビジネスでした。その名も「コロネット・ドメスティックス・エージェンシー」。田舎で暮らしている貴族がロンドンへ出てくる前に、ロンドンの屋敷に風を入れて簡単な掃除をし、主人一行を迎える準備をするという画期的なアイデアです。ただし、オーナーとは名ばかりで、広告を出すのも、依頼を受けて交渉するのも、メイドの衣装を身につけて実際にお掃除をするのも、すべてジョージー。ロンドンでのひとり暮らしに慣れて、それくらいの仕事ならできそうだと思って始めた商売でしたが、何しろ、狭い貴族社会。知り合いに顔を見られそうになったり、思わぬアクシデントが起こったりと波乱万丈です。

そんな暮らしが軌道に乗るかと思いきや、次々と難題が押し寄せてきます。突然ロンドンにやってきた兄のビンキーから、スコットランドの実家、ラノク城が亡父の残した借金のかたに、ギャンブラーに奪われそうになっているという恐るべきニュースを聞かされます。そして、ある日、お掃除の仕事から帰ってみると、ロンドンの自宅の浴槽に男性の死体が浮いているではありませんか。しかも、兄は屋敷から消えている……。世間知らずのお嬢様ジョージーは、どうやってこの事件を解決していくのでしょうか。しかも、調査を始めたジョージーの身にも危険が迫り始めます。

ユーモアたっぷりのジョージーのおしゃべりで語られるこの物語、彼女の失敗や発見をいっしょに体験しているかのような気持ちにさせられます。ハロッズのショーウィンドウに飾られている美しいドレスや靴に見とれ、不況にあえぐ貧しい人々がパンとスープをもらう列に並ぶ姿に胸をしめつけられ、居丈高な義姉にちょっぴり反抗を試み、お腹がぺこぺこでもポケットには小銭しかなく、安いレストランを探してロンドンをさまようジョージー。いくらへこんでも、明るく前向きにがんばっていこうとする彼女を心から応援したくなります。

この愛すべきヒロイン以外の登場人物たちも、個性にあふれています。メアリ英国王妃は、息子のデイヴィッド皇太子が人妻に熱をあげていると知って心穏やかではありません。けれども王妃様はそれを黙って見ているようなお方ではなく、諜報機関顔負けの情報網を持つなかなかの策略家。くだんの人妻をスパイせよとジョージーに命じます。本書の原題『*Her Royal Spyness*（王妃陛下のスパイ）』はここから来ているのですが、殺人事件と並行して進むこちらのストーリーからも目が離せません。二〇一一年にアカデミー作品賞に輝いた映画『英国王のスピーチ』をごらんになった方もいらっしゃるだろうと思いますが、この物語の時代はまさにこの映画の頃で、皇太子とミセス・シンプソンも映画に登場していました。

本書に出てくる男性陣も多彩です。かっこいいけれど一文無しの貧乏貴族ダーシー・オマーラは、信用できるのかできないのかよくわからない謎めいた青年です。ジョーシーの母方の祖父は元警察官で、庶民の生活のノウハウを教えてくれ、事件の捜査にも協力してくれます。そしてなんといっても傑作なのは、ジョージーの異母兄、ビンキーでしょう。妻に頭があがらない気弱な三代目公爵。社交も狩りの腕もからっきしで、領地を歩き回って植物に語り掛けるのが趣味という人畜無害な人物ながら、ときどき、おやっと思うような鋭さを見せることもある。頼りない兄をジョージーがとても大切に思っている気持ちがわかる気がします。

英国王室と架空のラノク公爵家の関係が少々わかりにくいかもしれませんので、ここでちょっと整理しておきましょう。ジョージーと皇太子デイヴィッドは、どちらもヴィクトリア女王のひ孫にあたり、はとこの関係です。ジョージーの亡父とメアリ王妃の夫である現国王ジョージ五世はいとこどうしでした。そして田舎にひっこんでいらっしゃるベアトリス王女はジョージーにとって大おば様ということになります。

ところで、コージーミステリといえば、〈おいしいもの〉。このお話でも、おいしそうなイギリスの食べ物がいろいろと出てきます。最初のほうに、お茶の時間にクランペットではなくトーストが出されて、ジョージーががっかりする場面があります。このクランペットって何でしょう？　小麦粉とイーストで種をつくって焼くというレシピを読むとイングリッシュマフィンのようなものかなと思いますが、写真で見るとパンケーキに似ています。お味のほうは、パンケーキというより、もっちりしたパンのような感じだそうです。バターやジャムなどをつけて食べると、とてもおいしいということなので、一度食べてみたいものです。

さて、少々ドジだけど頭がよくて行動力抜群のジョージーは、なんとか難事件を解決することができました。ところが、ほっとしたのもつかのま、シリーズ二巻目*Royal Pain*では、またまた王妃様から「ドイツのプリンセスのお世話をせよ」と重大な任務を与えられることになります。どんな事件が待ち受けているのでしょうか。邦訳は二〇一三年十月刊行予定です。どうぞお楽しみに。

コージーブックス

英国王妃《えいこくおうひ》の事件《じけん》ファイル①
貧乏《びんぼう》お嬢《じょう》さま、メイドになる

著者　リース・ボウエン
訳者　古川奈々子《ふるかわななこ》

2013年　5月20日　初版第1刷発行
2019年　5月20日　第4刷発行

発行人　成瀬雅人
発行所　株式会社　原書房
〒160-0022 東京都新宿区新宿1-25-13
電話・代表　03-3354-0685
振替・00150-6-151594
http://www.harashobo.co.jp
ブックデザイン　川村哲司（atmosphere ltd.）
印刷所　中央精版印刷株式会社

落丁・乱丁本はお取り替えいたします。
定価は、カバーに表示してあります。